FLORET

READING

小花阅读

我们只写有爱的故事

青春阅读 · 幸得相见

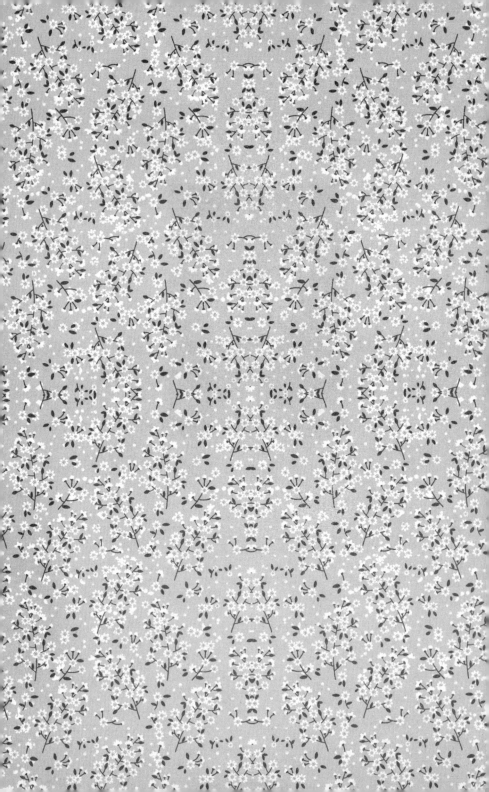

深宅纪事

姜辜 / 著

贵州出版集团
贵州人民出版社

姜辜 | 小花阅读签约作家

懒，拖延症，自由散漫，非典型摩羯座。
柜子里塞满了奇奇怪怪的裙子，喜欢冷门的东西。
很多方面都不太像女孩子，话多话少看心情。
再圆一句回来，偶尔还是个很好玩的人啦。

伙伴昵称： wuli 璇，奶黄包

个人作品：《遥不可及的你》《深宅纪事》
即将上市：《路途遥远，我们在一起吧》

小花阅读

梦三生系列 03

《深宅纪事》

滴泪成血

他化身绝色神医易容归来复仇；

情丝缠绕

二少爷忽成病骨裴宅深陷迷雾重重。

同名文字游戏《深宅纪事》火爆试玩中——

多种人物结局可供自由选择

手机扫描二维码立刻开始游戏

小花阅读

【梦三生】深情古风系列

【梦三生】系列之《彼时花胜雪》

九歌 / 著

标签：腹黑女刺客 / 高冷内敛浊世公子 / 风流放荡的继任者

内容简介：

为保护孪生姐姐，叶蔓接受了公子瑾的诱惑，进入了"桃花杀"，改名曼珠。

传说每个进入"桃花杀"的少女都将抛弃自己原本的姓名，以花为名，花名喻此一生。

从天真烂漫少女变作杀伐果断刺客，她是为了复仇不择手段的刽子手，是不动声色的暗桩，是无力自救的弃子……

她以为公子瑾是遥不可及的那个希望，却不想他一直都在自己身边。

世间多少聚散离合，所幸，我们终究等到了再次重逢。

【梦三生】系列之《**盗尽君心**》

打伞的蘑菇 / 著

标签：调皮小女贼 / 放浪微服太子 / 深情俊美将军 / 忠犬神偷教主

内容简介：

江北小女贼林隐蹊，本想小偷小盗快意江湖，不料失手偷上微服的太子。

好不容易逃出来，却得知要代姐姐出嫁。

一段江湖事，搅乱风月情。

到底是放浪不羁的微服太子，还是深情缱绻的镇疆将军，又或者是默默守护的神偷教主？

小女贼无意盗尽风月，却串起他们的爱恨情仇，而她想偷的，究竟又是谁的心？

【梦三生】系列之《**桃药无双**》

果子久 / 著

标签：花痴的解蛊门传人少女 / 傲娇温柔的飞霜门门主

内容简介：

生来能以血解蛊的解蛊门菜鸟传人明没药，眼馋美男符桃的美色下山历练，本想轻松谈场恋爱，却谁知一路遇到离奇事件……

刚下山，就遇上了员外家的妻妾们堵城。

温柔小姐似乎中毒沉睡不醒，郊外遭遇惊险有人被埋。

失足掉入幻境迷城，却引发了暗黑美人城主与柔弱妹妹间的纠葛。

一个宁可背负刻骨仇恨也要囚她入怀，一个宁可灰飞烟灭神形俱散也要了却孽缘……

黑暗的山洞里，白骨森森，痴情的师姐，埋葬了自己的爱情。

能否逃出生天，安慰亡灵，决定没药与符桃，能否走到最后……

【梦三生】系列之《深宅纪事》

姜辜 / 著

标签：身负秘密的绝色神医 / 逗萌执念师爷 / 深宅病公子

内容简介：

他是归来的绝色神医房尉，也是已死的裴家大公子裴琛聿。

三年前，一场平静的毒杀让他命断深宅。

三年后，化身神医的他打入裴宅的内部，逼近那日夜折磨着他的真相和牵挂。

师爷闻人晚为何如此在意三年前那桩被称为"奇案"的毒杀案！

倾国倾城的二夫人为何宁愿自己疼爱的儿子扶苏变成阴暗的病骨！

英俊忠诚的随从杜叶为何会突然失声！

容貌丑陋的婢女桃夭为何放弃出府机会！

情丝缠绕，恩怨难绝，红颜不老，滴泪成血……

【梦三生】系列之《妖骨》

晚乔 / 著

标签：忘记身份的少女 / 情深孤高的尊者

内容简介：

阮笙活了十七年，直到遇到一个自称秦萧的人，才终于看清了自己多年的梦。

梦中爱慕的因敛尊者，却因她识魄碎裂，灵窍四散。

阮笙不甘心，为救回他不惜毁天灭地。但没有想到，捏出的诀术会在自己死后失效。

恢复记忆的因敛终于明白了他们的前缘，从天帝那里得到她的元身——已经碎裂的瓷瓶。

耗费千年将它复原，送她进入轮回，并脱去仙籍，陪她转世。

再遇，终于可以实现从前那句诺言。生前岁岁相伴，死后共葬荒丘。

深宅纪事

目录

SHENZHAIJISHI

深宅纪事

目录

【楔 子】

SHENZHAIJISHI

又是那个梦。

梦境中一片漆黑，什么也看不见，只能依稀地听到一些杂乱的声音，好像有瓷器坠地的破碎声，来来去去的脚步声，还有——越来越惨烈的哭喊声。

"不好，快来人啊！"

"郎中……郎中呢？快请郎中！"

"中毒了？那还有得救吗？我求求您了……"

"救救他啊！求求你们了！"

躲不过了，那个要人命的梦魇又来了。

痛感不断地从身体的最深处涌上来，明明是寒风刺骨的冬夜，躺在被褥里的男子脸上却布满了汗珠，他的手紧攥成拳，想逼迫自己尽快醒来。因为他知道，现在的吵闹和疼痛根本算不得什么，接下来迎接他的，才是重头戏——如溺毙一般的窒息。

"节哀吧。这毒太深了，没法解。"

"在下医术不精，无能为力。"

"这……这……还是……唉……"

"时辰到，下葬！"

梦境就是在这一刻归为寂静。

天地无声。

半炷香的时间过后，男子终于醒了过来。

他半睁着眼，眼神若有似无地浮在了离床榻不远处的雕花窗户上，朱红色的窗架上糊了一层雪白的画纸。晨光熹微，淡淡地洒在画纸上面，整扇窗子便显出了几分透明的意味。

他知道，天马上就要亮了。

哪怕他的背部已被冷汗浸透，哪怕他有些看不起刚刚在梦境中垂死挣扎却徒劳的自己，可是又怎么样呢，天终将会亮，黑暗和痛苦终将会无处遁形——这个世间和他，终将会获得新生。

第一章
郊外名医

SHENZHAIJISHI

　　谷顺城位于长江以南，和相邻的几座城比起来，并没有什么与众不同之处，照样有良田百姓与酒肉茶楼，就连最别致的"谷顺"二字，也不过是应了芸芸众生最朴实的愿望——五谷丰登，风调雨顺罢了。

　　若非要在这座不起眼的小城里揪出些了不起的东西，那大概众人都会心照不宣地指着城门外往北的方向，那儿是一片野生梅林，里头隐隐藏着一个新搭好的药庐。

　　梅林虽无人打理，但日久天长，自生得别有一番韵味，梅林四周还有一小片湖，远远地望过去，竟与说书先生口中的蓬莱仙岛有几分相似。

　　时节是早已立了冬的，但不知为何，今年的初雪却迟迟未降。

　　天色还未明朗起来，梅林中就传出了阵阵练武声，练武的少年十三四岁的年纪，模样跟私塾里绾着头发念《诗经》的公子哥们大相径庭，在他的身上找不到半点清秀和文弱的感觉。露水都能结成冰的冬晨，他却只着了件单薄的青灰色小衣，身材也不难看出比同龄人壮实许多，脸蛋圆鼓鼓的，似稚气未脱，但曜黑的瞳孔已全然是习武之人的飒飒正气。

"呀，都快天亮了。"少年嘟囔着松开了紧握着的拳头，手背胡乱地在额头上抹了两把汗，"好饿……也不知道房尉哥哥醒了没。"

很快，少年就轻手轻脚地叼着五香鸡翅飞到了一扇红木门外，他左看右看犹豫了好一会儿，还是决定从窗户进去。不仅如此，他还暗暗下定决心，这一次绝对不能再像以往那样，在半途中就吵醒房尉哥哥。可当他蜷曲着身体滚落至房间地面的时候，他就知道，他又失败了。他明显地感觉到床上的人已经睁开了眼，此时正看着他呢。

"房尉哥哥。"少年的语气拖拉着，脸不情不愿地皱成了一个肉包子，"我是不是又把你给吵醒了？"

"无碍，不是岚庭的关系。"房尉笑笑，虽然岚庭的样子看起来十分委屈，但他这番话绝对没有在安慰岚庭的意思。的确不是岚庭吵醒的，早在他去练功之前，自己就已经醒了，"不过这么冷的天，还早起练功？"

"当然了。"到底是孩子心性，房尉三言两语就把岚庭从低落之境带了出来，武功好，是岚庭最骄傲的地方，"爷爷说过的，练功不可荒废一日，而且现在就我们两个在外面，岚庭得变得更加厉害，才能保护好房尉哥哥啊！"

"好。那就多谢岚庭小英雄了。"房尉将被褥掀开预备起身，身下一大块因昨晚梦魇被汗水浸湿的地方，此时已被体温烘干。

"不客……"岚庭本是笑眯眯地应承着点头，点到一半突觉不对劲，于是将脸猛然凑到了房尉面前，一字一句问道，"房尉哥哥，你又做噩梦了，是不是？"

"没有。"房尉浅笑，维持着原本的姿势与岚庭对视。

"房尉哥哥骗人！明明就……"

房尉用眼神打断了岚庭不满的哼哼声，继而用冰凉的手指尖抵着岚庭饱满的额头，将他推出半米远："好了，不闹。你该去换衣服了，汗湿了吹风容易受寒。"

"哼！"天底下，岚庭最相信的人就是眼前的房尉哥哥了，可他也笃定刚刚的房尉哥哥就是在骗人，"你不可以老想起过去的事情，容易伤神，爷爷交代过的！"

"好。"房尉无奈地拍了拍岚庭的头，"听你的。不想了。"

"这才对嘛。"岚庭心满意足地学着小叔伯背手在后的样子往门外走去，走了没两步又折返回来，眨巴着圆溜溜的黑眼珠子，"那我换哪套衣服啊，房尉哥哥？"

"绿色的。"房尉顺手从屏风边拿起了挂在一旁的披风，顺道扫了眼窗外透亮且广袤的蓝天，"今天天气比我想象中还要好。"

等到岚庭吭哧吭哧再来到房里的时候，房尉桌上的粥和小菜已经用了一小半了。

"房尉哥哥！"还未见到人，房尉便先听见了岚庭中气十足的声音，"有病人来啦！现在正在庐外等着哪。"

房尉面色未变，只淡淡地问了一句："是昨日拿到梅花之人？"

"呀！"岚庭懊恼地一跺脚，"我忘问了……我马上再飞出去问问！"

谷顺城的人都知道名医房尉看病是有规矩的，他一不贪图钱财，二不屈服权贵，三不热衷美色，他看病，只认前一日从他的小跟班岚庭手中抛出去的梅花，每日五朵梅花为限，对应的，每日五位病人为满。除此之外，哪怕就是金山银山大罗神仙，也没法子请得动房尉。

很快，岚庭又飞了回来，脸上的表情似是有些为难："没、没有。那个人没有梅花。"

房尉点头，示意岚庭过来，然后帮他拿下了落在他肩头的枯叶。

"没有的话，便告知他规矩。"

"可是……"岚庭皱着初显英气的眉头，顿了顿，"可是那个人看起来好可怜噢，他说他们家老爷马上就要死了，还说……还说他们家是谷顺最有钱的！"

闻言，房尉的手在空中蓦然停住了，接着他不动声色地将手收回，若有似无地看着自己手指上因练习针灸而磨出的老茧，问道："裴家？"

"对！就是裴家！"岚庭一个劲地点头，眼睛里闪烁着惊喜的光芒，小孩儿嘛，总是会因为一些莫名其妙的不谋而合而感到由衷兴奋，"房尉哥哥你好厉害啊，这都知道。就是裴家，我看见马车上的旗子就写着一个大大的裴。"

"那来者何人？年纪相貌如何？"

"是个中年大叔，穿着一件土色的厚褂子，说是裴家的管家。"岚庭嘴上如实回答着，心里却在小声地嘀咕，好像房尉哥哥对这裴家人很感兴趣的样子?

"岚庭。"房尉将汤匙和筷子彻底搁下。他知道,他等的这一天,终于来了。

"怎么啦? 房尉哥哥。"岚庭认真地看着房尉,他觉得这一刻的房尉哥哥好像跟上一刻的房尉哥哥不太一样了,可究竟哪里不同,他也说不出个所以然来。

房尉摇头,目光像是飘到了很远的地方:"岚庭,你说是人命重要,还是规矩重要?"

"这个,我不是很明白啊。"岚庭被这个问题问得有些不知所措,这种有深度的问题是他以前从来没想过,也从来没碰到过的,但是现在房尉哥哥都开口问他了,那么他的回答一定是很重要的吧。于是,岚庭苦恼地挠了挠自己的后脑勺,憋了半天才搬出自己的爷爷,"但是爷爷之前说过的,医者父母心,能救则救。"

岚庭的爷爷也就是房尉的师父,老人家三年前于一场意外中救了房尉,并将其带回山上治疗,看房尉天资聪颖便收了他做关门弟子。至于房尉此次下山之行,老人家是千万个不愿意,但房尉却像是铁了心似的决绝。

"那没有拿到你手中梅花的将死之人,房尉哥哥该不该救?"

"救! "岚庭咬咬牙,"爷爷还说过的,救人也是给自己积德。"

"那好。"房尉一笑,满意地拍了拍岚庭的头,"你现在去门外将那位管家请进来。"

杜管家在药庐外候了半天，终于把岚庭给盼了出来，他一喜，赶忙三步并作两步地上前相迎，但言语中还是难掩焦急和担忧："怎么样，小兄弟？神医肯见我吗？"

岚庭点点头，虽然房尉哥哥肯见裴家管家这件事让他挺意外的，但多救几个人又何尝不是件好事呢？

"房尉哥哥要我带你进去。"

"好，好。太好了。我们老爷这下算是有救了！"杜管家喜出望外，大手一挥，示意身后的家丁们赶紧从马车上将备好的厚礼搬下来。

岚庭回头一看，就噘嘴不乐意了："管家大叔，现在用不着这些。房尉哥哥都是把人治好了才收钱的。"

杜管家一听，也只得尴尬地笑笑，照着岚庭说的办。

早就听说这房神医跟旁人不同，如今看来，似乎真的是那么回事。

梅林的药庐是新搭建好的，不论是回廊还是屋子，一砖一瓦都泛着新鲜的生味。杜管家老老实实地跟在岚庭身后走着，同时也有一搭没一搭地观察着这药庐的布置，整体清雅简洁，细节也是修葺得恰到好处，比如挂在拐角处的那几捧中草药，一来拐角处通风透气，能让草药在潮湿的天气里得以完好地保存；二来草药馨香扑鼻，挂在人人必经之地，也可当作香料包让人心旷神怡。

"小兄弟，这药庐里就你和房神医两个人？"

"嗯。"岚庭不以为意地点点头，将眼前的木门轻轻推开了一条手掌宽的缝隙，然后朝里头喊了一声，"房尉哥哥，我把管家大叔带来啦。"

杜管家只大概从旁人嘴里听说过房尉，但进门见到真人时，还是忍不住惊讶一番——眼前这位盛名之下的神医，未免太年轻了点。

房里不大，光线充足，房尉一身暗纹青衣端坐于主位，眉眼低垂，正认真地看着手边冒着热气的茶壶，袅袅白烟轻柔地散在半空中，氤氲开了房尉清瘦的下半张脸。

"在下城内裴家管家，杜元索，房郎中好。"杜管家恭恭敬敬地朝着主位作了一个揖。

"随便坐。"房尉这时才掀眸凝视来者，只一眼，就能明显地看出他老了些许。接着，房尉起身，骨节分明的手拿着斟满茶水的青花杯盏走近了杜管家，"喝点热茶，应是等了很久。"

"不敢，不敢……"房尉还未走近，杜管家就局促地站了起来，弯着腰用双手接过了茶盏。不知这趟本就是有求于人还是怎么，总之在房尉近身的那一刻，杜管家明显地畏缩了一下。杜管家不得不承认，人的气场和年纪，好像真的没什么关系。有些人，生来就带着从容不迫的气势。

房尉只淡淡一笑，随便拣了个地方与杜管家相对坐着。

接下来他要做的，不过是等来者先开口诉说情况罢了，只是，只是——没有想到，左右几年的光景，裴家老爷的身体就已经差到能言论生死的地步了。

"我知道您只治有梅花之人，破了您向来的规矩实在是……"

"不。话别说得太早。"房尉慢条斯理地喝了口茶，打断了管家客气的絮叨，"既然你知道我的规矩，那么就更应该知道我不必给自己找事做了。"

"是，话是这么说得没错，可是我们老爷的身子实在是等不及了，我派了好多人来抢梅花，可无奈您那位小兄弟的身手太好，我们怎么也抢不到。"

房尉了然，大抵是岚庭在这郊外闷得无聊，拿着几朵梅花故意刁难人。

"那你家老爷，得的什么病？"

"不清楚。"杜管家摇着头，放下了茶杯，双手不安地绞放在膝盖上，身体微微前倾，"这得的什么病，城里的郎中都搞不清楚，更别说我一个门外汉了，总之就是怎么治都不见好，药都吃了有小山那么高了。"

"疑难杂症，无人能医？"房尉虽用的是疑问句，但语气里已是笃定。

"对，现在的情况就是这样。可是不是都说您本事大着嘛，几剂药就赶走了流水村的瘟疫，所治之人没有一个还病着的，所以……"

"所以你们裴家就破我规矩来了？"房尉一笑，看来裴家这趟，是必定要请到自己了。

杜管家太过慌张，一时没法分辨出刚刚房尉的话是认真的还是玩笑话，只得尴尬地赔着笑脸："这实在是没办法才这样的，您……您一定是外地人吧？"

房尉下意识地看了看窗外的景色，这里的气候甚至是风的方向和温度，对自己来说，都是再熟悉不过的了，然而在杜管家充斥着乡音的问话里，他却只是缓缓地添了杯热茶，点头道："是。我是外地人。"

"这就对了。"杜管家听到这个回答后，觉得气都通畅了许多，"您是外地人，所以不知晓我们裴家的苦处，最多也就听说过裴家是城内首富罢了，其实裴家就靠着我们老爷……"

　　"我对家长里短不感兴趣，你先请回吧。"房尉干脆地起身朝着屏风后走去，只剩下一脸木然的杜管家还留在原地。

　　恰好一阵穿堂风悠悠而过，将房尉的长发和身上的深灰披风都给扬了起来，洒然一个背影，清俊且瘦长，像是晕染开来的山水画。

　　刚刚还游离在房尉薄唇周围的茶盏，此时却被他搁置于桌几上，是北窑产的冰裂瓷，再怎么镶花嵌纹，也总给人一种寂寥的感觉。眼前这阵不请自来的风倒是吹得久，缥缈的寒意盘旋在苍茫的天地间，没有一点要消散的趋势。

　　杜管家盯着房尉那杯喝了一半的茶，总觉得它快要凉透了。

　　"那房郎中……"杜管家摸不清房尉那句话的意思，隔着一道屏风也看不清房尉此时的表情，但他清楚此番求医，是带着裴家全部的希望，他绝不能轻易让此刻的机会溜走，"您到底来不来医治我们家老爷？"

　　房尉沉寂地盯着铜镜中自己的脸，嗓子一沉："来。"

　　"真的？"杜管家喜出望外，连说话的音调都扬了上去，"那好，那就好，那您说个时间，我让府上最好的马车来接您过去！"

　　"晚饭过后。"相比杜管家，房尉脸上的情绪则平静很多，"等我诊治完今日该诊治的病人。"

杜管家忙不迭地点着头，自知这次房尉答应来诊治已是破了规矩，若再留在这儿打扰，未免太不识抬举："那我就先告辞，待晚饭过后，定来接您入宅。"

"等等。"房尉往窗外看了一眼，叫住了正在往外退的杜管家。

"不知您还有何吩咐？"

"最好的马车就不必了。一匹良驹即可。"

"良驹的话，我们府上的马厩里倒是有几匹不错的。"话虽顺着说，但杜管家对房尉提出的这个要求有些疑惑，"难道您要骑着马来？"

"不，是给岚庭的。"房尉望着不远处正穿梭在梅林中玩耍的背影，眼底有笑意浮动，"以前在山上的时候，路太崎岖不好跑马，他总是玩得不够尽兴。"

提到岚庭，杜管家明显地感觉到房尉的语气有所变化，就好像往一潭水泊中投进了几簇火把，虽然最终还是归于一片沉寂，但途中的嗞嗞声已足够让人暖意横生。

"好嘞，我到时候一定带上最好的马来给岚庭小兄弟。不得不说，房郎中您对您弟弟真好啊。"

弟弟。

房尉呼吸一滞。"弟弟"这两个字对他来说，比"外地"的杀伤力还要强。

"没有。"房尉下意识地否认，但他否认的并不是岚庭这个人或者是他对岚庭有多好，房尉急于否定的是岚庭是他弟弟这件事本身。

岚庭性子憨厚、忠诚可爱，房尉对他的确十分喜爱，但若说岚庭是弟弟，却是不行的——其实不光是岚庭，这世间除那人之外，统统不行。

寥寥数语罢了，房尉的思绪却走得有些远，于是铜镜里的那张脸，也变得有些刻意平静。

"岚庭是我恩师的孙儿。我是孤儿，无父无母，更不用说弟弟之类的亲人了。"

而那些隐藏在洪流之下的秘密，大概除了房尉，也就只有岚庭的爷爷——老神医知道了。

决定下山的那一日，房尉在药堂面前，给老神医磕了三个响头，一报救命之恩，二谢授业之情，三是承诺一定照顾好岚庭。一切准备就绪后，老神医却还是不放心，愁容满面地抚着自己长长的白胡须："一定要走？当初救你回来，就是希望你能安安稳稳地过好下半辈子，可谁知你竟是这样一把倔骨头！"

"师父。"房尉将手中的行李攥得更紧了，"徒儿心意已决。"

老神医幽幽地叹了口气，知道人是留不住了，但还是想说点什么才甘心："我这儿山清水秀的，难道不比那个谷顺城好上千万倍？"

"是好上千万倍。"房尉实话实说，"只是没有他在的地方，都不是我的家。"

老神医一怔，只能在渡口处无奈地挥手，他知道，像房尉那样内敛的孩子，已经将话说得很明白了——宁愿死在那人的脚边，也不愿继续在深山里苟活。

岚庭在梅林外玩了好半天，才在落日时分匆匆赶回了屋。

一进门，他就眼尖地看见房尉哥哥换了身衣裳："房尉哥哥？"

房尉坐在桌边淡淡地应了一声，用眼神示意岚庭洗了手之后才可以过来开饭，但岚庭还是控制不住自己的好奇心，"噌"的一下就溜到了房尉身边，眨巴着眼睛问道"房尉哥哥，我们等会儿是要出去吗？"

"嗯。"房尉点点头，往岚庭的碗里添了块红烧肉，"用过晚饭后，去城内裴宅给他家老爷治病。"

真稀奇。岚庭在心中感叹了两声，当然不是感叹那块红烧肉，房尉哥哥在他眼中可是天下第一好，虽然不太爱笑，看起来总是冷冰冰的，感觉不好亲近，但他就是天下第一好，不夹这块红烧肉他也是天下第一好。岚庭感叹的是等会儿还要出去治病这件事，自从来了这个谷顺城，不说天黑了还要进城，光是亲自登门诊治可是头一回呢。

岚庭嚼着米饭和肉，想，这裴家对房尉哥哥来说，肯定与别家不一样。

用完晚饭，大概半炷香过后，杜管家便如约带着马车和良驹等在药庐门外了。

岚庭从墙内飞跃而出，手紧紧勒住缰绳，娴熟地跨坐上马，另外一只手不停地抚摸着马背上的毛，开心地道："房尉哥哥！这马好，一看就脚力远又跑得快！"

"是。"杜管家笑着附和，"这的确算是府上的好马了，没想到岚庭小兄弟年轻虽轻，眼光却这么好。"

房尉望着那月光下的白马和少年，不禁向前走了两步。

马也像是识得房尉似的，对着他轻轻喘气，尾巴也悠悠地甩了起来。

"嘿，这马还挺通人性的。"岚庭灵敏，很快察觉出来马对房尉的友善，不过他现在满心都是等会儿的驰骋，"哎呀，不等你们了，我要先跑着玩了，我知道裴宅怎么去！"

房尉还来不及说什么，岚庭就已经骑着马一溜烟似的跑了，倒是杜管家很担忧："这……不要紧吗？"

"没事。"房尉掀了车帘上车，"岚庭野惯了，武功也高，不会出事。我们走吧。"

"哎，好的。"杜管家顿了顿，看着岚庭和马匹快要消失在梅林尽头的身影，不禁伤情，"要是我家二少爷也能像小兄弟这般自由自在的，该多好。"

话说多了，自然容易说偏或者说了不该说的点，房尉想，"言多必失"这词大概就是这么来的。对面管家的声音越来越小，甚至比马车外岚庭的跑马声还要低上几分。

"贵宅二少爷？"房尉的眸子沉了几分，"听你的口气，贵宅二少爷是……"

"没、没有，没有，一时感慨罢了。"被房尉一问，管家才像从梦中惊醒似的连摇了好几下头，也顾不得刚才的说辞是不是过于生硬了点，总之是一时大意，竟在外人面前提起了二少爷。

房尉一笑，不再追问。他是极其聪明的人，不费吹灰之力就看出了管家要么是说错了话，要么就是竭力想隐瞒什么，但无论是哪种情况，眼下最好的办法就是去相信杜管家刚刚所说的"一时感慨罢了"。

"房尉哥哥！"岚庭骑着马早就到了裴宅外，不过因为独自一人也不好进去，等了好久终于把房尉哥哥和马车给等来了。

很快，房尉眼边的车窗处就钻进来一个毛茸茸的小脑袋，岚庭眨巴着眼睛不住地赞叹着："这里不愧是最有钱的人家哎，大门特别气派呢！感觉漆都比别人家的要红上好几倍！"

"哪里哪里。"岚庭如此坦诚的夸奖让杜管家有些不好意思，"岚庭小兄弟太夸张了些，大门口的漆本身也是几年前重新刷过的。"

说到这里，杜管家的脸色变得凝重了点，本想收住话头，但想起刚刚二少爷之事已经被自己含糊地带了过去，若再这么来一遍，难免对贵客失了礼数，于是只能斟酌着用词："几年前吧，我们裴宅发生过一些不大好的事情，为了去晦气，所以重新刷的。"

"不好的事？去晦气？"岚庭一听就把头凑得更近了，少年时期的好奇心总是最为强烈，加之夜晚沉沉，被杜管家这么半遮半掩地道出来，岚庭就像是在听奇异小说似的入了迷，"快接着说啊大叔，什么不好的事？是死了人还是……"

"岚庭。"房尉沉声打断了岚庭喋喋不休的疑问，提着药箱子出了马车。岚庭自知理亏地瘪瘪嘴，所以只好悻悻然将头收回，踩着斑驳的月光和影子去追房尉的步伐。

"房尉哥哥……"岚庭放软了声音，伸手拽了拽房尉湖蓝色的衣袍的一角，"我不该问这么多的，你下山之前跟我说的我也记得，说外面不比山里，可我就是有点好奇嘛。"

房尉应声回头，本想再好好教教岚庭，可看到安排好琐碎事宜的杜管家已经朝着这边走过来了，于是再多的话到了嘴边，也只成了一句轻飘飘的："你啊！"

"抱歉。"房尉朝着赶过来的杜管家微微颔首，"岚庭还小，难免淘气，还请杜管家不要介意。"

"这……没事的。"杜管家摆了摆手，脸上的笑意好似还残存着方才的难堪，"跟我说倒是没什么，只是进了府里，就得稍微注意点。之前那些事，在我们宅子里是不能被提及的，特别是等会儿去老爷房里的时候，他身体不好，您是知道的。"

"嗯。"房尉点头，他当然知道。

可是他知道的，却不仅仅局限于杜管家的那句老爷身体不好，那些不能被提及的事究竟是什么秘密，那些被新漆掩盖掉的旧墙上有什么破损，甚至连现在脚下踏着的这块青石板阶产自哪里，他都知道，他统统都知道。

三年了。一千多个日夜，一千多个重复的梦魇，是时候回来，亲手画上一个句号了。

厚重的裴宅大门被两个小厮用尽全力推开，轰隆声便又低又钝地传进了耳朵里，听起来有些年代久远，却让人忍不住肃然。夜风将屋梁上悬挂着的大灯笼吹得摇摇晃晃，连同投在人脚边的灯笼影子，也跟着盈盈地摆动起来。

杜管家站在门边，提着一盏精致的油纸八角灯，对着房尉弯了腰，轻声道："郎中，请。"

第二章
夜入裴宅

宅子里并没有多大的变化。至少在房尉的印象中，变化是不大的。

前院里的树木丛林依旧还是以前的样子，浩浩荡荡的一大片，沉默地占据着院里的东南角，有些长得高点的树枝，还被屋子外的飞檐给压得变了形，没记错的话，树的最后面应该还隐藏着一口不算太深的井。想到这里，房尉笑了笑，他也不知道为什么要在心里这么过一遍场。

山上虽然逍遥自在，但毕竟疏于修建，岚庭是头一次看到这么气派的住所，于是他情不自禁地伸出手扯了扯房尉的袖口，小声道："房尉哥哥，这户人家真的好气派呀，院子里好漂亮！"

"嗯。"房尉点头。前院其实还算不上什么漂亮，在目光所不能及之处，也就是他们现在所走的回廊的另一个方向——是裴宅的花园，那儿才是整个裴宅最为精致好看的地方。房尉跟在杜管家背后的脚步顿了顿，他下意识地回头朝花园的方向看了过去，意料之中的黑漆漆，什么也看不见。只是不知是因为今年的冬季格外冻人一些，还是的确已经物是人非，房尉总觉得，在这片旧地上，比回忆和温情更多的，是黑暗、血腥、压抑、隐藏和秘密。

"房郎中。"杜管家察觉到了身后的异样，回过头来，"您怎么了？是不是有什么问题？"

"没有。"房尉收回了眼神，对答如流，"只是刚刚好像听到了后面有脚步声。"

"哦，那不稀奇。"杜管家笑笑，瞅了瞅天色，"裴宅中人多，老爷一病，事情也就得更仔细地对待着，刚刚的脚步声估摸是哪个丫头小厮在做事。现在又正好是换班的时刻。"

"人多吗？"岚庭眨着圆溜溜的眼睛，插了一句嘴，"我从进来到现在，还没看到一个人呢。"

杜管家继续笑着，伸手指了指前方一个灯火通明的屋子："人都在那儿。我们府里的夫人小姐，都在那里等着房郎中。"

"夫人小姐……"岚庭歪头，问得心无城府，"你们裴家没有少爷公子的吗？"

"有，少爷自然是有的。只是、只是……"杜管家向来都不是一个很会说话的人，此刻又局促了起来，甚至将求救的目光投向了房尉，他虽没有巧嘴，但有双厉眼，他知道眼前这个武功高强的小少年大概只会听这位房郎中的话。

房尉停下脚步，没有太在意此刻的情形，他只是看着眼前那扇薄薄的木门，问道："就是这里了，是吗？"

屋子里的气氛很是凝重。

其实早在好几个月前，裴家老爷裴湛风病倒的那一天起，这个偌大的宅子里就没有再过过轻松的日子。不管是主子还是奴才，每个人的脸上都愁云密布，似乎真的都在为病床上的裴老爷担忧着，气氛压抑到连裴老爷自己都觉得生这病不应该——当然，他也没有觉得这世间有人该生病，但他的性格就是这样，精明的商家本色下，浮动着的，是怯懦的善良。这种善良常常会让他忘了，大家担忧着的，其实是位于"老爷"这个位置上的人，而不是单纯的，他本人。

　　房尉随着杜管家迈进这间屋子，还未走到里头见着人，就知道这裴老爷的病，的确已经很重了。房里的气味有些难闻，不管是交杂在一起的药材味，还是人身上散发出来的混浊病气，都让房尉不自觉地皱起了眉头。

　　"这位就是梅林的房神医，房尉。"杜管家走过屏风，规规矩矩地将头和眼都微垂，向站立在裴老爷床边的众人介绍着房尉。

　　房尉应声看了过去，礼数周全地作了一个揖，对面站着的，就是刚刚杜管家所回答岚庭的夫人小姐们。然而他想找的人，并不在其中，也不在这屋子里。

　　"这位就是梅林的房神医？"站在左起第一位的妇人率先出声，"幸会，能请到房神医前来诊治我家老爷，可真谓是菩萨保佑。"

　　"大夫人言重了。"进屋之前，杜管家大致跟房尉说了一下几位夫人的相貌和习惯，免得到时候认错了人或者喊错了人，闹出点不好看的尴尬来。眼前这位大夫人是极好分辨的，年纪最大，说话最沉稳得体，因为夜以继日潜心信奉着菩萨，眉目间也是浓浓的慈悲之意。

房尉朝她颔首，恍惚之间好像闻到了她胸前佛珠的那股子檀香味，"既然我答应前来，便会全力以赴治好裴老爷。"

"那便是再好不过了。起初我还担心管家请不动您呢，看来是白担心一场了。"这次说话的是三夫人，相较于她清秀的五官，更打眼的还是她的穿着，识货的人一看便知，她做衣裳的绸缎用的是最上乘的金贵料子。

房尉将背上的医药箱缓缓放在了桌上，不再客套地与众人寒暄："那就请各位暂时回避一下。在下替人诊治时，不习惯有旁人作扰。"

此话一出，几位夫人的表情都有了些许变化。这看病不许家人在旁候着，多多少少有些不放心，再说裴家这大半年来，也算见识过了数位郎中，暂时还没有哪一位郎中，提出过这么不近人情的要求。

岚庭靠在一旁，双手环抱在胸口，抢在杜管家替夫人们发问之前慢悠悠地回答了众人的疑问："你们别这么大惊小怪啦。房尉哥哥看病就是这样的，有需要我会喊你们的。怎么，还是说你们信不过房尉哥哥？"

"那当然不是。"杜管家犹豫了会儿，"都出去也不是不行，只是……"

"就是信不过，怎么了？"此时，一个略显稚嫩的女声脆生生地砸了过来。她身材娇小，又穿着与屏风颜色相近的嫩黄色衣裳，乍一看，竟像是从屏风里走出来的一样。

"忘忧！"三夫人急急出声阻止，"说什么呢？房神医是谷顺最好的郎中了，你出言不逊，还不快给人家道歉？快点，听娘的话。"

"才不呢！"忘忧丝毫不惧怕这番训话，她了解母亲，色厉内荏罢了。

"还神医……"忘忧不满地嘟囔着，一双大大的杏眼瞪着不远处的房尉，"我看就是个拿不出手的江湖郎中！"

"喂，胡说八道什么呢？"岚庭最受不了的，就是有人对房尉不敬。眼看着忘忧有走向房尉的趋势，于是他立马身形一闪，挡在二人的中间，仗着身高优势，居高临下地望着忘忧，"区区一个黄毛丫头。"

"你才是个小毛孩儿呢！"忘忧从出生到现在，还没有被人这么不屑过，眼前人的年纪看起来跟自己差不多，兴许也就大个一两岁，却是个特别结实有力的少年，可是怕什么呢？这可是在裴宅，里里外外都是听她命令的人，有恃无恐便更加跋扈，"我就说他江湖郎中怎么了？我还说……呀！痛！痛！你快撒手！"

"岚庭。"房尉沉声，伸手拍了拍岚庭的肩膀，"不得无礼。你掐疼裴小姐了。"

"可是她说你坏话。"岚庭瘪嘴，不甘心地将忘忧的手腕松开了，"她说你坏话，还是当着面说的。"

"哼！"岚庭的话音还未落净，房尉就听见忘忧冷哼了一声，声音不大不小，却刚刚好能让他听见。于是，他抬眸看了过去，巴掌大的小脸，下巴尖尖的，脸颊却是鼓鼓的，抱着自己手腕像是受了天大的委屈。其实房尉知道，岚庭压根没用力。

"江湖郎中，你装什么好人？"忘忧有点生气，更觉得丢了主人家的面子，便不满地转头朝着杜管家抱怨，"杜管家，你这大老远请来些什么人？看病不让家人在旁边瞧着也就算了，还要上手打人，这不是江湖郎中是什么？"

"忘忧。"大夫人走了过去，像是对待自己孩子般，亲密地替忘忧理了理没什么褶皱的衣领子，"是你不对在先，听大娘的话，跟我们一块儿出去，不要妨碍房郎中诊治你爹爹。"

"大娘！"忘忧噘着嘴，撒娇地唤了大夫人一声，平常大娘可是很疼她的，"你怎么也帮着外人来欺负忘忧呢？"

此时，恰好有丫头进屋换灯，新的灯芯一燃，整个屋子便明亮不少。

"是岚庭不对，我在这里替他向各位道个歉。"

房尉上前，看着还窝在大夫人怀里不肯出来的忘忧，似笑非笑，眸色却认真："裴小姐的手腕，还疼吗？"

忘忧循声望过去，这才真正看清那江湖郎中的脸——是一张十分冷清的脸。

若是乍一看，还会给人有些僵硬的感觉，瘦削的脸颊，细长的双眸，高挺的鼻梁，还有几乎看不见血色的薄唇。总而言之，忘忧觉得这张脸像是被陈年风雪肆虐过后的宣纸，应是无法存放到至今的，可他却望着她，眉眼中好似流淌着一股子和风雪不符的温度，他问她，手腕还疼不疼。

"要你管。我出去就是了。"忘忧支支吾吾地别开头，后知后觉地发现自己的耳垂早在房尉的注视下变得通红。忘忧提着百褶裙摆快步出了屋子，在门被关起来之前又赶紧往里头看了一眼，正好看到房尉低头摆弄什么东西的侧脸，被光衬着，再冰冷的脸也变得柔和几分。忘忧咬着牙，总觉得他刚刚问她疼不疼的样子似曾相识，却又说不出个所以然。

　　"房郎中。"大夫人罢了丫头的搀扶，又独自折返回来。佛堂和老爷的病让她时刻不能松懈。夜幕时分，人也是最为疲惫的，但出身和地位摆在这儿，再累，都不允许她放松姿态去倚靠着身旁的镂花杆站立。她深吸了一口气，似是有千言万语。

　　房尉应声转头，其实还在低头取银针的时候他就发现了大夫人，他知道大夫人并没有随众人出去，反而一直站在他身后，过了好一会儿，才开口喊的他。可能是因为大夫人身上的香味太过特殊，又或许是因为倒过来的影子太过朴素，一丝不苟的精细发髻，却没有插上几根像样的发簪，这对于一个首富人家的正房来说，未免寒酸，但房尉了解大夫人，她就是这样，记忆中的她，一直都是这样。但他不那么想承认的是，他认出身后的人，其实是靠着脚步声。大夫人的脚步声向来是裴宅中最轻的，这几年久违了，似乎更是踩不出什么声音。

　　"大夫人还有什么吩咐？"

　　"不敢说是吩咐。"大夫人的眼神已经不在对面的年轻郎中身上了，而是直直地飘向被褥里被病痛折磨得小半月没能下得来床的相公——姑且就私自先称一声相公吧，平日里他健康的时候，是只允许她喊他老爷的，"只是我家老爷的身体……不是我不信任您，只是这么久了，不管是哪个郎中来瞧，都是我侍奉在旁。所以我……"

"所以我能留下吗？绝不会打扰到您的。"大夫人言辞切切，但其实心里所抱的希望不大，从杜管家将这神医带进屋子的那刻起，她就知道，这神医虽然年轻，但心思，必定比同辈人要来得深一些。

"好。"房尉犹豫了会儿，最终点头应允下来。

"房尉哥哥？"窝在角落里的岚庭有些惊讶，"那我也要留下！"

"你出去。"房尉干脆拒绝，甚至连头都没有回。

"房尉哥哥！"岚庭不满。

"你听话，出去。"房尉在裴老爷床边坐了下来，不知是为了哄岚庭，还是怕吵到了裴老爷，总之他的声音放软了几分。

"那为什么她可以在这里，我不行啊？"岚庭嘟嘴，指着一旁的大夫人，末了又反应过来这样子未免有些不礼貌，又只能讪讪地将自己的手指头给收了回来，"我答应爷爷，要保护好你的，万一你在这里遇到什么危险和坏人怎么办？"

"岚庭。"房尉无奈，只能回头，"那我也答应你，一有危险，马上就喊你，好不好？你乖，先出去。"

"那好吧。"岚庭不情不愿地拖着步子挪到了屋门口，还不忘故作老成地交代，"那你有事一定要叫我，一定。"

"放心。"裴老爷床上的帘子是豆沙色的，一般人家做寝帘时不会选这么深的色，估计是为了遮挡住白日里刺眼的光线才故意挂上去的，这房子和床的朝向都很好，若是晴天，必定通透。

房尉将帘子轻轻拉开一条缝隙，就看到了裴老爷紧闭的双眼。听人说，他已经小半个月没能下床了，那么这张床，这一小片四四方方的幽暗之地就成了他的所有，他闭着眼，带着尘世间的病痛和肉身的累赘，飘浮在这里。

"不会有事的。"

不会有事的。

裴老爷在半梦半醒间，好像听见有人在他身旁说了这么一句话。这让他有些意外，因为自从病倒了之后，他就再也没听过这种让人放心的话了——哪怕就是家里的女人孩子，都不敢这么自欺欺人地哄他。于是，他轻轻地咳嗽几声后睁开了眼睛，是一个陌生的年轻人。

"裴老爷。"房尉颔首，"现在我给您诊脉。"

"你就是梅林的那位房郎中？"裴老爷今天还没有开口说过话，此刻与房尉的交谈让他觉得有些吃力，喉咙里是止不住的痒和疼。

"是。在下房尉。"房尉垂眸，从箱子中拿出一个新的脉枕，"裴老爷若是不介意，在下就开始给您把脉了。"

裴老爷点头，发现房尉并没有在看他，便自己将手放了上去。

他老了。这是房尉的第一反应。

不过是指腹轻悬浅薄肌理上的触感，房尉也在第一时间，便感受出来了。

"脉象沉虚，邪郁于里。气血两虚而阻滞，肺腑虚弱，阳虚气陷。"房尉将手收回，"您不用操心，我开两服药，再加以调理，都会好的。"

"那我到底是个什么病？"裴老爷这还是第一次亲自去过问郎中

自己的病情。

"不是什么大病。"房尉依旧云淡风轻，但心里，却暗暗放下一块大石头，"奔波劳碌，再加上长时间的内心郁结，皆是裴老爷久治不愈的源头。"

"内心郁结。"裴老爷下意识地轻轻重复了这四个字。

"嗯。"房尉刻意地忽略掉裴老爷脸上此时恍惚的神情，转头对上一直守在身后的大夫人，"我等会儿将药方子写给您，疏散和温补，交替服下，饮食方面清淡即可。复诊时必有好转。"

"好，好。有劳房郎中了。"大夫人如梦初醒地对上房尉的眼神，脸上诚然是与年龄不相符合的全盘信任，"那还得麻烦郎中告知一下复诊的时间。"

"差不多三日后。"房尉很浅地笑了笑，其实自从那次醒过来之后，他就很少笑了。不管是身体还是精神，那种隐隐而连绵的痛感无处不在，它们不断地提醒着房尉，其实笑，是一件很费力的事情。

很快，房尉便敛了神情，开始低头收拾着刚刚从箱子中拿出来的器具，没有用到这些，也算是一桩好事。可就在他收拾妥帖准备跟随大夫人出门时，他又听到裴老爷的声音缓慢地从背后追了上来，裴老爷问他："房郎中今年多大了？"

"二十三。"

"虚岁还是实岁？"

"实岁。"房尉顿了顿，他感觉到了身旁大夫人眼里的疑问。他知道，裴老爷以往不是个爱问这么多的人，"是夏天过的生辰。"

"哦。"裴老爷愣愣地，却重重地点了点头，将眼睛又重新闭上了。因还睡在床上的缘故，所以从房尉和大夫人的角度看过去，裴老爷这个动作做得难免有些奇怪。

直到听到木门"吱呀"一声被关上后，裴老爷才将眼睛睁开，像是块放置太久的木头，连转动一下眼珠子都散发出生生的朽味。相貌、岁数，还有生辰的日子，统统对不上，也就是在说有些字句的时候，嗓音有些相似罢了，可整体的口音又明显不是谷顺本地人。

裴老爷自嘲地笑了笑，大概真是病得开始想一些糊涂事了。

"房尉哥哥！"

房尉一出门，就被一脸惊慌的岚庭给抱个正着。虽说岚庭还是个小孩儿，但毕竟身强体壮的，这一撞，正好圆圆的额头用力地抵住了房尉的左胸口，倒也不痛，只是开口说话的时候，房尉能明显感觉到从自己胸腔中发出来的，细微震动感。

"怎么了？"

岚庭也不说话，只是抱着房尉的手越来越紧。

"怎么了，岚庭？"岚庭这样子不多见，房尉将医药箱放下，"发生什么事了？若不要紧，就让房尉哥哥先告诉他们裴老爷的病情。"

"有……鬼……"岚庭觉得羞赧，把脸紧紧埋在房尉怀里不肯抬起来，连带着这两个字也说得不清不楚。

"什么？"房尉没有听清，"有什么？"

"你的小跟班说，我们裴宅里有鬼。"忘忧的声音这时候插了进来，清清亮亮的，像是一捧揉进了月光的小溪水，她噘着嘴，"长得结结实实的，胆子倒比姑娘家还小。"

房尉了然地拍了拍岚庭的背，若真如忘忧所说，那么此时的情景便也解释得通了。岚庭自小天不怕地不怕，唯一怕的，就是那些虚无缥缈的鬼怪神力。

"你是不是又背着我去市集上买了那些奇文小说看？"见怀中的人话也不说，只一个劲地抖，房尉若有似无地叹了口气，"嗯？小叔伯就没教你一点好，看来我得传信回去给师父……"

"别！房尉哥哥……"岚庭急急地探出两只眼睛来，手趁着大家伙不注意，轻轻地拉了拉房尉的衣袂。这是男孩子的撒娇，绝对不能被一群女人看了去，特别是裴忘忧那个讨人厌的黄毛丫头。

岚庭虽然现在惊慌失措，但最后的自尊心依然在骨子里作祟，他压低了声音，软软地求着房尉："你别告诉爷爷，你告诉爷爷了他就会罚小叔伯，然后等我回去了小叔伯就不会给我烧蜜汁鸡腿了。"

"而且，而且我也不是看小说看的。"岚庭小心翼翼地吸着气，认真道，"我是在屋顶上看见的……就是现在这个屋顶。房尉哥哥，你相信我，我真的看见鬼了！"

岚庭认真的样子，让众人都静默下来，连脸上一直挂着嘲讽笑容的忘忧，都不自觉地瑟缩在了三夫人身边。

"什么样子的鬼？"房尉问。

"嗯……"岚庭皱着眉，回想着那可怖的一刻，"一个女鬼。"

岚庭还是害怕，边说边往房尉怀里靠："穿着很浅颜色的衣服，头发披着，然后、然后……满脸都是血，真的半边脸都是鲜红的血！"

"而且、而且……"岚庭皱着眉，眼睛扫视了一圈站在走廊里的所有人，"我看到那个女鬼，朝我们这个方向，来了。"

"喂……"忘忧瞪着岚庭，声音里已经有了逞强的意味，"小跟班，这大晚上的，你可不要胡说来吓唬人！"

岚庭撇了撇嘴，正准备回声反驳的时候，就听到一旁的杜管家先开了口："恕在下直言，我们裴宅一直都是干干净净的，之前也从未发生过什么女鬼的事件。是不是有可能是岚庭小兄弟因为夜太黑，而看岔了呢？"

"管家大叔，你不相信我？"岚庭的眉头皱得更深了，"深更半夜的，骗你们好玩儿？"

"不，不，岚庭小兄弟。"杜管家赶紧摆了摆手，"你误会我的意思了，只是现在天色那么黑，这里站着的又都是夫人小姐，身子柔弱，经不得吓，所以还是得仔细对待为好。"

岚庭咂咂嘴："小叔伯说得对，女人都是麻烦包。"

"岚庭？"房尉眼风一扫，连声儿都不用提多高，岚庭立马连站姿都恭谨了几分。

忘忧"扑哧"一声就笑了出来，这场面活脱脱的就跟学堂里老先生跟顽皮学生似的。可好笑的事情还没笑够呢，她就听到房尉轻描淡写，但是不容置疑的声音："岚庭不可能看走眼。"

"就是！就是！"岚庭十分孩子气地附和了两句，因为房尉哥哥的撑腰，底气便足了起来，"我可是山里出了名的千里眼，顺风耳！"

房尉侧头："你看见的女鬼，在哪个方向？"

"西北方向？"岚庭摇头晃脑地回忆，"北方，对，没错，就是北方！我还记得就是在假山那里，第二棵柳树下。我看见那满脸血的女鬼的时候，她就站在那棵柳树下。"

一系列精准的描述让杜管家略微慌了神，刚刚在外面等候老爷诊治结果的时候，岚庭是一直在他眼皮子底下玩耍的，绝对没有离开过这个前院，可裴宅何其大，就算立足于主屋的屋顶，也绝不能将北方的假山和柳树之类的景色收于眼底的。而这岚庭，却看得清清楚楚。

"失礼了。"杜管家作揖，"北园离我们这里这么远，岚庭小兄弟都能看清，那定是没有错的了，我这就带人去北园探个究竟。"

"裴宅这风水坐向是上乘，最不佳的位置就应属刚刚岚庭看到的那块地方了，那里应是宅子中最潮湿阴冷之处，刚刚三夫人说会叨扰到人。"房尉顿了顿，"难不成有什么下人住在那里？"

三夫人没想到眼前这位房郎中还略懂风水朝向，北园的劣势是宅中每个人都知道的，每每冬天，那里的雪总是积淤不化，为最寒冷阴暗之地，那地方是没人住的——至少，在之前，是真的没有住人进去，哪怕就是最低贱的柴火夫。

"有人住的。"杜管家知道这问题未免有些难为三夫人，便主动接了过来。

房尉的眸色，就在这时，暗暗加深了几分。

看来这北园，有问题。

"呵！"忘忧的面庞冷冷的，不屑地朝空气里翻了一个白眼，"有人住又怎样，难不成还是北园的人出来夜游？若真是夜游，那，才是真的见了鬼呢。"

"忘忧！"三夫人的声音陡然严厉了几分，"你胡说什么？赶紧给你二娘道歉！"

忘忧明显不依，语气也变得更冲："我道歉？"她深深地吸了一口气，仿佛是在为什么做准备，"我给她道歉，那谁给我道歉？"末了，那口憋在胸口的气慢慢地涌上了眼眶，变成了一股子潮湿的热意，"谁又给我哥哥道歉呢？"

房尉将眼神轻轻从忘忧脸上挪开，她的表情，实在是太过委屈了。

"忘忧！"三夫人气急了。有些话，是不能拿到明面上来摆着说的，何况——她小心地扫了一眼不远处的房尉和岚庭，何况还有不相干的外人在。老话说了，家丑不可外扬。

"妹妹别激动。"一直沉默不语，站在暗处的二夫人终于说话了，"本来……忘忧说得也没什么错处，你别责怪她了。"

"哼！"忘忧骄纵成性，自然不会害怕一个向来温吞软弱的二夫人，"装什么烂好人，有其母必有其子，怎么平常不好好管管那个……"

"是。"二夫人从暗处走出，美艳的容貌渐渐出现在众人的视线里，"是二娘的错。"

此话一出，忘忧瞬间便安静了下来，可她的脸上却没有任何打了胜仗的骄傲和喜悦。因为她明白，做什么、说什么都没有用。不会回来的人，依旧不会回来。忘忧吸了吸有点发酸的鼻子，不知道为什么，刚刚房尉看着她的时候，她险些就要落下泪来。

深宅纪事

气氛一下子就变得凝重而微妙起来，就在大夫人觉得该是自己出场说几句公道话的时候，岚庭又恐慌地跳进了房尉的怀里。

"房尉哥哥！"岚庭哭丧着脸大喊，一只手颤颤巍巍地指着走廊的拐角处，"那里、那里……那个女鬼……她真的来这里了！"

"好了，岚庭。"房尉无奈地拍着岚庭的背，一掀眸，却看见岚庭口中的那个女鬼，正不紧不慢地从拐角的阴影处走了出来。可当他真正看清那女鬼的面貌时，他拍在岚庭背后的手，蓦然停顿了。

房尉没有想到，她竟然还留在裴宅里。

"桃夭。"大夫人看着那女子，口气友善随和，"你怎么来了？"

那名被唤作桃夭的女子穿了件水蓝色的衣裳，裁剪简单，布匹粗糙，但胜在身形纤细，曲线玲珑，乍一看，整个人泛着一股宁静之美，只是她将脸死死地埋在胸前，从房尉的角度看过去，她的下巴似乎都已经戳到衣领下的锁骨处了。

二夫人面露尴尬，现在桃夭也算是归她管着的丫头，但追溯起来，桃夭的第一任主子也并非自己，况且这丫头在府中还有些特殊。

"大夫人问你话呢，你来前院做什么？不是吩咐你到了晚上不要四处走动吗？"一番话说完，二夫人自己都觉得有些不自在，她出身低微，就算嫁进裴宅当了十几年的二夫人，也还是学不会怎么使主子气派。

"桃夭没有忘记夫人们的吩咐。"桃夭二话不说，"扑通"一声就跪在了冰凉的地上。

"桃夭只是想过来求个应允的口信。"桃夭这时才将脸缓缓抬了起来，五官倒也清秀，眉弯眼大的，只是本该洁净无瑕的脸庞上，生生长出了一块狰狞的不规则印记，鲜红似血，盘踞着整张左脸。

岚庭鼓起勇气定睛一看，发现原来是块红色的胎记。但就着下半夜朦胧的月光看过去，的确像是一摊子血溅到了脸上。难怪自己刚刚会认错。

"刚刚我准备给二少爷熬药的时候，发现少了味参须。求了库房好久，都不肯给我。"

"库房管的是裴家的东西，裴家少爷要吃药，怎么会不给？你好好说道着便是。"三夫人蹙着眉，她一向不太喜欢桃夭这个丫头，倒不是因为脸上那块胎记，只是她总觉得桃夭虽然表面老实，却像是个在心底里藏事的人，"今天还有贵客，你就这么贸贸然地出来了。"说罢，她看了眼依旧抓着房尉衣角的岚庭，"看，把人家小兄弟给吓得。"

桃夭闻言一愣，只顾着二少爷药里的那味参须，竟没有发现众人里多出了两个陌生男子，一高一矮，看样子不似主仆，约莫是亲近的兄弟。桃夭下意识地往后退了半分，将脸又重新埋了下去："桃夭失礼了。竟不知深夜有贵客来访，天生丑陋若是吓到了贵客，还望海涵。"

"哼！"忘忧倚着柱子冷笑了一声，看向桃夭的眼神里充斥着浓浓的敌意，"丑人多作怪。"

"裴忘忧。"三夫人无可奈何地瞪着身旁的人，"你今晚不能消停了是不是？非要说这么多话惹你大娘二娘都不爽快是不是？"言罢，她伸出一根细细的葱指点了点忘忧的脑袋，"你再这样，我可就要罚你去跪祠堂了。"

"只知道说我，怎么不说说桃夭呢？"忘忧看着还跪在地上楚楚可怜的桃夭，气更加不打一处来，"我哥哥对她不好吗？不嫌她丑不把她当个下人，现在好了，我哥哥死了，她就倒戈去伺候北园那个杀人凶手！"

"裴忘忧！"三夫人心里"咯噔"一声，看来今晚因为忘忧的任性，后院里必定又是个不眠夜了。

"罢了。"大夫人轻拍着自己的胸膛，悠悠地缓了口气，仿佛就在刚刚那个瞬间里，她觉得自己又老了好几岁，"何必呢。你我都知道，忘忧没有坏心眼。"

一阵夜风刮过，丫头适时地搀扶住了大夫人，多亏了丫头的机灵，大夫人才觉得自己没有被这阵风带倒在地："传我的话下去，任何地方都不许苛待二房和北园，好吃的好喝的好用的，尽管大方地给。"

"大夫人，您……"二夫人这么多年了，还是不习惯与宅中的人姐妹相称。

"你也是个主子，该拿出点样子来。"大夫人转过头，深深地看着二夫人那张似曾相识的脸——她曾是美艳绝伦的名妓，被老爷赎身后带回来填了二房，"你看你，房里有一个少爷，可丫头连个药材都拿不全，这像话吗？"

二夫人低头，绞着手里的帕子，一时竟不知该如何接话。

"还说你呢，我自己也是糊涂了。"大夫人笑笑，看着一直站在一旁的房尉和岚庭，笑里的歉意更深了，"本来请房郎中赶着夜进城看病就够累了，却还当面给闹了这么多笑话。"

"杜管家。"

"在。"杜管家垂首，"大夫人尽管吩咐。"

"送房郎中回去吧，再晚一点，就该到城内的宵禁时刻了。"

房尉一路无言，倒是岚庭依旧蹦蹦跳跳，一副少年不知愁滋味的模样。

二人跟着杜管家走到裴宅大门时，房尉听见了从对面巷口中传来的，打更人的敲钟声，一下又一下，在空旷的街面上被无限地拉长。他知道，裴宅里巡逻家丁换批次的时刻到了。

"糟了。"房尉蹙眉，"我的玉佩好像落在贵府了。"

"什么？"岚庭立即会意，"就是那块爷爷给的和田玉？房尉哥哥，那个可名贵着呢！"

"玉掉了？"杜管家顿了顿，在脑海中搜寻着有关玉佩的记忆，"那郎中别急，我这就喊人一起去找找看。"

"不必了。"房尉回头往裴宅里看了一眼，"那块玉很小，又形状奇异。不熟悉它的人估计看见了也不认识。"

"那……"杜管家犹豫了一会儿，"那不管怎样，我陪您去吧，给您掌个灯也是好的。"

"不要！"岚庭立马睁大了眼睛，双手紧紧攥着杜管家的袖子，"管家大叔，你得在这儿陪我，你们裴宅里的丫鬟长得太吓人了，我怕。"

"岚庭小兄弟不陪着郎中一块儿去找？"

"不去。"岚庭连连摇头，也不管脏不脏，就这么坐到了门槛上，

"我走不动了，累。在这儿等一样的。"

"管家放心。"房尉拍了拍岚庭的头，"我很快就好。"

房尉猜想，按照桃夭的性格，定是今晚要拿到参须去煎药的，但自己打着寻玉佩的名义进来，所以没法去到库房、厨房或是北园等地。

于是，他将灯吹熄，搁在墙角，人却走进了前院中的树林，若是运气好，定能碰到桃夭。毕竟树林外的这条回廊，是库房到北园的必经之路。

房尉站在林中等待的途中，握住了一根胳膊粗细的树枝，干枯且粗糙。但相对于柔软顺滑的触感，房尉更倾向于这种硌在手里的感觉，这种生硬的疼。这种感觉才能让他知道，他还活着。他还有许多事要做。

"姑娘留步。"房尉听到了一阵细碎的脚步声，速度略快，但落地轻盈，是桃夭无疑。桃夭一惊，连带着手里的灯都晃了起来。

"谁？"她小心翼翼地问，回答她的，却只是树叶的窸窣声。

桃夭将灯又提高了些，只是里头的灯芯要燃尽了，她只能看到一个高瘦的轮廓正朝她走来："你是谁？"

"姑娘不认得我？"突如其来的亮光让房尉下意识地蹙起了眉头。

"认得。"桃夭看清房尉的脸后，规矩地福身请安，"您是今晚宅子里的贵客。"

"嗯。"房尉看着桃夭怀里的那捆参须，没来由地笑了笑，"是客。但不算贵客。"

因相貌的关系，桃夭自小就很少与异性相处，特别是在生人面前，更为沉默。但说来也奇怪，明明对面的这位贵客模样冷峻，脸上的笑意也是转瞬即逝，桃夭却一反常态，斗胆开口问道："我知道您是梅林的那位神医，被请来专治老爷的。您在这儿，是有什么事吗？"

"没事。"房尉清楚，在桃夭面前，犯不着说那些蹩脚的谎话，"就是想把这个给你。"

"什么？"桃夭接着愣了愣，初次见面，一个生人，有东西给自己？

尽管疑问，但桃夭还是选择伸手去接。在二人指尖无意触碰到的时候，桃夭惊觉，原来对面郎中的体温竟然比自己的，还要低上个几分。

"山楂酥。"房尉看见桃夭正低着头研究那包吃食，便开口直说。

"山楂酥？"桃夭一头雾水，"您给我这个做什么？"

房尉停顿了一会儿，才将千言万语简化成一句话："你伺候的那个人，应该病得很重。"话音刚落，房尉就意料之中看见桃夭的脸色变得有些差，"这么晚了还要服用参须入味的药，定是病得重。加之药不能空腹服用，想必那人胃口也差。"

桃夭没有说话，只是手将那包山楂酥攥得更紧了。眼前这位郎中所说，竟一点不错。

"山楂对脾胃好，但味酸，可能过于刺激，所以我掺了蜂蜜进去。还请姑娘放心。"

"您……"桃夭还是不懂，她望着眼前这个陌生的男子，手指将包着山楂酥的糙纸生生地捏出了几道深浅不一的沟壑，她不自觉地动了动指尖，糙纸便发出细密的声响，断断续续的，竟让她产生了一种即将大火燎原的错觉，"这是为什么？"

"没有为什么。"房尉笑了笑，在桃夭的凝视下，身影再次隐入了沉沉夜色中。

第三章
闻人师爷

已经是十一月份了。

岚庭练完功之后坐在树下休息，爷爷跟他说过的，冬日里最寒的时候就是从十一月份的中下旬开始。岚庭咂咂嘴掰着手指头算了下，看来是快了，难怪今早练功出了那么多汗摇落了那么多梅花，可一停下来，自己还是觉得凉飕飕。

"岚庭。"

房尉拿着毛笔杆敲了敲半开着的窗户，嗓音一如既往的低沉有力。

"来吃早饭了。"

岚庭立马应了一声好，就开始撒着脚丫子往屋里跑。其实这会儿天还没有完全亮起来，可是房尉哥哥已经醒了。从裴宅回来后，他就好像比平日里睡得更晚，也起得更早了。

不对劲。

其实，从裴宅回来的那天晚上，岚庭就已经察觉到了。

岚庭因为爷爷的关系，一直都有早睡的习惯。

但那晚也不知道怎么回事，也许是去了一个新鲜地方觉得好玩儿，又或许还沉浸在被那个其实是人的女鬼姐姐吓着的后怕中，岚庭怎么着也没办法入睡，在床上滚了好几回后，还是决定起床去厨房里溜达一圈。就在岚庭一手酸黄瓜一手窝窝头吃得正心满意足的时候，他发现，房尉哥哥屋里的灯还亮着。

“房尉哥哥？”岚庭小心翼翼地站在屋门口，这里的门根本就没有关上。刚好一股穿堂风对着吹，将房尉的衣服和头发都吹得有些乱。但在岚庭的眼里，也还是好看的。

岚庭到现在还记得见到房尉第一眼时的场景，哪怕房尉那时正处于昏迷状态，岚庭也感叹了一番房尉生得好看，跟书里画着的人似的，但后来嘛——算了，岚庭瘪瘪嘴，虽然现在也好看，但可惜了就对了。

“你怎么还不睡啊？”话一出口，岚庭就觉得自己嘴笨，因为光是看着房尉哥哥的背影，就知道他的心情似乎并不是很好。

“你站在这儿多久了？”岚庭又往里面走了几步，站在房尉的身后时，他才反应过来，原来房尉哥哥还没有将今日出门时的衣裳换下来。

算了，岚庭咬咬牙，将吃剩的黄瓜拍到了桌子上，决定拣正经的话说：“房尉哥哥，你今天去那里……见着你想见的那个人了吗？”

闻言，房尉的眼前快速闪过了一些零碎的记忆，随即他转身，饶有兴趣地盯着一脸严肃的岚庭。

“你怎么知道裴家，就是我要下山来找的那户人家？”

“这个嘛……”岚庭噘噘嘴，语气像是有点委屈的埋怨，“虽然你和爷爷都没有告诉我，但我就是知道嘛。你在裴家的样子，和你在山上，还有在药庐里的样子，是不一样的。"

"这样啊。"房尉笑了笑，顺手将开着的窗户轻轻带上，被风吹了太久，恍惚间他都以为自己的脸变成了外面的梅花树枝，结出了晶莹的冰碴儿，"你这么晚还不睡，怎么长个儿？"

"反正我再怎么长，也高不过你。"

"那可不一定。"房尉看着岚庭年轻而稚气的脸庞，忍不住伸手捏了捏他肉嘟嘟的脸颊，"你还小。再过几年脸会瘦下去，棱角会出来，个子也会蹿很多。"

"不要。"岚庭拒绝得斩钉截铁，"这么高我够用了。而且我习惯仰着头看你，突然要换个姿势，我会不习惯的。"

"那房尉哥哥。"岚庭感觉气氛稍微好了点，便扯了扯房尉的袖子，"我没进来之前你一直看着天上呢，你在想什么？"

"我以前答应过一个人，要实现他的愿望。所以我在想，怎么做才能实现那个愿望。"

"愿望？"岚庭有点困了，今天奔波的倦意后知后觉地涌进他年轻的身体，他便顺势将自己的下巴给搁在了桌子上，两只手随意地耷拉在一旁。他做了一个深呼吸，费力地抬起眼皮子看着房尉，"那个愿望很难吗？你这么厉害都还要想这么久。"

"不难。"房尉摇头，眼底隐隐地折射出一点让岚庭看不懂，也从来没看过的东西——后来，在岚庭亲眼见过那个人和房尉哥哥相处之后，他才知道，房尉哥哥当时眼底藏着的东西，叫作温柔。略微停顿了一会儿，房尉才接着道，"他给的，永远不难。"

谷顺城不大，城内的主干街道也就两三条，不过胜在热闹。

岚庭这是第一次进城来玩，不管是吆喝着的小摊小贩还是门面气派的茶馆酒楼，都让岚庭觉得无比新鲜。

"咦，糖葫芦！"糖葫芦是岚庭最爱的零嘴之一，红通通的糖浆裹着酸甜的山楂，光一眼，就让岚庭眼巴巴地走不动了，"房尉哥哥，我想吃糖葫芦。"

卖糖葫芦的小贩是个聪明人，听到一点风吹草动便赶紧抱着木桩子走了过来。他瞧得出来，那位被小少年郎拉着的公子，必定出身富贵人家，且出手阔绰，他笑嘻嘻地拿了两串糖葫芦在岚庭眼前晃悠："来点不？今天刚摘的山楂，一点都不酸。"

"来一串。"房尉没有接过小贩递过来的糖葫芦，他长眸微动，淡淡地将整条街的店面都扫了一遍，"现在不要，等会儿来拿。"

"房尉哥哥。"岚庭不解，委屈地瘪瘪嘴，"我饿了。我想吃……"

"饿了，才得等会儿吃糖葫芦。"房尉微微弯腰，替岚庭指了指今天进城来的目的地——楚记茶馆，"那里。我听来看病的患者说，那里的麻油鸡丝面很好吃，先吃面，糖浆败胃口。"

来到楚记茶馆的目的，当然不是为了那一碗小有名气的鸡丝面。

谷顺城人都知道，比楚记鸡丝面更出名的，是茶馆的说书先生。先生姓张，是谷顺城里有名的长寿老人，虽年纪大了但口齿清楚，身体也还算硬朗，书说得绘声绘色，堪比大家，更了不起的地方在于他老人家对谷顺城内各家各院的了解，事无巨细一概全知，只要银子分量够足，就没有从他那儿买不到的消息。房尉到楚记，目的就在于此。

"啊，真好吃！"岚庭欢欣鼓舞，每每遇到好吃的，他总是这般高兴。岚庭咕咚咕咚连面汤都喝干净了，还意犹未尽地咂了咂嘴，"房尉哥哥，咱们接下来去哪里玩？"

房尉慢条斯理地将筷子放下，悠悠地看了一眼张老先生的说书台。时候尚早，那里空空如也，只有一本布满了灰尘的《长生殿》。

"都可以。"房尉拿起杯子，吹散了漂浮在最上面的茶叶，"不过我就不去了，你自己去玩。我在这里等着你。"

"为什么？"岚庭急了，"不是说好一块出来玩的吗？你自己坐在这里万一有什么危险怎么办？"岚庭的眼珠子转了转，下定决心似的将凳子坐得更稳了，"那我也在这儿坐着，我绝对不会把你一个人扔在这里的。"

"好。"房尉笑着点头，但很快话锋一转，"那你的糖葫芦怎么办？它还在刚刚那条小吃街上等着你去拿。"

一听到"糖葫芦"三个字，岚庭就下意识地吞了口口水，刚刚还无比坚定的心，瞬间就开始动摇："那……那也不行，跟糖葫芦比起来，还是……"

"去吧。"房尉口气轻松，"我就坐在这儿，哪儿也不去，不会有危险的。"

"那你要给我保证。"岚庭皱着眉，仍旧不放心的样子。

"我保证。"房尉拿出钱袋，整个递给岚庭，"好吃好玩喜欢的，都可以买。"

岚庭走后没多久，茶馆外面突然变得闹哄哄的。

虽然楚记茶馆外人声鼎沸是常有的事，但房尉此刻明显地察觉出，外面出事了。因为此刻从街面上隐隐传来的声音里没有往日的悠闲安适，取而代之的，是惊疑、好奇和看热闹时的幸灾乐祸。他的指腹摩挲着茶杯光滑的瓷面，慢悠悠地将它转动了半圈，停下来之后，才掀眸望去，声源处有许多人，他们围在一起站成了半圆的形状，一块大大的梨木红牌挂在他们的头顶上，"柳燕馆"三个大字赫然显眼。

"嘿，客官，您的茶好像凉了。"茶馆伙计停下了跑堂的步伐，将抹布往肩上随意一搭，"不要紧，我给您添点热水。"

"多谢。"房尉不动声色地将眼神收了回来。

"不客气，应该的。"伙计开开心心地将冷掉的茶水悉数倒掉，再换上刚烧开的热水。这个客人打一进门，伙计就注意到了他，生得好看，况且他还点了一壶最贵的茶，自然不能怠慢。

"对了。"房尉顿了顿，看着依旧空无一人的说书台，漫不经心道，"张老先生呢？"

"张老先生？原来客官您是等着来听书的啊。可是不巧，张老先生昨个儿来我们茶馆告假，说是去外地看女儿，怕是十天半个月都不会来了。"

"那的确不巧。"十天半个月，的确太久了。房尉盯着那些过了两遍水之后完全舒展开的茶叶，他知道自己，等不起了。

"那客官您要是没什么事的话，我就先……"伙计的话被外面轰然变大的吵闹声硬生生地打断了，伙计皱着眉，不满地嘟囔，"被掌柜的知道了又得骂晦气。"

伙计声音不算大，但房尉却听得清楚，他往外面望了一眼，发现柳燕馆门外，人越聚越多了。

"那里怎么了？"房尉其实也没有多大兴趣，但今天是等不到张老先生了，随便看点其他的戏打发下时间，也算一件消遣。

"也没太仔细瞧。"伙计笑笑，语气里塞满了市井的戏谑，"倒在青楼门口能有什么好事，还不就是吃了喝了玩了出不起银子呗。"接着，他像是要说一个什么不得了的秘密似的，刻意压低了声音往房尉耳边凑，"听说是被几个人一块儿丢出来的，现在是死是活都不知道……哎哟！痛！掌柜的您快别揪我辫子了！痛！"

"你啊你！"大腹便便的茶馆掌柜的恨铁不成钢地松了手，"能不能嘴上带个栓？这也是你能乱说的？被丢出来的那人可是穿着官家的衣服，你再这么说话当心回头给你抓进去！"

"是死是活都不知道？"房尉一出声，茶馆掌柜的才发现在被吓得连连摇头的伙计身后，还端坐着一位公子哥。

"还不就是小二乱说话。"掌柜的笑着，想快点把这话题给搪塞过去，"大概是官爷喝多了酒，又不知怎么回事，被柳妈妈给扔了出来。现在就躺在门外呢。具体什么的，我们做小本生意的老百姓怎么会知道。"

"要是能有个懂医术的去看看就好了。"伙计揉着被扯痛的头皮，有点担心，"万一真死在那儿，掌柜的，你说会不会咱们这一条街都被封了？"

"小二你闭嘴！什么乌鸦嘴呢你……"掌柜的话还没说完，就看到房尉已经起身往外走了，桌子上光秃秃的，半个子儿都没留下，"公子？您……这茶钱还没付吧？"

"嗯。"房尉头也不回，"我很快就回来。"

"那您现在做什么去？"伙计好奇地从后面探了一个头出来。

房尉笑了笑："你们不是担心那位官爷吗。张老先生不来说书，我无聊，去看看。"

倒也不是真的就无聊到满大街去给人看病的地步，房尉撩起茶馆的麻布帘，信步走了出去。他也说不准此时微妙的感觉，但他就是觉得，那个躺在人群中生死不明的官爷，需要自己去看一看。最重要的一点是——医者父母心，若是当初师父径直从坟山上走过去，那么现在的自己，应该早就成了一把白骨。

"哟，醉得可厉害，一动不动的，不会喝死了吧？"

"别胡说，好歹还是个官爷，可是怎么瞧着这么面生啊？"

"真官爷还能付不起吃花酒的银子？柳妈妈喊人扔的时候可一点情面没留。"

房尉越走越近，众人的讨论声也越来越清晰。房尉虽身处其中，却并未理会这些猜测，他的眼神直直透过人群的缝隙落在一只手上——那位喝醉的官爷的手，很白，此刻无力地垂在阶梯上，指尖被尘土弄脏了一点。

　　"麻烦让一让。"房尉开口道。

　　众人听话地让出一条过道，房尉走到最前面时，才闻到一股被酒味掩盖掉的血腥味。越是靠近，血腥味越浓。从医也好几年了，但房尉仍旧不喜这个味道。他眉头轻蹙，将那位昏迷不醒的官爷的脸扭过来一看，果然，淡色的唇边挂着几道鲜红的血迹。

　　"天啊！"站在房尉身后不远处的一个青年倒吸了口凉气，"血……是血！"

　　"怪不得一动不动的，这都多久了……哎，年轻人你干吗？"

　　房尉沉默，快速地替昏迷中的人检查了一下心脉，一切正常，血透红且无异味，看样子是饮酒过度，伤了脾胃，至于此时为何如此吵闹都不见醒，房尉想，应该只是酒量欠佳。

　　"什么也不干。"房尉回头看了眼身后表情不一的众人，"他没死，各位不用慌张。"

　　"你说没死就没死？"青年不服气道，"装着一副了不起的样子，别到时候连累我们这些在边上站着看的。"

　　"哎，小伙子，话不要说得那么难听。"青年偏激的言语让一旁挎着菜篮子的老婆子有些看不过眼，她慢悠悠地叹了口气，对着房尉的背影劝道，"既然都见了血，人也不醒，年轻人你也别在边上给自己惹麻烦。他的衣服鞋子都是官家制的，快走吧，最多给他喊个郎中，也算对得起这打个照面的情谊了。"

房尉置若罔闻，仍旧维持着刚刚的动作，没有作声，也没有起身。过了一小会儿，他才伸手将那位官爷杂乱的头发稍微理了理，有些发丝沾染了血迹，冷风一吹，便结成了小小的血块或者血疙瘩。

　　的确是生了一副极好的皮囊。房尉仔细地看着那位官爷，肤质如玉，眉眼如画，即使现在双唇暗淡，没什么血色，但镶在这样一张阴柔精致的脸上，倒也添了几分病态美。

　　的确好看，但也的确脸生。至少在离开之前，房尉没有在谷顺城内见过这位官爷，并且他身上的衣服质地上乘，看样子官职也不会太低。

　　"房尉哥哥！"岚庭怀揣着大包小包的零嘴，还隔着半条街的距离，就扯着嗓子喊开了，结果一到茶馆门口，只看到一壶凉透的普洱跟自己大眼瞪小眼，于是雀跃的心立马沉了大半，"咦？我的房尉哥哥呢？"

　　"岚庭。"房尉站起身，朝着不远处那个毛茸茸的脑袋喊了一声，"过来。"

　　"房尉哥哥？"岚庭困惑地转过身，在看到房尉时眼睛瞬间亮了起来，"房尉哥哥！你在那里干吗呀？"

　　"来。"房尉言简意赅，"抱个人上楼。"

　　房尉不是抱不动此时醉成一滩软泥的官爷，也不是嫌官爷身上的酒味和血腥味，只是自己答应过那个人的，除了他，此生不再抱，也不再抱其他人。

　　于是，房尉轻而易举地，就又想起了那个人的脸和味道了，还有他身体贴过来的温度，他拖着软软的童音，似是十分困倦，但还是执着地要说话，温热的气息像是夜晚河塘里的两尾鱼，整个世界不过那圆圆的几亩水地大小，幽暗静谧得可怕，唯独他的声音浮游在耳边，他说，那你一定要说到做到哦。

　　就在岚庭抱好人准备走的时候，一直被房尉忽视的青年更加不爽快了，他悄悄地伸出腿准备趁着人多绊倒岚庭，可没想到岚庭眼疾手快是个练家子，不仅没把人绊倒，反而自己还被岚庭狠狠踩了一脚，痛得他连连往后退了好几步。

　　"你要做什么？"岚庭皱着眉，瞪着那个痛到脸色苍白的青年人，"还好绊的是我，不是房尉哥哥，不然可不是踩你一脚这么简单了！"

　　"你们要把人抱到哪里去？"青年抹了一把头上的冷汗，"谁知道你们是不是坏人？万一弄死了官爷，我们在场的人都脱不了……"

　　"你胡说！"岚庭急得打断了青年的猜测，"房尉哥哥是要救人！他可是最好的郎中！"

　　"房尉……"老婆子眯着眼睛，仔细盯着已经走出人群的房尉，"难道就是那位梅林的房神医房尉？"

　　"哼！"岚庭昂着下巴，一丁点骄傲的小心思都藏不住，"当然，房尉哥哥就是那个房尉哥哥。"

　　"岚庭。"房尉若无其事地回过头，"走了。"

　　楚记茶馆是谷顺城最好的茶馆之一，为了不负盛名，二三楼的客房自然也是丝毫马虎不得，房尉拿过钱袋，放了一整锭银子在掌柜桌上："要一间上房，打点热水来。等会儿我会写一张药方子，你们抓好后温火煎好送来。"

"哎，好，好。"掌柜的盯着那锭银子，眼睛都快直了，"一切按照您说的来，还有您喝了小半壶的普洱，也会重新添好热水给您几位送过去。"

"哦，还有。"房尉睨了一眼岚庭怀里不省人事的官爷，"你们抓药的时候，药材铺的人肯定会顺手给你们丢几块冰糖，你们切记，一定要拿出来。"

"为什么啊房尉哥哥？"岚庭眨巴着眼睛，小声地问，"醒酒汤里不放冰糖多苦呀？"

"越苦越好。"房尉浅浅一笑，眼神里藏着的玩味稍纵即逝。

"热……好热，嗝！"闻人晚不耐烦地嘟囔了两声，手上湿热的感觉让他的神志暂时回来了一点，但睁眼这件事还是让他费了不少力。

"这地方怎么有些眼生？"闻人晚将眼珠子转了转，最后定格在一只手上——纤长匀称，正拿着一块帕子给他擦手。

"手是大了点，但应该是个美人。"闻人晚心满意足地笑了笑，反手抓住了那块帕子和拿着帕子的手，"美人儿，别擦了，来，继续跟……爷我喝喝酒，嗝，去满上。"

"没有酒。"房尉气定神闲地将手从闻人晚手里抽了出来，"若是你想喝，我给你倒杯普洱来。"

随着手帕落入木盆里激荡起来的细小水声，闻人晚也皱起了眉头，他半撑着自己的身子，醉眼迷蒙地去寻刚刚开口说话的人。

头顶上传来的眩晕越来越强烈，闻人晚找了好一会儿，才找到一个坐在屏风外的人。他一笑，手抬到半空中，觉得没力气，又只能软趴趴地放下，嬉皮笑脸道："别生气啊美人儿，坐那么远作甚？我又……又不吃了你。"

房尉将茶杯放下，又缓缓走了回去，还没张口说话，就被闻人晚伸手捞了一个衣角过去。

"对，来本师爷这里……可是？"闻人晚有些困惑地皱了皱眉，"是换了一个姑娘吗，怎么……嗝，变了模样，跟个男人似的。"

"看样子。"眼前的人虽是映着笑脸说一些酒言酒语，但该听进去的话，房尉一个字都没落，比如他刚刚的自称，"师爷，似乎还没有醒透。"

"嘿，不过笑起来还挺像回事的。"闻人晚又打了个酒嗝，摇了摇房尉的衣角，"再靠近点，来，给本师爷亲一个，快点。"

房尉将头微微低垂，眼睛里刚刚消散的玩味此时又悄无声息地涌了上来。他自己也说不上原因，他只是有一种直觉，他笃定眼前这人将会给自己的计划助上一臂之力。

只是现下这位官爷还醉醺醺的，那么，就先陪他玩玩，也不耽误什么事。

"好。"房尉就近坐在了闻人晚的床沿边上，不动声色地看着对面那人越靠越近，大概是人醒了过来，所以刚刚在柳燕馆门外还灰白着的脸庞，此时已后知后觉地飞上了两朵醉酒的酡红。

闻人晚闭着眼，长睫不停地颤动，他只觉得对面这美人儿身上的味道好闻极了，一点也不像其他姑娘身上的那么呛鼻，清淡别致，带了点讨喜的清苦味，让他格外放松和舒缓，所以只想靠得更近一点，更近一点。

就在房尉和闻人晚的脸快要真的碰上时，端着醒酒汤的伙计推门而入，他呆呆地看着眼前的场景，一时间根本不知该作何反应。

"对……对不起。"直接端着汤药出去也不妥，继续往里走怕也是打扰了两位公子，进退两难之下，站在房间门口的伙计只好红着脸，语无伦次地道歉，"我、我马上……我送完醒酒汤马上就走。"

"烦人。"闻人晚不满地蹙眉，"吵了本师爷的好事。来，美人儿，咱们继续……"

"我让他进来送醒酒汤的。"房尉招了招手，示意伙计将汤药随意放。

"醒酒汤？什么玩意儿，我又没醉……"闻人晚似是有点委屈地瘪瘪嘴，还想继续往房尉身上蹭。而房尉也就是在这时候才闻到浓烈酒味下的果子香，原来——眼前这人，是被甜果子酒给灌醉的。

"那房郎中。"经过刚刚这么一闹，方圆几里都知道梅林的房神医到了此处，"醒酒汤我就放这儿了啊，听您的吩咐，没放冰糖。"

"好，多谢。"房尉满意地目送伙计出门，一回头就对上了闻人晚惊疑又恐慌的眼神。

"怎么了，师爷？"房尉饶有兴趣。

闻人晚深吸一口气，将房尉的衣角慢慢松开，他瞪着一双凤眼，像是彻底清醒过来了，小心翼翼地问道："你是……男的？"

这句话问了出去，可对面的人只笑，却什么也不说，眼神里的悠然淡定让闻人晚觉得颜面扫地，他费力地吞了口唾沫，仔细地看了看对面人平坦的胸膛和凸出的喉结——结论已下，对面人是男是女，一目了然。

心中虽有一万个悔恨不已，但表面上必须强装镇定，闻人晚干巴巴地笑着，开始不着痕迹地往后面挪："原来你、你还真是男的啊。"

房尉一眼便识穿了闻人晚的尴尬，故意将他的手腕攥在自己的手心里，似笑非笑道："师爷躲什么？刚刚不是还对我很热情的吗？"

"你别过来啊。"闻人晚哭丧着一张脸，喝多了酒身上没什么力气，怎么也挣不脱对面人的掌控，只好不断地重复，"我没有那种奇怪的癖好，我不好龙阳这口，你千万别对我……"

真是聒噪。

"很巧，在下也没有那种癖好。"房尉没什么表情地松开了喋喋不休的闻人晚，起身将醒酒汤放在了他的手边，"喝了。"

"不要。"闻人晚下意识地拒绝，他看了看那碗深色液体，直觉它一定很苦，"看样子就不好喝，我不喝。"

房尉也不劝，只坐在半开的窗户旁喝茶，除了那个人，他还没有哄劝过谁吃药进食。

普洱馨香满室，但热闹惯了的闻人晚一时不适应房间里的寂静，于是他赶在眩晕来之前，故意大声地咳嗽了两下："那个穿白衣服的，你是谁啊？"

"要凉了。"房尉并不搭腔，仍旧望着窗外。

冬日的天，就算是蓝，也蓝得格外惨烈一点。

"什么？"闻人晚一时没有反应过来，直到汤药的苦味飘到他鼻尖他才想起还有醒酒汤这么一档子事，看来是逃不过了，"为什么我要信你？万一你在里面掺毒怎么办？"

"我没要你信我。"

"那你？"闻人晚不解，"那你把我带到这房里，还给我药喝，你想干什么？"

"顺手罢了。"房尉这时才将头扭过来，直直的眼神透过半遮半掩的屏风，都让闻人晚有一瞬间的心惊，"爱信不信。"

"你……"闻人晚出身名门，又是嫡孙，呼风唤雨惯了，何时受过这种不明不白的气？他端起汤药，跟房尉赌气似的一口全喝了，末了还将碗底翻给他看，"瞧见没？喝完了！本师爷不怕你！"

"没说你怕我。"房尉斜了眼闻人晚，只觉得这人幼稚，接着他顺水推舟地就着闻人晚的后半句，佯装困惑地皱起了眉头，"不过，你自称师爷？"

"哼！"闻人晚被苦得舌尖发麻，但又不得不承认那醒酒汤的确有效，一入喉便清醒了几分——当然，也可能是苦醒的。

"怎么？"闻人晚吊儿郎当地理着自己的官袖，"听到'师爷'二字害怕了？"

房尉笑道："不敢。"

"我闻人家族世代都是师爷，名气大得谁人不知谁人不晓？"接着，闻人晚换了一种更得意的口气，直勾勾地看着一旁悠闲的房尉，"特别是我闻人晚，五岁就能破案。"

"闻人家族……"房尉轻声重复道，"闻人家族，闻人晚。"

"这下该知道本师爷的厉害了吧？看你下次还敢不敢再给我喝这么苦的药！"

"嗯。"房尉的笑意随着闻人晚越发幼稚的表现而不断加深。

时候也不早了，房尉听着楼下岚庭嬉闹的声音，准备打道回府。

"闻人是很特殊的姓。你的名字，也很特殊。"

"就这样？"闻人晚半张着嘴，愣在原地。这还是头次有人对闻人家族表现出这么大的不屑——或者是漠然。习惯了受人拥簇的他，一下子还不能接受眼前的落差。

"就这样。"房尉起身，径直走向房门，甚至路过闻人晚床边时都未曾驻足，"师爷好生歇息。茶水钱和房钱在下已经付了。下次可不要再醉倒在大街上。你的肠胃经不起你折腾。"

闻人晚依旧仰着头看房尉，他皱着眉狐疑道："你到底有什么目的？"

"师爷多虑了。"房尉回头，似笑非笑，"在下只是偶然遇见，觉得你那副样子很蠢罢了。"

"你！"闻人晚恼羞成怒地指着房尉，想了半天也不知该骂他什么好，这小半月的种种不顺心之事，瞬间就全部累积到了胸口，"浑蛋！这谷顺城就没一个地方让本师爷舒心的！"接着，他暗暗咬牙，玩世不恭的眸子里隐隐折射出几分认真的神采，"等本师爷破了裴家奇案，头一件事就快马加鞭地离开这个鬼地方！"

什么——裴家奇案？

房尉预备推门的手，就这么停滞在了空中。

此番专程进城的目的扑了空，却没想反而在这里，寻得了一丝线索？房尉蹙眉，将脚步折返回来，他仔细地看着脸上还带着余愠的闻人晚。

"师爷刚刚说的，是裴家奇案？"

"嗯。"闻人晚不情不愿地从鼻子里哼出了一个音节，眼前人蓦然转变的态度，让他不得不提防几分，"怎么，你也有兴趣？"

"自然。"房尉点头，没有一丝拐弯抹角的意思。他知道闻人晚是聪明人，在聪明人面前撒谎，从来只会适得其反。他已经等不起张老先生回来了，裴宅复诊时间又迫在眉睫，而自己手中的线索却还是那么几条，那人仍旧音讯全无——房尉压抑着内心的波动，重新坐到了闻人晚床边，"只要你说的裴家，是谷顺城首富裴家。那在下的确很有兴趣。"

闻人晚知道裴家这桩案子，是在他被降职下放到谷顺城的第二天。

县令及衙门内的各位当职的，都知道闻人晚的来头。所以尽管知道闻人晚是被上头降了权势打下来的，但也好吃好喝地伺候着，生怕怠慢了。而闻人晚早就被这种谄媚的伎俩给烦了心，索性在午饭过后躲进了衙门的卷宗库——那儿放的都是已办妥或者办不妥已经放弃的案子，所以极少有人去。闻人晚就是图这份清净。

　　闻人晚漫无目的地在卷宗库里走走停停，突然就被一份陈年卷宗给砸中了脑袋，大概是放在最上面积了许多灰，闻人晚还来不及感受到痛感就先被呛出了眼泪。待他缓过来之后，他才定睛到那本卷宗上，发黄的封面上赫然写着五个大字——裴家毒杀案。

　　永泰四十七年冬，腊月初九，裴家大少爷裴琛聿十八岁寿辰。当日，寿宴被人下毒，中毒者三人，裴家大少爷裴琛聿死亡，二少爷裴扶苏重伤，三小姐裴忘忧轻伤。

　　潜心调查三月余，但凶手未留下任何痕迹与证据，案子至今未破。归为奇案。

　　闻人晚顿时便来了兴致。破别人破不了的案子，那才叫有趣。

　　正好县令差了人过来寻他去吃酒，闻人晚一笑，索性将裴家这卷宗一同带了过去。酒过三巡，在几位大人都醉醺醺的时候，闻人晚直接将卷宗拍在了酒桌上："给你们的头儿，也就是杭知府带个话。若我闻人晚破了裴家这起奇案，就让我，官复原职。"

　　"所以师爷是将仕途都押在这案子身上了？"房尉听完闻人晚的叙述后，简单明了地总结出了方才那句话。

　　闻人晚眼神有点躲闪，但终究还是干脆地点了点头："反正我闻人晚五岁就能破案，这种程度的案子，对我来说，还不算什么。不过你呢？为什么对这个案子感兴趣？莫非……"闻人晚故意将眼睛眯成一条缝，"莫非你就是当年下毒的人？"

房尉一笑，并未被闻人晚的玩笑话吓到："在下房尉。是名郎中。"

"房尉？"待房尉说出这番话时，闻人晚才后知后觉，好像自己一直不知道对面这人的名字和身份，"好像听到过。"

"裴宅裴老爷，现在是我的病人。"

"所以？"闻人晚还是没有理清其中关系。

"裴老爷恶疾缠身，久治不愈。源头在心。"房尉顿了顿，"我想了很久，不知道有什么事情能苦恼住谷顺首富。可方才听师爷一讲，当年毒杀案里，裴家大少爷不幸逝世，可凶手至今未找到。我估摸着，这就是裴老爷的症结所在。"

"裴家给你出了多少诊金？"闻人晚开门见山。在他的印象中，没有哪个郎中会尽职尽责到眼前这位郎中的地步——就为了一个心病源头，而要掺和进一起破不了的毒杀案？

换句话来说就是，闻人晚不信房尉。

"我不缺钱。"房尉笑笑，往闻人晚的方向凑近了点，"只是我们祖师爷说了，医人有规矩，若决定医人，必要医好那个人。我只是按规矩办事。"

闻人晚生于官宦世家，却从小渴望步入武林，于是，听到"祖师爷"三字瞬间就被勾起了好奇心。

"祖师爷？难不成你还是某个门派的弟子？"

"秘密。"房尉自然不可能将真实原因告诉闻人晚，只是没想到这信手拈来的理由，真的让眼前这人信服，"裴老爷身子亏空许久，大概需要长时间的休养。"

"这就意味着，你有很长的时间要出入裴家。"闻人晚很快地找到了房尉话里的重点。

"对。"房尉一笑，"不如我们做个交易。"

"师爷虽然是暗下重查这件案子，但毕竟是官家的人，有很多地方都能行便利。"房尉顿了顿，看闻人晚没有丝毫反感的神色，才接着往下说，"而我，虽然是一介布衣，但胜在能光明正大地出入裴宅。其实师爷心里清楚的，当年那场毒杀案，在内，不在外，不是吗？"

"你？"闻人晚一怔，他没想到对面这人的心思如此通透。三个受害人皆是裴家同辈的公子小姐，这就说明凶手的目的非常明确。自己当时还是研究了一会儿才理清的头绪，可房尉，只听自己大概地描述了卷宗上的文字就已得出这个结论——看来，跟他合作，的确可行。

"我助师爷官复原职，师爷帮我完成门派的规矩。如何？"

"成交。"闻人晚在思忖的时候一直盯着房尉的眼睛——那里面写满了沉稳和可以被信任。

最终，闻人晚下定决心点头，二人双手交握。

"天色不早，那我就先告辞了。"房尉起身，这次是真的打算回去了。

正巧岚庭满头大汗地跑进了房里，看那样子，应该是和底下院子里的伙计们玩得很尽兴。

"房尉哥哥。走不走呀？再不走等到药庐都要天黑了。"岚庭抹了一把汗，咕咚咕咚将凉透了的茶水全部倒进了肚。

"走。"房尉看向仍旧抱着被褥坐在床上的闻人晚，点头道，"那我们便先走了，师爷好生歇息。"

"那个……等等！"眼看着一高一低的两个身影就要踏出房门，闻人晚才喊了一嗓子，"那个，你是不是就是郊外那个梅花郎中？"

房尉点头："出城门西南方向，梅花林，就是我的药庐。"

闻人晚一边记着一边点头，嘴上却不想认输："说那么清楚干什么，谁还会去找你似的。"

"师爷来或不来，在下都会恭候。"房尉一点也不介意闻人晚的态度。从刚刚的相处中就能知道，闻人晚不过是一个行事嚣张幼稚的聪明公子哥罢了，本性是不坏的，"明日，就是去裴宅复诊之日。"

"那……"闻人晚一愣，虽然已经知道房尉的情况，并且也和他结成了暂时的同盟，但这一切发生的速度还是让闻人晚有些微醺——他想，可能是那碗醒酒汤还不够苦。不然他为什么明明从不打无准备之仗，却还是莫名地信任眼前的人？

"师爷放心。"房尉知道闻人晚可能还想再交代点什么。他那双细长的眸子，分明就是有话想讲，"今日之事不是儿戏。途中我能为师爷做到的，绝没有二话。"

第四章

公子扶苏

SHENZHAIJISHI

翌日清早。

岚庭连嘴都来不及擦就一溜烟跑出了药庐，他认得裴家马车的轮子辚辚声，绝对错不了。

"管家大叔！"岚庭兴冲冲地跑出去，"今儿个有给我带……咦？"岚庭望着那个陌生的大哥哥，露出了不解的神色，"管家大叔人呢？还有这个哥哥是……"

一旁的车夫听到岚庭的疑问后，便憨憨地笑着回答："杜管家今天和三夫人去邻城选货了，这不，就换了我和杜叶来。"

"杜叶？"岚庭歪着头，想着上次在裴宅好像没有看见过这个人。

杜叶一身青衣，身姿挺拔，就算岚庭年纪比自己小，他也还是礼数周全地作了一个揖。

岚庭不习惯这么文绉绉，正当他考虑着到底是要回个揖还是回个抱拳时，他就看见杜叶嘴边的笑容凝固了一两秒——杜叶的眼神，是看着自己身后的房尉哥哥的。

"房尉哥哥。"岚庭莫名觉得有些奇怪，小声道，"管家大叔今天不在，就让这个哥哥来接我们。"

"瞧我这记性。"车夫像突然想起什么似的，一拍脑门以示懊恼，"只顾着检查马车的轮子，竟然忘记给你们介绍一下。杜叶是杜管家的孩子，前些年一场意外之后，就不会说话了。所以二位要是有什么不方便的，也可以跟我这老车夫说。"

"不会说话了？"岚庭到底是孩子心性，立马夸张地问了出来，"那就是个哑……"

"岚庭。"房尉沉声，"不得无礼。"

岚庭自知理亏地瘪瘪嘴，立马走到一旁牵起了上次那匹马。

"岚庭还小，说的话请杜公子不要在意。"房尉提着药箱，在经过杜叶时，停住了步伐。

杜叶一笑，依旧是房尉记忆中的清雅和煦。接着，他轻轻地摇了摇头以示无碍，伸手替房尉把车帘掀得更开。

房尉知道，杜叶的意思是请他上车。可是——可是刚刚车夫的那番话还在房尉心中盘旋，什么叫作前些年一场意外之后，就不会说话了？那场意外究竟是什么？难道指的就是三年前裴家那起毒杀案？可不管是卷宗，还是房尉对那日的记忆，中毒的不就只有裴家兄妹三人吗？那么眼前杜叶的失声，又是怎么回事？

房尉眼波微动，正欲问些什么的时候——不说一探究竟，但至少，房尉在此时，想和久违的故人说说话。但一直平静着的杜叶，在对上房尉眼神的时候，竟轻轻蹙着眉，再次摇了摇头。那意思很明显——要房尉不要说话。

　　房尉下意识地看了看坐在不远处的车夫，立即会意。

　　车内十分寂静，唯有小火盆上面的茶壶被煮得发出了细微的咕噜声。

　　杜叶垂眸，认认真真地斟了一杯普洱递于房尉手边。

　　房尉愣了愣，因为在接过的那瞬间，他感觉杜叶指尖的温度，格外低。

　　"近日大寒时节，杜公子应当多多注意身体。"

　　大概是车厢内只有两个人的原因，杜叶的表情不似方才那般完美——好像那些隐藏在他微笑下的情绪，此时正渐渐地从他的眉眼中透了出来。

　　杜叶看着房尉，迟疑地点了点头。

　　"有杕之杜，其叶萋萋。"房尉顺着杜叶的名字，念出了《诗经》中的两句，"你的名字，是出自这里吗？"

　　有杕之杜，其叶萋萋。你的名字，是出自这里吗？

　　杜叶一直垂在身侧的手，因为这句话，而暗暗握紧了。

　　曾经，有那么一个人不嫌他出身低微，不嫌他资质愚钝，硬向老爷要了他做陪读书童。那日秋高气爽，金桂飘香，他手中的川贝糖水好像也散发着甜味，而那个人，一袭白衣，趁着教书先生不注意，偷偷地朝他招了招手，眉眼里都是温柔。而那份恰到好处的温柔，轻而易举地打败了周遭的好风景。那人指着一本《诗经》，一本正经地用还不够成熟的声音告诉杜叶，有杕之杜，其叶萋萋，你的名字，就是出自这里。

"杜公子。"房尉一句话就将杜叶从回忆里捞了出来，他看着杜叶苍白的嘴唇，有些艰难地开口道，"若我说，我有法子让你痊愈。你可有兴趣一试？"

房尉这句话着实让杜叶吃了一惊，他从来没有想过，这辈子还可以开口讲话。接着，他在房尉带着些许期盼的眼神中，坚决地摇了摇头。

房尉的失落转瞬即逝，随即，他便了然道："也好。杜公子怕也是习惯了。其实有时候无法开口说话，也是一种福气。"而他了然于心的，却不仅仅局限于说出的那番话，刚刚四目相对时，他明显地感觉到杜叶的眼神不对劲，相处多年，他懂杜叶——他知道，杜叶一定藏着什么秘密。

由于杜管家和三夫人出门了，带路的任务自然而然地又落在了杜叶肩上。

白日的裴宅看起来更为大气一些，但同时，一些隐匿在黑夜中的小瑕疵，现在也暴露在了视野之下，比如墙面上的裂缝，再比如木质栏杆末端的腐朽。

三人朝着裴老爷房间前行，途中又遇到了忘忧。岚庭和忘忧虽只见过一次面，但上次的梁子算是结下了，果不其然，两人一对上眼，立马又开始吵闹。

不太明白情况的杜叶本想上前劝阻，没想到自己反而被房尉拦下："他们还小。正是爱玩爱闹的年纪。你放心，岚庭有分寸，不会伤及裴小姐。"

贵客都已经开了口，主家没有不大方的道理。杜叶颔首，一路无言将房尉带至了老爷房门前。

"裴老爷。"房尉见房门虚掩，轻轻叩了两声。

得到裴老爷应允后，房尉才缓缓步入正房，屏风之后，是裴老爷靠着床杆半坐着的模糊身影。

"您这几日感觉好点了吗？"

"好、好多了。"裴老爷忙不迭地点头，看着走过来的房尉，眼里满是藏不住的欣赏，"梅林神医果然名不虚传。喝了一天药就感觉舒爽多了，如今既能吃点东西，也能下地走几步了。"

房尉点头，正在心中想着这次留下来的药方子可以做些什么变化时，最外面的那张木门就又被人打开了——其实说"打开"并不适合，单从声音上评断，更像被人蛮横地一把"撞开"的。

"神医，神医……救命！"一个哭泣的女声越来越近，仓皇之间，那个瘦弱的身影好像撞上了屏风一角。但桃夭也顾不得肩上的剧痛了，她满脑子都是刚刚北园里的情形——血，还有烂掉的肉和骨头。

"神医……"桃夭"扑通"一声跪在了房尉和裴老爷面前，哭着朝房尉爬了过去，沾满鲜血的手紧紧攥着房尉的下摆，不住地祈求，"求您了，求您了，去北园一趟吧……快、快不是个人了，求您了……"

"桃夭你……"跟随而来的二夫人愣在了门口，终究还是没有办法阻止桃夭跑出来求医。二夫人看着眼前的场景，眸里满是痛苦，手里的帕子也早就被捏得变了形。

　　"你们好端端的，干些什么？"裴老爷被这接二连三的闹剧弄得十分不爽快，本来极好的心情，现在全给败个精光，"还有贵客在这儿，你们这样子，成何体统？"

　　二夫人低着头，规规矩矩地将裴老爷的训斥全盘接应了下来，她往里面走了一两步，想伸手拉桃夭，却还是作罢："对不起老爷，是我一时疏忽没有看管好这丫头。您也知道的，她向来比较疯癫，吓到贵客是我的……"

　　"二夫人！"桃夭突然抬起头，狠狠地用手背抹了一把挂在下巴上的泪珠，"我没有疯，疯的是您！您可是二少爷的生母啊，怎么可以狠心成这样子？"

　　"扶苏？"裴老爷听桃夭讲到了二少爷，直觉其中有问题，"扶苏怎么了？"

　　"没……没怎么。扶苏很好，照顾得很好，老爷不用、不用操心。"二夫人抢在桃夭开口前将这番话说出，但飘忽的口气和躲闪的眼神，实在很难让人相信她讲的是实话。

　　裴老爷虽病但不愚，一眼就看出二夫人是在撒谎，于是他更加生气地竖眉喝道："扶苏到底怎么了？桃夭，你来说。别怕。"

　　"扶苏少爷他、他……"真轮到自己说的时候，桃夭反而害怕了起来——不是不敢说实话，而是一想到刚刚那个场景，桃夭就不自觉地开始战栗起来，实在是太可怕了。

"二夫人趁着您生病，便偷偷辞退了扶苏少爷的郎中，还跟我讲不许说出去，可是……可是……"桃夭的眼眶又红了，话虽是对着老爷说的，但她不由自主地将求救的目光投向了站在一旁未曾开口说过一句话的房尉，"刚刚我去换被褥的时候，发现扶苏少爷的腿……都成一摊子烂肉了，全是血，我还看见了那些白森森的骨头，甚至还……"

房尉看着桃夭的嘴一张一合，做不出任何反应。

从听到那个人的名字和处境之后，房尉就已经听不见桃夭接下来的话具体在说些什么了。不止桃夭的话，房尉甚至觉得自己身处的世界，都在刚刚的那一刻，归于寂静。

扶苏的腿——成了一摊子烂肉？

那么精致和清澈的少年，像是盛开在云端高岭的少年，在自己生命里占据了重要位置的少年，这几年几乎每天都在挂念着的少年，竟然，和那样的词语，画上了等号。

在山上的那三年寻不到关于扶苏的消息那便罢了，可为什么回到谷顺，甚至重新回到裴宅后都见不到扶苏呢？除了在众人言辞间知道他当年重伤如今生病外，竟不知他任何消息。原来最大的阻碍不在其他，而在扶苏身边最亲近的人。

房尉看着二夫人，内心一片悲凉。这三年，在自己离开裴宅的这三年中，于扶苏，于二夫人，甚至于整个裴宅，到底发生了什么？

当年那场毒杀案，究竟带走了多少东西，又改变了多少东西？

那场毒杀案放置今日，到底还能不能被解开？而隐藏在"奇案"两字之下的，到底是单纯的意外，还是阴险的预谋已久？

"您是好人……"桃夭声泪俱下，"郎中，我知道郎中您是好人。求求您去北园救救扶苏少爷好吗？他不能死啊，不能……我求您了郎中。"

"姑娘。"房尉将跪在地上的桃夭轻轻扶起，"地上凉，你也不要再哭了。"

"可是……"桃夭吸了口气，有些干了的眼泪黏在脸上让她非常不舒服，她好像稍微冷静了一点，是不是自己太冲动了？老爷的脸色此时看起来阴沉得可怕，而身后二夫人的样子，也是极为少见的痛苦。

"在下是来替裴老爷复诊的，于情于理都不该半途去北园替二少爷看病。"房尉的表情依旧是淡淡的，说出这番话的时候，好似事不关己。可谁人知，隐在宽大衣袖里的手，早已紧握到关节发白。有一个声音很小，却不停地向房尉席卷而去——是扶苏幼时生病时的呻吟声。一声又一声，穿越了好多年，正生生地折磨着此时的房尉。

房尉逼着自己不动声色地深吸一口气。

扶苏，你此刻是不是也像之前那么痛？或者是更痛？

"罢了罢了。"裴老爷的眉头皱得更深了，"扶苏是我儿子，他现在病成这样，我这个当爹的还有什么心思，唉，也怪我自己这破身体，竟这么久无法管理府中之事。"接着他看向房尉，有些不确定房尉会不会去诊治扶苏，毕竟当初请房尉来医治自己都花费了不少精力，"房郎中，你是否愿意去北园看看我那个……"

"不！"一直沉静的二夫人突然激动了起来，她美眸圆睁，痛苦地摇头，"老爷，别，求您了，别让房郎中去看扶苏，扶苏会好的，我真的会照顾好……"

"你放肆！"裴老爷怒火中烧，"我从来没有想过你是这般心狠手辣的女人，自己的孩子都要置他于死地！要不是桃夭过来告状，你还想瞒着我多久？瞒到我身体好了之后去北园看扶苏那日？"

"不是的，不是的老爷。"二夫人的眼泪落了满脸，颤抖的身体像片在风中凋零的树叶，她的手掌撑在冰凉的地面上，"老爷，扶苏是我的孩子，您怎么不信，我这样……是为他好呢？"

"够了！桃夭你立即带着房郎中去北园看看扶苏。"裴老爷大手一挥，不愿再看眼前的女人，"至于你，以后扶苏的事情再不经你的手。早知道你是这样……当初哪怕你再像她，我也不会把你从青楼里赎回来。"

北园。

顾名思义，就是整个裴宅的最北边。

桃夭一边抹眼泪一边给房尉带路，走过花园假山上那座小桥时，桃夭无意间瞥见了房尉的神色——说不出个什么表情，只觉得和第一次见到的房郎中不大一样。

"您怎么了？"桃夭小心翼翼地问道，"是不是我走得太快了些？"

"不是。"房尉摇摇头，眼神落在了前方已经隐约可见的北园大门上，"姑娘只管带路便是。"

"约莫是这边比老爷那边要冷上一些吧？"桃夭想了想，大概就是这个理了，特别是她还记得，房郎中指尖的温度，是低过自己的。

"北边就是这样的，花园这儿还算好，等出了这里，还要走一会儿，才能到北园。"接着，桃夭不知道想起了什么，总之她顿了顿才开口，"那里才是真的冷。"

有多冷呢？冷到昨晚结在屋檐下的冰条子，到现在都没有融化掉。

桃夭那次虽不在老爷房里，但下人们之间向来嘴碎，不管什么事情，不出个把时辰定能传个遍，所以她也是知道房尉医人的规矩的。

"房郎中。"桃夭福身准备退下，"扶苏少爷就在这屋子里，一切，就都麻烦您了。"

房尉没有开口说话，也没有再侧头看上桃夭一眼，他的注意力全在眼前的那扇木门上，他一动不动，似是着了魔似的，盯着那扇薄薄的木门——甚至在桃夭走了很久之后，他都维持着相同的姿态。

就是这扇门。

在这扇门之后的，就是扶苏。

房尉有些难以形容此时的心情，激动？雀跃？开心？得偿所愿？抑或是害怕？恐惧？心疼？难受？巴不得取而代之？

这些微妙的情绪统统交杂在了一起，蛮横地充斥着他的头脑和四肢，所以他必须要停在原地给自己缓和一下。

房尉深吸一口气，他看见那些流淌在他身体里的情绪最终聚合在了一起。它们沉淀下来，沉淀出一张房尉此生都不能忘的脸——是扶苏，是记忆中最为精致好看的扶苏。

房尉敛眸，骨节分明的手，终于将门，轻轻地推开。

屋子里几乎没有什么光线。

房尉的眉头，紧紧皱了起来——这究竟是一间什么样的屋子？

阴暗潮湿不说，房子里的摆设也少得可怜。放眼望去，房尉只能看到一张孤零零的桌子，可桌子上甚至连一盏像样的茶壶都没有。他停在原地，几乎快要失去前行的勇气。到底发生了什么事情，扶苏要住在如此简陋的地方？

房尉艰难地越过了那张桌子，看到了不远处的床榻，和被褥里那块小小的凸起。

"裴……裴二少爷？"

意料之中的，没人回应。

但越是靠近床榻，那股萦绕在房尉鼻尖的味道就越浓烈。他能分辨得出，有药材的味道，有发霉的味道，有血的味道，甚至还有腐烂的味道，它们全被锁在了这间常年见不到天日的小屋中，活生生地闷出了一种，类似死亡的气息。

房尉不想承认，却不得不承认——扶苏，就置身其中。

扶苏在朦朦胧胧中，做了一个梦。他梦到自己变成了谷顺城外的那条小溪流，汩汩地流向更南的南方。他轻盈、欢畅，且自由。

然后，他听到木门的吱呀声——有人进来了。

他梦中的那条小溪还在流着，但他的思绪已经渐渐回来了，他知道来者无非就是桃天、杜叶或者娘亲这三人，同时他也知道自己无法变得轻盈、欢畅和自由。他不是那条小溪流，他只是一个不能下床，甚至连坐起都变得困难的，废物。

　　"裴二少爷。"房尉这次已经走到了床边，他隔着那层细密的床头纱，模模糊糊地看着里头扶苏沉睡的脸。

　　"嗯。"来者的声音和对自己的称呼都有些陌生，扶苏有些意外地睁开眼，果然看见了一个从未谋面过的年轻男子，"你是？"

　　"在下房尉。"房尉微微将眸子垂得更低。三年了，这三年中他一直在想，若有朝一日二人重逢，该说些什么才好，而真的到了这一刻，他却只能喊扶苏一声裴二少爷，而扶苏也已完全不认得他，"是来为你医治的郎中。"

　　原来是新请的郎中。扶苏倦意未散，便又将眼睛阖上了。

　　"若少爷不介意，在下就开始号脉了。"房尉伸手将床头纱卷了一小半起来，扶苏的脸便清晰地展现在了眼前，一如记忆中的精致好看，只是看着十分憔悴和苍白，脸颊也瘦下去很大一块。

　　"随你吧，反正我无所谓。"

　　"少爷何出此言？"房尉已经无法将眼前这个散发着冰冷颓败之气的人，和以前的扶苏联系在一块儿了，他，明明不是这样的。

　　"我听桃天说，您还小，年方十五，正是……"

　　"什么时候是个头呢？"扶苏蓦然将眼睛睁开，直直地盯着上方。

"什么？"房尉不解，他还不太清楚扶苏指的是哪个"头"。

"好累。"扶苏的眼前又出现了那条小溪流，"我不想继续这么活着了，我想死。"

房尉一愣，原来扶苏话里的那个"头"，指的是，人生的尽头。

突然间，房尉就明白了为什么这屋子会布置成这样。原来不是故意苛待，只是尽可能地避免悲剧的发生。就连他现在坐着的椅子和扶苏躺着的床榻，边边角角处都缠上了厚厚的布条。

"不行。"房尉了然之后，眸色加深了几分，同时手指也轻轻地探上扶苏纤细的手腕，大概是许久未晒过太阳，他几乎能清楚地看见扶苏手腕下那些青紫色的经脉，"少爷若是累了，只管睡便是。待醒来，在下定会给你一副健康的身体。"

"为什么不行？"这回轮到扶苏不解了。

"因为我是郎中，来这里的目的就是为了救你。"房尉感受着指尖下扶苏虚弱而漂浮的脉搏，不自觉地皱起了眉头。

就算医术精细如他，也会对这种脉搏感到心惊，他生怕它下一秒就会变成停滞的寂静。

"我绝对不会让你死的。"

扶苏好像笑了笑，暗淡无光的眼睛里此时也泛出了一丁点生气，他侧头看着眉头紧锁的房尉，道："你好像和别的郎中，不太一样。"

虽然在桃夭刚刚的哭诉中，房尉已经得知扶苏的伤口在腿部，但具体的位置却不清楚。房尉将扶苏的手重新塞回被褥中，正欲详问时，一抬眼才发现扶苏已经又闭上了双眼。

房尉能看到扶苏的睫毛正在以一种非常微弱的幅度颤动着，他没有睡着。但尽管如此，房尉也不忍心出声打扰。

"少爷睡吧。"房尉细声道，"在下冒犯了。"

很多年后，哪怕房尉已经完成了他所有的计划，扶苏也恢复成最初的样子，但他还是无法忘记，在这一刻掀开扶苏被褥的场景。那个瞬间就像一颗锋利无比的钉子，狠狠钻进了他身体里最柔软的地方，所以哪怕日后这颗钉子被拔了出来，伤口也看似痊愈，但那瞬间的冲击和疼痛却统统变成了他心上的一个茧，一碰，就突突地疼。

"扶……裴少爷。"房尉吸了口气，眼睛直直地盯着扶苏的两条腿，虽然一直盯着，他却从心底里不愿意相信这样的腿，居然是扶苏的腿。如果非要形容，那就像是有人用无数巨大的石头压过甚至碾过扶苏的腿，再将他弃之不顾，使那些伤口变得脓肿，变得溃烂，变得像是一摊子腐肉——桃夭说得没错，这根本不像是一个人的腿。

一股热意无声无息地涌到了房尉的眼底。他庆幸扶苏此时是闭着眼的，不会看到他如此的窘态。

但扶苏越是这样不以为然，房尉就越是觉得自己的左胸口被闷得生疼。

房尉稳住心绪，将剪刀放去了一边——刚刚拿来剪扶苏裹裤用的。

掀开被褥的那瞬间，房尉就已经意识到事情的严重性了，如此呛鼻的味道，定是只能采取最后的办法了。房尉决定之后，又看了看那把剪刀，此时上面还沾染着扶苏新陈不一的血迹，若是看得仔细点，还能看到刀身上黏着扶苏已经烂掉的皮肉末。

刚刚剪的只是一条褒裤，但等会儿，剪的即是扶苏身上的血和肉了。

"少爷。"房尉将被褥又往上面卷了卷，扶苏自小身体就不好，下半身伤成这样，房尉唯恐会有伤风或者并发蔓延到上身，为确保安心，房尉必须将上身也得检查一遍。被褥卷到扶苏腰腹处上方半寸长的地方时，房尉的手碰到了一个坚硬的物体，似是木质，从他的角度看过去，只能看到一个棕红到发黑的小角。

房尉有些迟疑，手也停在半空中，他不知道有什么东西重要到扶苏得抱着同寝："这……"

"郎中要是好奇的话，看看也没关系。"不知何时，扶苏已睁开了眼，此时正看着斜上方的房尉。

"是我的声音吵到少爷睡觉了？"

"不是。"扶苏收回目光，摇了摇头，"是我本身就睡不着。"接着扶苏的脸上呈现出了一派柔软的悲戚，他将目光放空，喃喃着，"我只要一闭眼……就能看到那个人。"

"那，少爷想不想看到那个人？"房尉感觉得到，扶苏对这个话题不像对待身体那般随意。

"不想。"扶苏说得非常干脆，听在房尉耳里，就像是在和谁赌气。

"即是不想，那下给少爷开一些安神促眠的方子便可，每晚……"

"不用。"扶苏也不知道他究竟在望着哪里，就如同他不知道现在身体里正涌上来的那股悲意是为何，"药石只能治身，无法愈心。"

"但我承诺过少爷的。"房尉微微沉吟了一会儿，想起方才那番不算承诺的承诺，"会给少爷一副健康的躯体。"

话音落地，扶苏便又笑了笑，这个笑容看在房尉眼里却是格外心疼，因为从这个笑容里，房尉看出了与扶苏年龄不相符的成熟和宽容。

"可是承诺这东西……"扶苏的确有点累了，他已经很久没有和谁在短时间内说过这么多话了，"不就是世人自己捏造出来，再将它挨个踏碎的吗？"

"少爷你何出……"

"那个人曾经也说过的，芸芸众生，他只圆我一个人的愿望。"

"那他……"房尉顿了顿，回忆的浪潮将他扑得有些喘不过气来，"他食言了吗？"

扶苏点点头，轻声道："嗯。而且他再也不可能替我圆什么愿了。"

"为什么？"

"他死了。"话说到这里，扶苏的眼角眉梢已经看不见一丝笑意，他似是有些魔障地重复，"他死了，因为我。"

似是为了证实扶苏这番话似的，房尉握着被褥的手，无意识地又往上走了一个手掌的长短。与此同时，房尉也终于看清了，日日夜夜与扶苏同眠的，究竟是什么。

——是一块灵牌。

但不像是那种摆放在灵堂里供奉的正规灵牌，只一眼，房尉就看出它的粗糙和过分简单。灵牌上没有家族门第，没有几代传宗，甚至连立牌人是谁都没有写上去，那块牌子上从头至尾就只有三个字——裴琛聿。房尉认得，那是扶苏的笔迹。

从而房尉推断，那一整块灵牌，都可能是由扶苏亲手制作的。

房尉的眉头，就这么紧紧地蹙了起来。他不是心疼牌位上那个故人，他只是心疼他的扶苏正竭力地怀念着那个故人，怀念到了要自己动手做一份寄托，再妥帖收好，日夜同在的地步。

真傻啊！房尉在心里轻轻叹了一句。

其实在看到灵牌庐山真面目的时候，房尉有过一瞬间的冲动——房尉恨不得将什么都说出来，恨不得用最直白的语言告诉眼前的扶苏，其实他不需要做这些事。

房尉一秒都等不及了，他感觉他的五脏六腑都被人用力地拧在了一起，那种要命的疼痛贯穿了他。但疼痛使人清醒，所以房尉知道，他现在，什么都不能说。

"郎中是被吓到了吗？"扶苏看着房尉，觉得他的脸色不比先前那么自然。

"没。"房尉摇头，他看着那块灵牌上的名字，道，"裴家大少爷，是吗？"

扶苏点头，脸上的表情变得细碎且痛苦。因为脸色太过苍白，房尉甚至觉得哪怕就是一个蹙眉的动作，扶苏都是用了绝大的力气。

"裴宅中，这件事已经不让人再提了。现在也过去了那么久，城中人估计也有了更新的谈资，郎中不知道……"

"三年前那场寿宴上的意外，是吗？"

扶苏没有说话，只轻轻地点了点头。

"那少爷的腿伤，也是因为三年前，是吗？"

房尉一连串准确的疑问让扶苏有些吃不消，他除了点头称是，好像一时间也找不到别的事可做。于是他的手就摸向了自己的腿——尽管那里早就没有任何知觉。

"郎中，我的腿伤真的很严重？"

"嗯。"房尉掀眸，从那扇小得可怜的窗户向外望去，天色尚可，让岚庭赶在天黑之前回药庐取麻醉散应该不成问题，"我说得太专业少爷估计也听不大懂。总之，等会儿在我询问了裴家长辈的意愿后就会给你动刀子，切掉那些坏死的肉，甚至是有些骨头。"

"动刀子？"扶苏有些意外。他是泡在药罐子里长大的，可就算三年前那次被毒得那么重，也没动过刀子。而如今——扶苏莫名其妙地想到了不久前来给自己换褥子的桃天，她向来是不爱哭的，却在掀开被褥的那瞬间厉声哭喊了起来，难怪。

扶苏的手再往下探了点，再拿出来时，指尖和手掌都沾染上了一股黏腻的血腥味。他猝不及防地，抬头对着房尉笑了一下："感觉不到痛，其实也是一件好事。"

接着，他又想起了娘亲和之前那名被辞退的郎中，他问房尉："如果我家里的长辈，不同意动刀的话，你还会做吗？"

"会。"房尉毫不犹豫地点头，"我说过我要救你，给你健康的身体。我不会放弃我任何一个病人。"

他知道扶苏有此疑问，是因为想到了二夫人之前的行为。其实关于这点，房尉自己也私下思虑过，二夫人虽然出身青楼，但多年相处下来，她的确是个温婉善良的女子，对待下人从来都是客气有礼，更不必说扶苏是她唯一的孩子。难道说，二夫人有苦衷？而背后的那个苦衷让她不得已赌上扶苏的身体健康？

裴老爷身体大有起色，使得房尉神医的名声再次在裴宅得到认证，况且桃夭先前的哭诉也让人深感惨痛，于是乎，种种原因叠加在一起，房尉要替扶苏动刀这件事，根本就没有让人反对的理由。虽然二夫人眉眼中还藏着一股隐隐约约的犹豫，但作为一家之主的裴老爷都二话不说地答应了，她自然就更没有立场再说些什么。

房尉站在北园门口，向众人承诺，手术时间为三个时辰，刚好能赶在天黑之前结束。可所有器具都已备好了，唯独回药庐拿麻醉散的岚庭迟迟未归，看着越来越暗的天色，房尉的心也不安起来。

一是怕再等下去会耽误手术时间，扶苏腿部的伤势已经是迫在眉睫，多拖一个时辰，就会增加一个时辰的风险；二是担心岚庭路上出意外，就算岚庭武功超群，终究也不过是一个十六岁未满的小孩儿。

"郎中？"扶苏看着房尉坐在一旁的背影，问道，"还不开始吗？"

"麻醉散还在路上，得再等等。"

"麻醉散……"扶苏其实并不知道麻醉散到底是什么东西，不过顾名思义罢了，"没关系的，郎中。直接开始吧，再拖下去天都要黑了。"

"不要麻醉散？"房尉回头看着床榻上的扶苏，因坐得有些远，扶苏那张本就巴掌大的脸，显得越发小了，"我做过那么多场手术，少爷是第一个提出这种要求的。"

扶苏无谓般地笑笑："反正我的腿没有任何感觉。"

其实退一万步来说，这两条腿究竟治不治得好，扶苏没那么在乎。

"不行。"房尉斩钉截铁地一口回绝，"虽然少爷现在的腿部没有知觉，但人能承受的疼痛毕竟有限，以前我跟着师父行医的时候，就遇见过因为麻醉散失效而活活痛死的壮汉。"

扶苏点了点头，但房尉知道其实扶苏压根就没听进去。

"其实也不算坏呀。"扶苏笑了笑，声音越来越低，像是只愿意讲给自己听一样，"三年了，其实我也想知道自己能承受的极限到底在哪里……"

话一出口，扶苏便不能自己地想起那些场景——那些他压在心底，时刻不敢忘，但也不敢拿出来念想的场景。他懂"物极必反"，他生怕想的次数多了，想的力度大了，这些场景就不复存在了。那已经是裴琛聿，留给他，最后的东西了。

SHENZHAIJISHI

　　"房尉哥哥！房尉哥哥！我回来啦！"岚庭从马背上一跃而下，缰绳都没来得及绑好，就一边嚷嚷着一边朝北园飞去。

　　忘忧闻声推开了自己阁楼的窗户，她盯着那抹飞在半空中的灰蓝色背影喊："小毛孩儿你吵什么吵呀！这儿离北园还十万八千里呢！"

　　岚庭飞得太快，耳朵里塞的全是猎猎风声，自然没有注意到还有人在跟他讲话。直到岚庭的背影真真切切地消失在了忘忧眼里的时候，忘忧才闷闷地将窗子关上，回头对上了三夫人有些不安的眼神："娘，你也在担心裴扶苏？"

　　"你这孩子。这么多年，好好喊扶苏一句二哥又能如何？"三夫人和管家前脚从邻城看货回来，后脚就听得扶苏的腿要动刀子。虽不是自己的孩子，但到底也是裴家后代中唯一的男子，要说不担心，那是假的，"也不知这房尉到底能不能信得过，动刀子，可是大事。"

　　"怎么才回来？"房尉将木门拉开，就看到了在大冬天都出了一头汗的岚庭，"是不是路上出了什么事？"

"没、没。"岚庭一边喘着气一边摆手，"就是我看天色不好，怕下雨，骑的又是这大户人家的好马，就没走那条弯弯曲曲的近路，走的官道，没想到半路遇到了官府在办事，等了好一会儿，没有耽误你的事吧，房尉哥哥？"

"没有。"房尉做事向来习惯给自己留一定的备用时间，所以就算是加上岚庭刚刚耽搁的那一会儿，接下来的手术也不太仓促，"辛苦了，去外面等着我。"

"嗯。不辛苦！"岚庭笑嘻嘻地点头，能为房尉哥哥跑腿是他最开心的事情之一。

可就在岚庭准备飞到裴家厨房去偷点吃食时，他听到了一个陌生的男声从幽暗的房内传来，那人似是在问他："少侠骑的是哪匹马？"

岚庭有点疑惑，他眨巴着眼睛用手指着自己，直到看到房尉点头才放心回答："那匹枣红的，带了些白色的杂毛，又好看又能跑！"

猜得没错。扶苏无声地笑了笑。

大概是多少年前呢？扶苏有些算不清了，那时候他还很小，裴琛聿，也还在。是开春的季节，有金灿灿的阳光，也有吹起来温暖醉人的风。裴琛聿拗不过大病初愈后，非要学骑马当将军的扶苏，于是二人就来到了马厩。

马夫见扶苏少爷个子小，便牵出了一大批小马驹以供二位少爷挑选，可扶苏怎么看都不喜欢，直到——他看到了躲在马厩阴暗处，那匹连站都站不稳的小马驹。

它通体枣红，夹杂了些白色的杂毛。

"它叫藏雪。"扶苏道，"少侠下次可以这么喊它。"

"藏雪。"岚庭有模有样地重复，"这名字好听，难怪我每次喊它大红枣，它都不理我！它是你的马吗？"

"以前是。"扶苏落寞的声音让房尉于心不忍。

"那……"岚庭好像看到房尉哥哥皱眉头了，所以他朝着里面那块好像躺了人的地方喊，"那你要好好配合房尉哥哥哦，他医术很厉害的，你肯定会变好的，到时候我们一起骑大红，哦不，骑藏雪！"

"好。"扶苏轻声道，其实连他自己都没想过，有生之年，还可以再站起来。

扶苏的眼珠子转了转，最终停驻在房尉忙于案台的背影上。不知是因为想起了有关藏雪的记忆，还是因为岚庭身上的朝气实在让人讨厌不起来，他的声音听起来有种柔软的向往。

"有这么一个人陪在身边，郎中应该时刻都很开心吧。"

"岚庭是我恩师的孙儿，此番是随我下山历练。"房尉也不知道自己为何要解释这么一遭，明明扶苏问的不是这个。接着，房尉将手中的瓷碗递去扶苏手边，声音低沉，双眸专注如蛊惑，"少爷，喝了它，好好睡一觉。接下来的事情都交给我。请放心。"

"我什么时候会醒？"扶苏在失去意识的最后关头，这么问房尉。

"三至四个时辰。因人而异。"房尉用指腹细心地擦拭掉停留在扶苏嘴边的药渍，轻声道，"但在少爷醒来之前，我都会在这里守着。"

虽然跟着师父动过更大的手术，可现在躺在房尉刀子之下的人，毕竟是扶苏。

即是扶苏，就代表着房尉要用尽全力，来保证这个手术不出一丝差错。一刀，又一刀，先切腐肉，再除烂骨，鲜红的血肉和银白的器具不断在房尉眼前交替出现，他屏住呼吸，连额头上浮出的那层细汗也无暇去管。他只想尽快将这个手术成功做完，因为哪怕扶苏的腿部早就失去知觉，哪怕要岚庭拿了最好的麻醉散，房尉也仍旧觉得，刀割在扶苏身上，扶苏会疼——哪怕扶苏真的不疼，他自己，却会疼。

扶苏又做梦了，不过这次他梦到的不是那条小溪流，而是那些他方才不敢想的场景——毒醒之后，他听到裴琛聿去世的瞬间，哭求着杜叶带自己去灵堂，震天响的出殡哀乐，以及最后洒进房间将自己灼得生疼的，那束亮光。

房尉的手，伸到一半，却又收了回来。手术时间不多不少，正好三个时辰，但麻醉散的效果还未褪去，扶苏仍在沉睡中。但他眉头紧皱，嘴里也好像念念有词，具体说了什么，房尉听不清。但房尉看得出来，扶苏就连做梦，都在受煎熬。

"对不起，扶苏。"房尉凝视着那张精致却写满痛苦的脸，埋在最深处的那份无力和颓然，徐徐从心底升起，"可是我，别无选择。"

"结束了？"扶苏从梦境中抽离，困倦地看了一眼坐在身旁的房尉。房尉点头，此时窗外的天色，已经完全暗了下去。

"手术很成功，少爷放心。"

"你一直在这儿？"

"我答应过少爷的。"房尉将眼神轻轻地落在扶苏脸上，他的鼻尖上还残存着从噩梦里带出的一两滴冷汗，"要一直守在这儿，直到你醒来。"

"那你等了多久？"扶苏的语气听起来有些疼，大概是麻醉散的副作用上来了。

"不久。"房尉一笑，想起在深山里独自度过的那三年，意味深长道，"这次，一点都不久。"

"这次……"扶苏果然有些困惑。

"既然少爷醒了，我便去前厅告诉大家一声，好让他们宽心。"房尉将脚边的医药箱背起，并不打算解扶苏的惑——至少现在，不打算。

"房郎中。"扶苏也不知道自己为什么要将已走到门口的房尉喊住，"你对每个病人都这么好吗？"

房尉一愣，半边脸隐没在夜色中。他没有回头，但声音坚定："恕我直言，不是。"

裴宅前厅里灯火通明，老爷夫人们皆坐在一起等着房尉从北园归来——这很稀奇，因为自从三年前那场意外后，裴家的长辈们几乎没有在饭点外凑得那么齐整过。那场意外带走的不仅仅是性命和健康，它夺走更多的，是裴宅中一些看不见也摸不着的东西。

忘忧讨厌这种氛围。她坐在桌几旁，嘴噘得可以放上把吊壶。她从很小的时候就开始讨厌裴扶苏，裴琛聿的死，更是让她的讨厌翻了好几倍。所以她讨厌现在前厅里的这个氛围，她讨厌大家伙聚集起来，却只是为了担心一个任性的杀人凶手的安危——可她发现，她最讨厌的还是她自己。因为她好像也在这种氛围中，开始担忧着裴扶苏的身体。

"呀，小毛孩儿！你不要再吃了，桌上的东西全被你吃完了！"忘忧不知道该将自己的这股气撒在哪里，她找了一小会儿，最终还是将炮口对准了岚庭，"你总是吃吃吃！就知道吃！"

岚庭一脸无辜地将最后一口油酥鸡放入口中，接着还吮了吮沾着香油的指头，他看着忘忧，漫不经心道："你吵什么吵，整个大厅就你最吵。"

忘忧双手叉腰，瞪着一双大眼睛："你吃了我家那么多东西，我说说你又怎么了？"

"忘忧。"裴老爷头疼地看了过来，"安静点。"

忘忧瘪瘪嘴，委屈道："知道了。"

"听见没？你爹爹叫你安静点。"岚庭扬扬得意，正准备再说些什么让忘忧更添堵时，就听到了一阵熟悉的脚步声由远及近，于是他立刻丢开了手中的果盘，眼睛亮亮地望着大门口，欣喜道："房尉哥哥回来了！"

岚庭话音一落地，房尉的身影就出现在了众人的眼里。

"房郎中。"裴老爷率先迎了上去，可房尉一如平常的表情让他猜不准扶苏现在的情况到底是好是坏，所以他只得提着一口气，小心问道："扶苏的情况，还好吗？"

房尉将所有望着他、等待他回答的眼睛，都一一掠过。他知道，其中必有假意。

"手术很成功。"房尉顿了顿，"但伤口面积大，所以接下来的愈合期也会很漫长，食宿方面，都需要非常注意。"

"怎么个注意法？郎中只管说便是。"一直握着佛珠的大夫人开口了，今晚为了扶苏，她都没有去佛堂抄经文。

"北园日照不足，阴暗潮湿，连木炭都烧不起来，对伤口恢复有极大的阻碍，同时也容易让二少爷感到抑郁。如果可以，最好给二少爷换个朝向好点的地方养病。"

"唉，郎中是有所不知。"裴老爷叹了口气，眼神也跟着混浊了几分，"以前扶苏他不住在北园，因为发生了些事情，就是我大儿子他……总之自从那之后，扶苏就不愿意住在原先的屋子了，说是怕光，一照在身上就疼得厉害。郎中请了无数个，都说没法子，这才只能依他，让他搬去北园。"

房尉没有说话，看来他的猜测没有错。

扶苏如今的转变，统统归结于三年前的那场毒杀案，归结于裴琛聿的，死亡。

裴老爷的这番话，使得好不容易放松了的众人，又重新凝重地沉默起来。

杜管家一看形势不对，忙出来打圆场："房郎中，岚庭小兄弟，天色已晚，傍晚那场雨没下下来，估计等会儿就有一场大的，不如今晚将就下就歇在这里？"

"今晚睡这里？"岚庭回头偷偷看了眼还没有吃完的油酥鸡，咽了咽口水，小声问道，"我们今晚还回去吗，房尉哥哥？"

"一定不能回去。"裴老爷也开始挽留房尉，"为了扶苏的手术，房郎中怕是到现在，一口水还没来得及喝。今晚就歇在这儿了，房间和下人都有，你们不用操心。"

"那在下便恭敬不如从命了。"房尉点头作揖，选择留下自然有留下的理由。

接着，他将众人环顾一遍，似是在寻找什么，最后看向了站在角落里的桃夭："我记得桃夭姑娘专门服侍扶苏少爷。明天一早我得赶回药庐医治其他病人，所以等会儿若是方便，麻烦姑娘过来一趟，我将扶苏少爷的药方和膳方写给你。"

桃夭提着红木食盒，小心翼翼地敲了敲房尉所在的房间。

"女鬼姐姐来了吧。"岚庭打了个哈欠，懒洋洋地从房梁上跃下，他刚刚一直倒挂在梁柱上面，一边看着在油灯下写字的房尉哥哥，一边自己晃悠着玩。

"好香！"还未将门打开，岚庭就闻到了一股令人振奋的食物香味，他忙不迭地把桃夭拉了进门，眼神灼灼地盯着她手中的食盒，"女鬼姐姐，你带了什么好吃的过来？"

"没有什么好吃的。"桃夭似是有些歉疚地笑了笑，这些东西都是她临时从厨房里做出来的，她一直惦记着裴老爷说的"房郎中怕是一口水都没喝上"那句话。毕竟若不是自己，今天他也不会又在北园忙活一遭。

"房郎中？"桃夭将一碟碟精致的吃食摆放上了桌，望着那个仍旧提笔不停的身影，"要不您先来吃两口，冷了就不好了。您慢点写也无碍，我等着就是了。"

岚庭倒是顾不得这么多，美食向来是他的死穴，屡试不爽。他咽了咽口水，猴急地拿起筷子就想夹最近的水饺来吃，可是水饺的面皮儿又湿又滑，加之岚庭本身也不太会使筷子这玩意儿，来来去去好多回都夹不上手，他急得跳脚，正准备扔了筷子直接上手的时候，另一双筷子就被人从背后轻轻执起，接着自己的碗里就多了一个饺子。

房尉看着眼前那个毛茸茸的脑袋瓜，无奈道："吃太多容易积食。"

"不管。"岚庭吃得香喷喷，他没想到女鬼姐姐的手艺，比之前在城内吃的那家茶馆里的还要好上几倍，"不行，我要全部吃完，大不了……"岚庭苦恼地眨眨眼，接着灵机一动，"大不了我等会儿出去打套拳！那样还可以再吃一顿呢。"

到底是孩子心性。房尉摇摇头，将为了岚庭常备在身边的健胃丸放在桌上："吃吧。免得饿瘦了回去，师父和小叔伯要找我麻烦。"

"不不不。"岚庭的脸颊被塞得鼓鼓的，就算是这样，也还要摇头跟房尉作保，"他们要是找你麻烦，我就找他们麻烦！"

"桃夭姑娘。"不知何时，房尉又回到了里屋的油灯旁，纸上的笔墨快干了。他看着被他唤了一声才将头抬起的桃夭，想，她这个爱低头的毛病，怕是这辈子都去不掉了。

他将两张薄薄的纸递给桃夭，嘱咐道："上面的是药方，一日三次，皆在饭后半时辰内服用。不能给他喝茶，茶会解药性。下面的是膳方，姑娘可拿去厨房作参考，不要误做了裴二少爷吃不得的东西。"

"好。有劳郎中了。"桃夭慎重地接了过来，打算直接妥帖收好，毕竟她没念过书，也不认得几个字，但就是途中的粗略一瞥，她的呼吸就滞住了——她认得！她认得这个字迹！虽然不知道具体写了些什么，也不知道那些字代表的又是什么意思，但不会错，她笃定，她认得这样的字迹，这么多年下来，她认得。

可是为什么？为什么这样的字迹会再次出现在自己眼前？还是出自一个完全陌生的郎中之手。难不成——这世间真有人的字迹，会相似到这个地步？

房尉默不作声，将桃夭不断变化的表情和颤抖的手，皆收入眼底。

在山上的那三年，房尉为了变成一个全新的人，自然而然地要摒弃以往的习惯，比如走路的姿势和速度，比如说话的口音和语气，甚至连无法改变的声音都一直做着调整，更不用说显而易见的笔迹了——换句话来说，房尉此番的笔迹，是故意的。

他顺水推舟留在裴宅过夜，为的就是让桃夭看到这份会让她万分吃惊的笔迹，如此一来，虽说不能使桃夭因为这种巧合就完全信服于自己，但至少，会有所帮助。

房尉很清楚，他现在仅仅只是一个在诊治时或者被东家邀请，才能出入裴宅的外地郎中。他所留的时间和所做的事情，都有限。所以，他需要一个他信得过的裴宅中人。

其实房尉一开始想到的人，并非桃夭。

就算不会有什么致命危险，但她到底是个女孩子。房尉第一个想到的人，是杜叶。但他没有料到，今日一遇，竟然发现杜叶已失声，并且拒绝恢复，还有他藏在眼神中的痛苦和不得已——这一切都让房尉不得不保险起见，另择他人。而桃夭为了扶苏，不惜反抗二夫人之命也要苦求于自己，这一点，足以让房尉信任。

二人沉默半晌，最终还是房尉先开口："桃夭姑娘？怎么了？"

"没、没怎么。"桃夭听到房尉唤她，心里一惊，赶忙抬起头，直直地与房尉对视着。本是不想越规矩去跟贵客说这么无稽的话，但桃夭看着房尉深褐色的眼睛，一下子没忍住，"只是郎中的字迹，很像，很像……我家主子。"

"你家主子？"房尉知道自己已经成功了，"扶苏少爷的字迹跟我的很像吗？"

桃夭没有说话，只是又将头低了下去。她认真地看着手中的那两张纸，仿佛看着看着，就能横空生出她想要的东西来。房尉也不催，他看得出，桃夭正在深切地，怀念着某些东西。

"我的主子。"桃夭顿了顿，虽然这件事在裴宅中无人不知，但要说给一个刚认得不久的郎中听——哪怕二人字迹很像，桃夭也得做足了准备，才敢去揭这个自己平时都不敢看上一眼的伤疤。

"其实是扶苏少爷的哥哥。也就是裴大少爷，裴琛聿。"

房尉眸子一敛，将涌到舌尖的"节哀"二字吞了下去："我听说过大少爷的一些事情。"

"听说过……听说过。"桃夭喃喃地重复着这几个字，似是魔咒。接着，她眸子里水光泛起，语气里有种说不出的别扭，似是低落又似是不甘，似是怨气又似是质问，"但郎中听说过的，定是关于大少爷不幸死去的事情吧。"

"桃夭姑娘？"房尉不得不承认，桃夭方才那番话，的确在他意料之外，也的确让他无从反驳——他这次回谷顺，听到关于裴琛聿的所有事情，不外乎一个"死"字。

桃夭的眼泪落了下来，但她很快地用手背将泪珠子抹去了，她自己也知道，今日哭得实在是太多了。她清了清嗓子，望着一脸无言的房尉："郎中肯定觉得，怎么我一下子说话变得如此难听，倒也不是难听，只是不顺耳，不像个下人该讲出来的东西罢了。"

"桃夭姑娘。"房尉一动不动，准确地撞上了桃夭眉眼里，一种类似坚硬的东西，"我不是这个意……"

桃夭用力地吸了口气，打断了房尉的话。她朝着房尉大喊道："因为这对大少爷不公平！对他来说，这真的不公平！大少爷明明是那么好的一个人，可最后大家却只记住了他死于寿辰，死于中毒，这不公平！"她颤抖着身子，将这句话完完整整地说完后，便再也不能自已地捂着嘴巴呜咽起来，她狠狈地蹲在地上，眼泪在她脸上畅通无阻，直至埋进她细密的指缝中。她当然觉得对房尉失礼，但比失礼感触更深的，是痛快。

那句话她忍了三年了，她终于说出来了，她终于能说出她觉得这个薄情的世界对她的大少爷太不公平了。这怎么能不让人，身心酣畅地痛快哭一场？

"他是这世上最温柔最好的人啊……"桃夭哭得双眼迷离，虽然裴琛聿对她的那些好已经过去了多年，她也明白往后再也不会有人对她这般好，但她仍旧如数家珍地将那些好，在这个暴雨即将压城的黑夜里，通通倒了出来，"我六岁那年就跟了大少爷，是他主动从杜管家手里将我要了过去。是他收留我，告诉我我的新名字，是他告诉我其实我不丑，是他告诉我要看着人说话，低头不好……"

直到桃夭哭累了，说累了，声音已经听不大清了，房尉才将身子前倾，用手轻轻地将桃夭从地上带了起来。对于这样陌生，却又在情理之中的桃夭，房尉有些不忍心。他看着那片被桃夭的眼泪砸湿的地面，道："若大少爷真如你所说的那般好，那么他应该还会想告诉你，他希望你好好活着。"

桃夭满脸泪痕地点头，其实她并不是故意要讨房尉的一番安慰，她明白生死之事，由不得人。她只是因为眼前这份相似的笔迹，而格外想念大少爷。

"我承了大少爷太多恩情。现在他不在了，我便代他去照顾他生前最疼爱的扶苏少爷。"

房尉一愣，原来桃夭仍留在裴宅的原因竟是这个。

若他没有记错，桃夭卖身契的终止时间和裴琛聿的十八寿辰，是同一年。

"所以房郎中。"桃夭的眼神殷切地望了过来，房尉眼疾手快地扶了她一把，这才没有让她硬生生地跪下去，"您是神医，肯定能把扶苏少爷治好，求您了，哪怕二夫人她……求您一定要治好扶苏少爷，不然大少爷的在天之灵，都不会安息的，求您了。"

"二夫人她……"房尉松开桃夭，"姑娘是指二夫人瞒着裴老爷辞退郎中的事情？"

"不是。"桃夭皱着眉，艰难地摇了摇头，"或者说不仅仅是。房郎中，说出来你可能不信，这不是第一次了，我照顾扶苏少爷这三年里，目睹了二夫人做过太多这样的事……除非是被人发现或者是扶苏少爷真的病得不行了，她才肯让郎中前来医治。"

关于二夫人，房尉之前已做过推敲。出身卑微，性子怯懦善良，从不惹是生非，甚至有些瞻前顾后。母凭子贵，她不可能真的要置扶苏于死地。

所以现在看来，唯一说得通的，就是二夫人这么做，其实是被逼无奈。

"二夫人这么做，定有她的理由。"房尉顿了顿，"虎毒不食子。"

"可是……"桃夭仍旧惴惴不安，"可是我之前甚至还听见二夫人和房里的丫头姐姐说，宁愿扶苏少爷这辈子就这么瘫在床上。"

"其实不光是二夫人的问题。"房尉话锋一转，他又想起了挂在扶苏嘴角边无谓和惨淡的笑意，"扶苏少爷本身，就没有什么求生的欲望。"

桃夭低头，细细的葱指绞着自己棉花小袄的边角。扶苏的情况究竟糟到了什么地步，怕是整个裴宅的人都不如她清楚。

"说到底也是因为大少爷的去世……大少爷下葬那日，扶苏少爷说什么也不肯去，我还偷偷埋怨来着，可是后来杜叶告诉我，其实头天晚上扶苏少爷趴在棺材旁哭了大半宿，差点昏死过去。他还说，再把扶苏少爷从灵堂背回来的时候，那样子，根本就已经不像活人了。"

房尉心里一颤，他又不可避免地想到了，扶苏被褥里的那块灵牌。

这些零散的细节堆积在房尉心里，羽化成了一张巨大而细密的网，将他牢牢困住。而在他感到窒息的同时，他甚至有些不敢去想象，一个十五岁的单薄少年，到底是怎么用他苍白的脸色和已经不能行走的躯体，去抗衡那份人世悲苦的？

难怪他要问自己，那个"头"在哪里。

"杜叶？"房尉深吸一口气，转换了话题，"就是今日来接我和岚庭的那位青衣公子？"

桃夭点点头："他是杜管家的儿子，也是以前大少爷的随从和书童。"

"书童？"房尉佯装困惑，"虽无冒犯之意，但哑人做书童？"

"不、不是的。"桃夭有些着急地摆了摆手，毕竟在大少爷走了之后，裴宅中就剩杜叶对她最为照顾了，"杜叶以前是可以说话的，只是……"

"只是？"房尉牢牢盯着桃夭，她脸上的表情有些犹豫。

"只是我觉得非常奇怪。"桃夭咬咬牙，还是说了出来。

"何处奇怪？"

"我记得那晚杜叶帮我搬完东西之后就回去了。"桃夭轻轻蹙着眉，仔细回想着那日的情形，"没过多久，两三个时辰之后吧，就听人说杜叶发起了高烧。"

　　"等我赶过去时，他已经烧得四肢滚烫，眼白见青了。他在人群中认出了我，拉着我一个劲地说胡话，然后就昏了过去。我当时没想那么多，可是后面回忆起来，竟觉得杜叶就是在专门等我，等我到了之后，才……"

　　房尉眼波涌动，他直觉这就是关键所在。

　　"杜叶跟你说了什么？"

　　桃夭回望着房尉，口气里有种尖细的恐惧："他说宅子里有鬼，要害扶苏少爷。"

　　"轰隆"一声，空中闪过一道惊雷。瞬间照亮了裴宅的大半边院子。

　　房尉没有回话。他知道，这场在谷顺城头顶徘徊许久的暴雨，终于，要来了。

第六章

初雪温酒

SHENZHAIJISHI

谷顺连着下了好几天的雨。

终于，在房尉从裴宅回来后的第四天，阴冷刺骨的雨滴变成了含羞带怯的雪花。

虽说雪势很小，但也把岚庭乐得够呛，于是他穿上了最厚的衣裳，迫不及待地飞身进了梅林。房尉远远地看过去，觉得岚庭像是一个圆滚滚的小包子。

"房尉哥哥！"小包子一会儿挂在树上，一会儿又在雪地里胡乱蹭，玩到尽兴时，还总不忘喊一声房尉哥哥来表达开心。

房尉点头，眼神很快又落在了面前的炭盆上，他在帮小包子烤红薯。

偶尔迸出细微火花的银炭，香甜软糯的红薯，下山之前小叔伯相赠的兽皮，还有手边未凉透的茶水，这些东西混合在一起，轻而易举地就在人眼前勾勒出一个温暖而安逸的冬季，但房尉却没有心思来享受眼前。他深知，谷顺的冬季，阴绵漫长，极为难熬。

四天了。他从裴宅回来后，几乎就没有休息过。

扶苏的腿该采取哪种方法才是最好？二夫人究竟是被什么所逼迫？杜叶的失声和他对桃夭说的宅内有鬼，究竟是凑巧还是暗示？如果将这些问题统统解决，是不是就能牵扯出当年毒杀案的真相？若要解决，又该先从何处下手？

这些疑问不断萦绕在房尉心头，让他一刻也无法松懈。

"房尉哥哥！"岚庭抹了一把头上的汗，吭哧吭哧地跑了回来，冻得通红的手指着药庐门外的方向，"那个醉醺醺的人来了！"

"醉醺醺？"房尉回过神，用铁钩将红薯翻了个边，"哪个醉醺醺的人？"

"那个你在茶馆救的那个人！"

房尉瞬间了然，笑道："这么久，终于舍得来了。"

"嗯？什么舍得舍不得？"岚庭眨巴着眼睛，有些听不懂，不过现在眼下最要紧的事情，就是把这些小红薯都收起来，他才不要跟那个人分享房尉哥哥烤的红薯呢。

"他到了哪里？"

"我刚看到的时候还在庐外呢，不过咱们没关门，估计已经进来了。"

闻人晚一边走一边生这片梅林的气，好端端的，生得这么错综复杂干什么？

明明已经能看到那片屋子了，却总是找不准路，一不留神就给岔到了别的地方。闻人晚生完梅林的气，又开始怨自己，又不是来找房尉做一些见不得人的勾当，带一两个随从怎么了，非得自己租民用马车过来，最后还迷失在这片梅林中。

　　"师爷。"

　　一个熟悉的声音骤然响起。

　　果不其然，闻人晚一眼就看到了站在对面走廊中的房尉。可能是在自家药庐比较放松的原因，闻人晚觉得房尉一脸悠然。

　　"你往北走，会看到一座桥，过了桥，再穿个回廊，往右，便到了我这里。"

　　"麻烦。"闻人晚皱着眉嘟囔，接着，他像是和谁在赌气一般，抬脚就踩上了结冰的湖面，"一个湖罢了，我直接过来。还弯弯曲曲走什么，神医真是站着说话不腰疼。"

　　房尉笑了笑："师爷是在怪我没有先去找你？"

　　闻人晚没有说话。他养尊处优惯了，就算是平等结盟，那也得是房尉登门拜访，可没想到离房尉口中的复诊之日过了那么久，闻人府门口却没有半点动静，他再也等不及了，连官服都懒得换，就径直奔向这梅林找人。

　　房尉看了看薄如宣纸的冰面，又看了看闻人晚长睫上沾着的雪花末："师爷，在下好心提醒一句。"

　　闻人晚来之前就已经对房尉有了不小的意见，加之这梅林地形又火上浇油了一把，所以他现在正窝着一肚子火没处撒，便连眼皮子都懒得抬："但本师爷不愿意听。"

"这是今年的初雪，又下得小。"房尉毫不介意地笑笑，好整以暇道，"所以师爷现在脚下踩着的冰面，非常之薄。"

"所以呢？"闻人晚不服气地看着房尉，"你的意思是本师爷踩不得？还是说你地盘上的东西跟主人一个德行，要金贵些？"

一番赖皮的话说完，闻人晚仍不解气，甚至还故意抬起脚，用力地踏了几下冰面，嘴里不断地念叨着："我就要踩，我偏要踩，我还当着你的面……"

"扑通"一声。

闻人晚应声落入湖里。

房尉还未出声，岚庭的笑声就铺天盖地压了过来，他方才一直坐在房顶上吃红薯看戏，没想到真会有人这么笨，那么薄的冰面也敢踩上来，踩了也就罢了，居然还不听劝，不听劝也就罢了，竟然还敢用力地踩。

"喂，那个掉进湖里的，里面冷不冷，好玩不好玩啊？"岚庭乐得不行，一个没忍住就从房顶溜到了屋檐边来故意奚落闻人晚。他暗暗地想，这次才不下去背那个人呢，上次在茶馆的时候就已经沉死了。

"救命……救命！"闻人晚不识水性，四肢在冰冷刺骨的湖水里不断地乱蹬乱挥着，雪花纷纷扬扬，甚至还有些飘进了他用来呼救的嘴里，"咳咳……救、救我！我不识水性！快点……咳咳快救我！"

房尉摇摇头，本想再好心提醒闻人晚一句，其实这湖压根没到他胸膛，但看到他那副惊慌失措的样子便干脆作罢。他不惜从城内来到梅花林，定是有要事商讨。

"岚庭。"房尉看向斜上方那个落满白雪的后脑勺，"别笑了，把闻人师爷带上来。"

"啊？"岚庭不乐意地嘟了嘟嘴，"那么浅的水呢，有什么……"

"好了，听话。"房尉指了指自己的嘴角，意在提醒岚庭他嘴边还有没擦干净的红薯末，"这么冷的天泡在水里，会生病的。"

"好吧……我知道了。"岚庭点头，既然房尉哥哥都开了口，那么再不乐意，他也会照做不误的。

岚庭从屋檐上飞身而下，单手一提，就将还在湖里扑棱的闻人晚给扔到了走廊上。

闻人晚惊魂未定，腿软之余只得扶着柱子才能好好喘口气，他缓了缓，愤愤地盯着面前一脸从容的房尉："房尉你个……"

"师爷不必着急。"房尉似笑非笑地路过全身已然湿透的闻人晚，一侧头，正巧躲过了闻人晚故意甩过来的水滴。他看着闻人晚越发气不过的脸，笑意不断加深，"你先随岚庭下去换衣服。在下去前面的凉亭煮着姜茶等候师爷。"

"房尉……"闻人晚仍旧不死心地跟着房尉走了两步，一副要冲上去拼命的架势，可一对上房尉回头而望的深眸，却又不由自主地僵在了原地。

"等师爷身子暖和了，要打要骂，或是派人填了我这片湖，都悉听尊便。"

茶已煮沸，但闻人晚却迟迟未现身。

房尉半挽袖口，用帕子将茶壶提起，手腕轻巧用力，一股细小的水流便稳稳落入了对面那盏瓷杯中，生姜辛辣却带着一股子后知后觉的清香。房尉朝着某个方向不紧不慢地掀了睐，清瘦的手指已将袖口复原："出来吧。看到你了。"

直至房尉这一出声，闻人晚才不情不愿地从走廊的柱子后走了出来，坐下来时还不满地扯了扯身上刚换好的干净衣服："真丑。"

"什么丑？"房尉明知故问。

"你的衣服。"闻人晚觉得房尉这人心思有点坏，明明上次见面和这次见面他穿的衣裳都极好，怎么吩咐岚庭拿给自己的却像块粗麻？"你瞧瞧这料子，再瞧瞧这款式，跟一个伙夫穿的有什么区别？"

房尉一笑："师爷好眼光，这就是每日为药庐送菜的伙夫留下来的衣裳。"

"你！"闻人晚又急又气，手用力地拍了一把桌子，拂袖而去。

而房尉也不追，仍旧坐在原处，丝毫不着急的样子。他只是慢悠悠地从桌子旁拿出了两个精致的小碟子，问道："师爷是要冰糖，还是蜜枣？"

"什么也不要。"闻人晚咬牙切齿，试问他活到今日，谁给过他这份委屈受？什么裴家奇案，什么官复原职，什么互助交易，统统随着雪融了罢了，大不了他自己单干。

"那……"房尉笑笑，瞥了一眼闻人晚此时正紧紧攥着的手，"师爷的手掌疼不疼？"

闻人晚憋着一张脸不说话，但也没打算继续走了。要是穿成这个样子回城，那还不如刚刚直接溺死在那片冰湖中，况且，今日来找房尉，的确是有要事商议。

　　"我没有与人共衣的习惯，但岚庭的衣裳你穿又会太小。"房尉低头给自己满上一杯酒。是陈年米酿，加之小火烹煮，此刻散发出的浓香便格外醉人。

　　于是一晃神，房尉便看到了那些年的扶苏，又小又轻的一个人，睡在自己怀中，仿佛一片羽毛。怕他受寒，或者更怕他飘走，于是便拿了自己的衣服好好将他裹住，而扶苏却像是在梦中都识得自己一般，扯着衣角，清甜无声地笑了笑。

　　其实这个场景，在房尉关于扶苏的记忆中，是非常平淡且不打眼的一处，但不知为何，房尉却妥帖地记了许多年，从而也养成了除扶苏之外，不与人共衣的习惯。

　　"甜枣。"房尉一回神，才发现闻人晚又重新坐了回来，正拿着两颗甜枣丢进了姜茶里。甜枣上有一层黏腻的蜂蜜，于是闻人晚只好一边吮自己的手指，一边含混不清地跟房尉说话，"我来找你，是有重要的事情。"

　　房尉点头，正色道："师爷请讲。"

　　"我昨天去找了三年前，裴宅案发时请的郎中。"闻人晚也收起了玩笑样子。

　　房尉身形一顿，脑子里模模糊糊地出现了好几张人脸。

"那、那位郎中他？"

闻人晚蓦然掀眸，直盯盯地看着房尉，道："他死了。"

是林家药材铺。

虽然换了地址，但老祖宗苦心经营多年的招牌不能换。按照裴家当时卷宗附带的一些记录，闻人晚其实没费多少力气，就找到了新的药材铺。

"我师父死了。"

学徒年纪不算大，声音里还有些直来直往的稚气。他有些不满，毕竟师父是名医，死的时候，谷顺城里大多数人都在惋惜。也是因为师父的死，药材铺这才搬离了原来的街道，用师娘的话来说，就是重新开始。可怎么好端端的，又有人问起师父了？

"真死了？"闻人晚有些恼，好不容易找到一个突破口，现在却死无对证。

"真死了！"学徒也不是个软脾气，"我骗你做什么？难不成我还诅咒自己的师父？"

"那死了多久了？又为何而死？死的时候……"

"哎呀，你这个人好生奇怪！"闻人晚一连串的问题彻底将学徒给惹怒了，他停下手中的活，瞪着闻人晚，"师父已经仙逝，你就不要在这里扰了他老人家清静！你有什么病，要什么药，跟我说一样的，我保你治好。"

闻人晚眼皮子一翻，从腰间摸出衙门的令牌，重重地摔在了桌面上，他看着学徒立马变化的脸色，满意道："我有没有病，犯不着你操心。"

"你……"学徒颤颤地吞了口唾沫，顿时就没了气焰，"您是官府里的官爷？"

"很显然，是。"闻人晚一笑，换了一个更为舒服的站姿，"所以从现在开始，我问什么你便答什么，我要是问得不爽了，你可能就要……"

"别别别！"学徒慌张地摆手，在他的印象中，师父和药材铺是从来没有犯过事的，可怎么突然会有官爷找上门？

他小心翼翼地观察着闻人晚的脸色，道："您问，您问。"

"你师父到底是怎么死的？"闻人晚见令牌的效果已经达到，便开门见山。

"官爷，这个我真不清楚。"学徒苦恼地摇了摇头，"我那会子才十岁，一觉醒来就听到旁的学徒在哭，说是师父走了，然后……"

"他们这些小孩儿懂什么。官爷事无巨细，问我便可。"

学徒的话还未说完，就被一道清冷的女声给打断。

闻人晚循声望去，声源在二楼的转角处，没听错的话，应该是一个上了点年纪，且长期病着的妇女所发出的。

"师娘！"学徒喊了声，末了像是埋怨地看了闻人晚一眼，"我们师娘身体不好，一般都在二楼歇着，现下官爷可惊动她了。"

"怪我？"闻人晚眉毛一竖，孩子心性又涌了上来，"还不是你个小不点不配合我！"

谈话间，那名被学徒唤作师娘的女子已经下了楼。

不出闻人晚的猜测，那名女子面容憔悴，发有银丝，嘴角和眼角处都已生出了苍老之气，不过五官仍旧端庄秀丽，年轻的时候，大概也是个雅致的美人。

"官爷好。"她朝着闻人晚规矩地福了一个身，"我夫君的事情，自然我最清楚，您若想知道什么，同我来二楼，沏壶茶，您慢慢地问，我都答。"

"师娘……"学徒不放心地暗暗扯了扯女子的衣摆。

女子却只是温柔一笑，用帕子压着胸口来抑制住咳嗽："你留在这儿接待病人，有事我会喊你。"

闻人晚随着那名女子进了二楼一间客房，里头摆设简单，墙角搁了一株养得还算凑合的心叶藤。

"我夫君他，是自缢而亡。"女子一边平淡地谈及此事，一边给闻人晚倒了杯参须甘草茶。这茶是她下楼前泡的，此时正好出了第一轮甜味。

"什么？"闻人晚下意识地眯了眯眼睛，他牢牢盯着面前的女子，道，"自杀？"

女子点头，静静等待着闻人晚接下来要说的话。

"为什么？"尽管闻人晚直觉林郎中自杀和裴家的案子脱不了干系，但他还是决定，先缓缓再说。

"为什么……"那女子闻言垂下了眼睑,却语气坚决地反问闻人晚,"那官爷到我这药铺,是为了什么?"

"三年前的裴家毒杀案。卷宗上记载你夫君是当时被请过去的郎中。"闻人晚也不卖关子,他低头嚃了一口茶,笑道,"夫人很会泡茶。"

那女子不再说话,只有笑意挂在脸上。

只是连她自己都不知道,这缓缓而生的笑意,是因为闻人晚方才的夸奖,还是因为那些缠了她多年的折磨和忧思,在此刻终于有了别的去处。哪怕,只是暂时的去处。

"夫人看起来,知道许多事情。"闻人晚笑道。

"是。"女子也毫不避讳,"但在我诚然相告之前,官爷得回答我几个问题。"

"说。"闻人晚大方点头,眼看线索就要到手,他隐隐地有些兴奋。

"裴家的案子已经过去三年了,为何又重新被官府提起?"

"跟官府没什么关系。"闻人晚低头给自己添了一杯茶,"别把我和那些草包混为一谈,我闻人晚办案,向来只代表我自己。裴家这个案子,是我个人要查。"

此话一出,对面女子似乎有些困惑。

于是为了宽慰那女子,闻人晚很快又接着说:"不过你不用担心,我闻人晚要查的案子,谷顺官府里没人敢拦我。而且我可以保证,只要夫人你如实相告,你不会受任何处罚。"

"官爷言重了。"那女子轻笑摇头,"这案子从头至尾都跟我没有任何关系。"

"是林郎中。"

闻人晚不再看对面的女子，口气却十分笃定。他悠闲地把玩着手中的杯子，里头的甘草片已经沉到了最底下。

按道理，一起命案中，案发时诊治的郎中和最后尸检的郎中，不该是同一人。但在裴家这起案子里，卷宗上记录的两位郎中，分明就是林郎中一人！所以闻人晚才非要找到这里来不可——不合规矩之处，必有蹊跷。

"但我夫君是被逼的！他真的是被逼的！"女子看起来情绪有些激动，她紧紧攥着帕子，眼里写满了痛苦，"所以他才会不堪良心的折磨，在裴家出事没多久后，自己也跟着去了。"

"谁逼的？"闻人晚眉头紧蹙，"是裴宅中人还是外人？"

女子摇头，一来一去间，差点将眼泪晃落下来："不知道。他留下的信里没有道明，只说是那人。"

"信？那人？"闻人晚随之变得警觉起来，一字一句都不肯放过，"那信呢？现下在何处？"

"信是遗物，自然是烧了。况且我夫君在信中也嘱咐了我，这封信和他平日里的记录簿都得烧了。"

闻人晚突然有点无力。如今林郎中已逝，所有物证也烧成了一捧灰。看来，一切的希望，都寄托于眼前的这位夫人身上了。

"夫人把知道的，通通都说出来吧。"

"其实我夫君在裴宅出事之前，就已经变得很奇怪了。"那女子眼神变得空洞起来，似是陷入了回忆中，"裴宅里个个都是好人，所以我夫君每次从裴宅回来都是开心的。可不知为何，那段时间，他回得格外晚，而且总闷闷不乐，一回来就把自己关在书房里倒腾药材，一熬就是一宿。问他做什么，他也只摇头。没过多久，裴宅就出事了。"

闻人晚仔仔细细地将这段话听完，确定没有落下任何一个关键字眼后才看向对面的人："裴家三位受害人都是中毒，且卷宗上记载毒性强烈，配方复杂，未曾听过名号也未曾有过先例，所以……"闻人晚微微沉吟，"我只问你，你夫君会制毒吗？"

"这制毒……"女子摇头，"我不清楚。但我趁他不注意的时候去他书房拿了一点。"

"还有呢？"闻人晚舔了舔下嘴唇。他知道，林郎中这地方，算是找对了。

"还有就是裴宅出事的当天，他回来时，鼻青脸肿的，可非说是天黑摔进了小阴沟。先不说那脸上的伤像不像，光是裴家到林家，条条都是大宽路，况且还有马车来回接送，又哪里来的小阴沟给他摔呢？"那女子吸了一口气，将手中的帕子攥得更紧了，她望着闻人晚，"最重要的是……"

"是什么？"

"是裴家大少爷下葬的前一晚。"女子顿了顿，似是要做好充足的准备才敢接着往下说，"我嫁给他整整十二载，却从未见过他醉成那副样子。起初我只是以为他因为救不活大少爷而内疚自责，但我没有想到，真的没有想到。"

女子骤然停止了诉说，房间里突如其来的安静让闻人晚变得更为紧张，那种焦灼的不安感从他的脚底一路攀升到了头顶。

倒也不是害怕或者恐惧的紧张，这种紧张是闻人晚多年破案而得来的经验之谈，往往这种感觉出现了，那么便意味着——他要获取到极为重要的线索了。

"可我没有想到……"果然，女子又继续开口道，"我夫君竟然在最后的那封信里告诉我，其实当时的大少爷，是还有一口气的。"

"什么？"闻人晚有些不可置信，"那你的意思是说，裴大少爷其实是被活埋的？"

"不知道，我不知道。"女子痛苦地摇着头，眼泪落了满襟，"我夫君只说裴大少爷还有一口气，他求过那个人的，但那个人不肯放过大少爷，说什么也不肯放过……他说若是黄泉路上遇到了大少爷，定要跪下来给大少爷磕个响头，也算是弥补亏欠大少爷的半条命了！"

这压根就补不上。

闻人晚本想这么说上一句，但看到那女子哭得实在伤心，就也作了罢。

他沉默了好一会儿，脑子里却喧嚣得很——若是把林郎中放去凶手帮手这个位置上，那么一切便说得通了。

从不愿意害人到被迫制毒，又在诊治和尸检时从中作梗，而后求情被拒，最后不堪良心折磨而自缢身亡。所以为什么当时那味毒找遍了谷顺也找不出第二份，为什么当时本该为两人的郎中却只有林郎中一人，为什么当时整件案子不露一点破绽，仅仅三月便匆匆弃案，看来一切，都是有人在背后精心策划！而且有极大的可能性，就是裴宅中人！

可裴家大少爷贵为裴家嫡长子，是日后裴宅的主人，谁这么恨他？谁又敢真的这么做？这么做的目的又是为了什么？裴宅为城内首富，莫非这场命案是为了家产而厮杀？

"师爷。"房尉假意咳嗽了一声，"在下好心提醒一句，你的姜茶再不喝，就凉了。"

"嗯？什么？"闻人晚下意识缩了一下，他想着那日的事情，模模糊糊地只听见房尉说了句好心提醒，经过刚刚的坠湖，他现在最怕的就是房尉的"好心提醒"。

直到伸手拍了拍桌面，觉得它暂时还没有塌陷的可能性之后，闻人晚才放心地从头顶玉冠里摸出一个极小的黑瓶子："得亏师爷我聪明，将它放在头顶上，不然刚刚闹么一出，现在都已经泡成了水。那我昨日的心血岂不都付诸东流了。"

"我提醒过师爷的。"房尉笑着从闻人晚手里接过那个瓶子。的确有些年头了。但将瓶塞打开，看到里面粉末的质地之后，房尉便知问题不大，还能用，"但你不听。"

"你们这些打着救死扶伤名号的郎中，会不会制毒害人？"

"当然。"房尉不假思索，"知道怎么救人，才能更好地杀人于无形。"

"你！"闻人晚被房尉这个回答惊得背后一凉，端在半空中的姜茶，此时喝也不是，不喝也不是。

房尉扫了对面人一眼，便开始往自己的酒杯里加兑些许粉末。无色无味，甚至看不出一丝异样，的确是好毒。

"但会不会，跟会不会，是两码事。"

"什么？"闻人晚听得一头雾水，"你说的是什么意思？"

"我的意思是，你可以放心喝你手中的姜茶。我不会害你。"房尉话音落地的同时，那杯毒酒也被他泼了出去。

果然不出房尉的意料。

凡是被毒酒泼到，甚至只是被溅上一两滴的地方都起了一层暗色的小水泡，很浅，却细密，快速地破裂着。细微的气泡声不断敲击着房尉的耳膜，而他的眸子也随之阴郁了几分。就是这个毒，房尉记忆犹新，三年来，一刻都不敢忘。

房尉可以笃定，这就是三年前裴琛聿寿宴上的那味毒。

"还真是毒药！"闻人晚先是被眼前的场景惊到失语，而后才开始兴奋，以至于他都没有发现房尉此时凝重的脸色。

"怎么样？这个毒是不是很厉害？"

房尉没有立即回答，只是待毒性过了之后，才将茶水帕子轻轻盖在了那块狼藉之地上，接着他收回眸子，眼神里已一片清明："师爷方才拍的那一手掌，还疼吗？"

"什么？"闻人晚莫名其妙，"关我手掌什么事？虽然的确疼，但本师爷问的是……"

"我当然知道师爷问的是什么。师爷可以来看。"房尉拿了个镊子，轻轻掀起了帕子一角，"我这地面和刚刚师爷拍的桌子都是同一个材质制成，以坚固著称的楠木。而现在这个被腐蚀通透的地方，仅仅只是被那杯毒酒溅湿的地方。"

房尉顿了顿，他敛了呼吸，直直地盯着那块被腐蚀的地面，眼神已变得暗淡。

三年前，被这味毒侵袭的不是眼前这块硬邦邦的木面，而是三个无辜的血肉之躯。

他们柔软、鲜活、满脸笑意地沉浸在寿宴的喜悦中，他们没有一个人知道，也没有一个人想到，他们手里高举的那杯酒，只要一经饮毕，那便是所有灾难与不幸的开始。

"如此看来，那林郎中应该就是毒杀案中的制毒之人了。可指使他的人是谁呢？"闻人晚用双手撑着自己的下巴，又开始了苦恼的思索。突然，他灵光一现，眸子亮亮地盯着眼前的房尉，"既然你被谷顺人传得这么神，那么把这毒的原料给理出来应该不算难事吧？"

"没你想得那么轻松。一来这毒是林郎中自制，毒人和救人不同，没那么多忌讳，所以很多制毒之人会带进自己的个人习惯；二来是这毒已经放了许久，里头有些原料的味道和质地，难免会发生变化。"房尉看着一脸失望的闻人晚，挑眉道，"怎么，师爷是想通过原料来进行下一步？"

"嗯。"闻人晚泄气地点点头，"现在人也死了，信也烧了，我们手头上什么证据也没有，以前的那份尸检笔录是林郎中留下的，肯定不能信，就只能死马当活马医，看看原料里有没有什么特别之处能让我们摸到新线索的。可是光我想有什么用，你……"

"我什么？"房尉医术精进，早在打开瓶塞的时候，他就已经将里面的原料猜出了九成。只剩其中最后一味，只觉得非常熟悉，却想不起究竟是什么。但房尉知道，答案就在裴宅里。他将瓶子收好，坦然与闻人晚相视而对，"我只是说这事没师爷想得那么轻松，但并不代表在下做不到。"

"你！"闻人晚一口气憋在胸口却不得发作，只得恨恨地给自己满上一杯酒，姜茶的余味混着陈酿的浓香，一下子就把闻人晚的眼睛给辣得通红，"那你需要多久？"

"不久。我很快会去裴宅替裴二少爷换药，到时候我就能给师爷一份完整的清单。"

"那行。"闻人晚满意地点头，末了才后知后觉地想起，刚刚似乎听到了裴二少爷的名号，他困惑道，"但你不是给裴老爷看病的吗，怎么又变成了他家二少爷？"

"事出有因。"房尉不愿多讲，那样的场景，光是回想一遍，对他来说，都是折磨。

"那他还好吗？"闻人晚并没有瞧出什么异样，"卷宗上记载的他当时是重伤，现如今的情况怎么样？"

"非常糟糕。"房尉如实作答，表情仍旧云淡风轻，与平常无异。但一派平静之下的暗涌唯有他自己清楚——只有他自己清楚，这世间赐予他的某些东西，他只能摊开给扶苏一人去看，"但我的病人，我会负责到底。"

闻人晚挠了挠后脑勺，一时间也不知道该接什么话，毕竟治病煎药的事情他不拿手，关乎人命的事，自然是少说少错。于是，他把玩着面前的茶杯，干脆地将话题绕了回来："那你这边的情况呢，有没有什么线索？"

"有。"房尉话音一落地，便看见闻人晚的眼睛亮了起来。

"什么？快说来听听！"闻人晚立马来了兴致，手也不由自主地伸到了对面，他抓着房尉的袖口，一个劲地晃悠。这一招，闻人晚在幼时求着老太爷讲奇闻趣案时常用，但房尉是房尉，不是自己家里那个色厉内荏的老头子，所以当房尉眼风悠悠扫过来时，闻人晚只好怯怯地收回了手。虽然尴尬，但闻人晚还是不甘心，"你快……快点说啊。"

"我们的方向没有错，裴宅中的人的确有问题。"房尉顿了顿，脑中闪过一连串的人和事，"第一，裴宅中有人知道全部或部分的实情，但被迫地选择了隐瞒或者忍受；第二，如果背后的主谋不是裴宅人，那裴宅中必定出了一个非常了不得的内鬼。"

闻人晚的眉头也随之紧蹙："那你说的这些，可有具体的人选？不论是前者的知情不报，还是后者的真正动手，你能确定下来是谁吗？"

"不能。"房尉摇头，现在就来谈确定的人，未免太早。

前者还可以大致地将二夫人和杜叶归纳进去，可这二人暂时也没有什么用处。既然他们早就知道了某些不为人知的事情，却选择一直隐忍沉默，那就代表着他们有不得不为之的理由。而如今他作为一介外人，又如何能窥探到其中理由和实情？至于后者，谁是主使？谁又是帮手？到底该把怀疑的箭头对准哪个方向？这一切，都还没有头绪。

房尉的指腹摩挲着光滑的瓶身，道："但我相信，等我将毒药的原料彻底弄清之后，就会有人，耐不住性子了。"

闻人晚虽然听得有些迷糊，但也没有打算找房尉要解释，他答应与房尉结盟，就是因为他对房尉有一种说不清的信任。

最后那句话，房尉说得笃定，闻人晚也信得放心，他信房尉已掌握好分寸，成竹在胸，但——但有些话他憋了很久，却不知该不该说。

"师爷有话不妨直说。"房尉垂眸，不紧不慢地从托盘中重新挑了个杯子，接着又提起火炉上的酒壶替自己满上。

火烧得有点旺，房尉握着的壶柄也变得烫人，但就在手掌和喉头都忽地一烫的瞬间里，他才恍然想起，其实他之前，都是不喝酒的。

"那我说了，你可不许笑我！我看你是郎中我才问你的。"闻人晚很认真，但口中的威胁还是摆脱不了那股孩子气。

"就是、就是……"闻人晚支支吾吾的，似乎还是有点不好意思开口，"就是你觉得，如果一个人带着一口气被埋了，还有生还的可能性吗？"

房尉身形一怔，连手中的空酒杯都忘记放回桌上，他的表情在闻人晚看来，是前所未有的微妙，似是带笑，又像是吃惊，再一回味，却道是与平常无异。

　　他直勾勾地盯着对面的闻人晚，道："师爷是在怀疑，裴琛聿没死？"

第七章

何以忘忧

SHENZHAIJISHI

按照老天爷的惯例，落完雪后，总要晴上好几天。

忘忧今日起了个早，落雪之前就答应了钱庄那对双生子姐妹一块儿出去玩儿的，但那天正好撞上落雪，于是娘亲便说什么都不肯放行了，说是怕出事。其实换作以前——就是三年前，娘亲都不会这么不放心自己的。忘忧想，大概是因为琛聿哥哥的离世，和北园那个废物现如今的惨状，所以长辈们待她比以往更为矜贵了。

但在外人看来，只道是裴家家门不幸，唯一一个健康的孩子，却是个幺小姐。

"咦？"忘忧不解地看着站在大门口的杜管家，"管家，你怎么还在这儿？不是和我娘亲一块去染坊里对账了吗？"

"劳烦小姐操心了。"杜管家向来十分疼爱忘忧，"今儿个的确是月末对账的日子，但也是房郎中来给扶苏少爷换药的日子，上次已经让杜叶代我一回了，再来一次，怕是有失裴家的待客之道。"

"今儿个江湖郎中要来给裴扶苏换药？"忘忧有些不满地噘起菱

/ 118 /

深宅纪事

唇，看了看北园的方向，又看了看停在正门口等着自己的马车，突然就没了兴致，蔫蔫地招手吩咐小丫头去钱庄里知会一声，说是自己临时有事，改天再同双生子姐妹一起玩。

"小姐。"小丫头不解地追上了忘忧回房的脚步，"您为什么不去了呀？不是盼了好久才盼到好天气吗？"

"我……"忘忧才刚张口，后脑勺就好像被什么东西给砸中了。痛是其次，却是实打实地被吓个正着。

还好小丫头机灵，她一眼便看见了滚落在地上的小果子，赶忙捡了起来递给忘忧，好声好气地哄道："小姐别怕，不过是个野果子。"

忘忧仔细端详着那枚果子，正想着是怎么回事时，就听到不远处传来了一阵熟悉的笑声。果然——忘忧一跺脚，示意小丫头让道："我就知道！"

"小毛孩儿！"忘忧快步走到裴宅大门口，一双杏眼瞪着正在给大家伙纷发果子的岚庭，他手里的那些果子和刚刚砸中自己的果子，分明就是一棵树上结出来的，"你敢砸我？"

岚庭从房尉背后探出一个头，笑嘻嘻地对上火冒三丈的忘忧："我就想请你吃个果子而已，可是你不应我，所以我就只好换个方式咯。"

"岚庭？"房尉闻言回头，难怪他刚刚看到岚庭从屋顶飞下来时，满脸都是恶作剧得逞后的小得意，"我跟你说过，不许欺负女孩子。"

"我没有！"岚庭可怜兮兮地反驳，因为是房尉哥哥，声音也不敢太大。他皱着一张小脸，委屈道，"我是真的想给她果子吃，扔的时候也没用什么力气……"

"小毛孩儿你出来！"忘忧执意要跟岚庭算清这笔账，哪怕她也清楚这有些小题大做，但她就是讨厌他们是为裴扶苏而来，所以连带着刚刚那个果子都变得十恶不赦，"你给我出来，躲在江湖郎中背后算什么本事呀？"

"小姐……"杜管家看着忘忧似是真的生气了，便出声劝慰，"岚庭小兄弟就是跟您闹着玩，您消消气，让让他……"

"不让！"忘忧恨不得要把一口银牙咬碎，"凭什么我让他？我堂堂裴家三小姐凭什么要让一个江湖郎中的小跟班？"

杜管家这下子便难办了，当着房尉的面，他也没办法说出以往在私底下劝忘忧的话——无非就是重重贬低另一方罢了。正当他愁得不知所措时，幸好大夫人及时出现。

"怎么了？"大夫人的佛经落在了屋子里，特意折返去取的路上听见了忘忧的声音，便往这儿赶了来。她亲昵地握着忘忧的手，问道，"怎么不开心的样子？"

"大娘。"忘忧向来最喜爱大娘，她对自己好是一方面，更重要的是，她是琛聿哥哥的娘亲，"那个岚庭用果子砸我。"

"大夫人好。"房尉站在原地，礼数周全地朝着大夫人作了一揖，"岚庭向来顽劣，加之在下管教不严，还请大夫人和三小姐怪罪。"

"哪里有怪罪一说。郎中可是我们全家的恩人。"大夫人目光平和，随即转头看向身边的忘忧，"岚庭还小，是弟弟，也没有存坏心思，所以忘忧这次让让他，好不好？”

"不好！不让！这次我偏不让！"

本以为是孩子间的小打小闹，但从忘忧过激的反应来看，好像不是那么回事——至少在忘忧眼里，不是这么简单的事。

"忘忧？"大夫人有些意外，忘忧这孩子虽然骄纵，却从不胡搅蛮缠。她看着忘忧已经通红的眼眶，忍不住担忧道，"怎么了？怎么还哭上了？"

"今天也让，以前也让，什么都叫我让！"忘忧的声音越来越大，多年藏在心里头的委屈这会子怎么也止不住，尽管她一点也不想在这么好的天气里哭出来，"从小就这样……什么都叫我让，说裴扶苏身体不好，连琛聿哥哥我都要让给他！凭什么？明明我才是女孩子，才是裴家最小的孩子啊！"

此话一出，大夫人和杜管家都错愕在原地，连忘忧跑走了也没有第一时间反应过来。

良久，大夫人才喃喃出声："原来那孩子心里，竟是这般委屈？"

"大夫人您别急。"杜管家既是难堪，又是心急，"我马上就去找三夫人。"

"你找三妹妹又有什么用？你见她几时能真正管住忘忧了？"

闻言，杜管家也消停了下来，无力道："三小姐向来只听大少爷的话，但如今……"

"好了。你别竟说些没用的了。"大夫人的面色瞬间变得黯然，甚至难过到要用帕子将脸遮住后再别过去，"忘忧那孩子……"

"若是二位不介意，在下愿前往安抚忘忧小姐。"

房尉往前走了几步，停在了裴宅大门口的青石板阶梯下。那块地方正好是荫处和日照的分界之地。房尉站在中间，遥遥看过去，竟像是被光影生生地分成了两半。

见大夫人和杜管家脸上仍有犹豫之色，房尉便继续说道："本该岚庭亲自过去给裴小姐道歉，但他性子皮，总闯祸，再这么贸贸然地过去，怕又会惹裴小姐不高兴。"

这自然是个过场话。稍微聪明一点的人都知道，忘忧方才分明是为了别的事情。但有的时候，大家就是需要这种过场话。这种话能带着他们装糊涂，能带着他们错以为，只要大家心照不宣，那么便再没有什么"别的事情"。

大夫人感谢房尉此时的解围，她稍微挪了步子，让出一条道给房尉。

房尉了解忘忧，知道她此时定是躲在荷花池后的假山处哭泣。但今时已不同往日，他只是一个因小跟班犯了错，而要去给东家小姐道歉的外来郎中。路不能太熟，表情也不可太过着急或疼惜，房尉佯装迷惑，问了众多丫头小厮之后，才慢慢朝着荷花池走去。

路途风景依旧。房尉想，若不是拱桥上的鹅卵石变得更为光滑了一些，他可能恍惚间以为他还是以前的那个他，一切也还没有发生。但遗憾的是，哪怕就是错觉，老天也吝啬得让它转瞬即逝。因为房尉在下了拱桥之后，清晰地听到了忘忧的哭声——若在以前，这是忘忧绝对哭不出的声音。细碎、隐秘、压抑，还有房尉最不想让她体会到的，绝望。

良久，房尉才开口："裴小姐，哭完了吗？"

"才不要你管。"忘忧坐在假山里，抬起手背狠狠地抹了一把泪珠子，烟粉色的袖子立马就湿了一大片，"你是谁啊你，给本小姐走开！"

房尉也不恼，他知道忘忧没有针对他，也没有恶意。房尉笑了笑，往洞口里看了一眼，伸手将洞口上方好长一截的枯枝给折断了："我是谁并不重要。我过来只是要告诉小姐，融雪之后，冬眠的蛇也会渐渐苏醒……"

忘忧身子一僵，生气也好，伤心也罢，这一刻通通被对蛇与生俱来的恐惧给比了下去。这假山做得大，但这些年忘忧的个子也长了不少，所以她在如今这个略显狭小的洞口里跑得有些吃亏，跌跌撞撞间，衣裳也被蹭得满是灰尘。

终于快到出口了，忘忧深深地吸了口气，一刻也不敢耽误。

除了洞口外的光亮，她还看到一个颀长的身影。她知道那是房尉，刚刚他一开口，她就听出来了。

忘忧跑了出去，一头栽进房尉的怀里，她闭着眼睛，额头紧紧抵着他的胸膛，怯怯道："蛇……怕、怕蛇。"

房尉无声地笑了笑，拿走了落在忘忧头上的几片落叶。

"蛇不怕蛇。"

"那……"忘忧后知后觉地有些别扭，但不知是太过害怕，还是刚刚跑得太快，总之，忘忧现在有点腿软。换句让她不好意思的话来说，就是她暂时还没办法松开房尉。所以她委屈地瘪了瘪嘴，"那我怕蛇。"

"我知道。"房尉的手在半空中停顿了一会儿，最终还是轻轻地拍了拍忘忧单薄的脊背以示宽慰，"我在这儿，没有蛇会咬你。"

"真的吗？"

"真的。"

忘忧得了一句肯定后，才慢慢地缓过来，她做了一个深呼吸，从房尉的怀抱里退出。也就是在二人分开之际，忘忧才闻到房尉身上的味道，又苦又甜的，像是多种药材混杂在一起，有点超乎意料的好闻。本来她是个特别讨厌药味儿的人。

很长一段时间，二人都没有说话——至少在忘忧看来，是很长。毕竟她从小就是个关不住的话匣子。

可现在倒好，因为方才那个拥抱，她有些不知所措，连生气都没了正儿八经的底气，只得拣个较远的地方坐着，搜肠刮肚想了一通，也还是不知该和房尉说些什么。而那人却悠闲得很，站在假山旁动也不动，仿佛那一池子凋了的荷花真有多好看似的。

"好看吗？"发问的人是房尉。

"什么？"忘忧被这突如其来的话语惊到了，但她决定装糊涂。

"方才是小姐偷看在下的，第十二回。"

"你！"忘忧瞪着房尉，但却找不出反驳的话，憋了许久，才憋出一句，"讨人厌！"

房尉笑了笑，眼神悠悠地落在了三年未见，已经出落得更为亭亭玉立的忘忧身上。他问道："岚庭那个果子，当真砸得很疼？"

"其实不怎么疼。"忘忧的气头一过，便也跟着松了口。

"那小姐为何哭得如此伤心？"房尉是故意这么问的，他到现在脑子里还回响着忘忧那句——连琛聿哥哥我都要让给他。

房尉想，大概在今日之前，裴宅中根本没人知道，看似活得最为快乐的忘忧，心里竟藏着一股委屈的怨气。

果不其然，提及此事，忘忧好不容易恢复正常的脸色此时又开始有了变化，她张了张嘴，似是欲言又止，但房尉看得出来，她是想说的。并且那些话，她应是憋了许久，却找不到一个可诉衷肠的人。

"裴小姐若是不方便说，便算了。"房尉收回目光，以进为退。

"没有。"忘忧咬咬牙，觉得讲出来也没什么大不了的。

正好江湖郎中也不是裴宅人，说不定自己那些被家里人认为的无理取闹和矫情，在他眼里，会显得稍微寻常一些。想到这里，忘忧刚压下去的委屈又涌了上来。她已经讨不到那份好了，那找旁人要一点儿理解，不过分吧？

"我是因为琛聿哥哥。我想到他，我才哭的。"

"他让你哭成这样。"房尉顿了顿，将眼神从忘忧脸上移开。她现在的表情太过委屈，房尉看久了也不好受，"那一定不是什么好人。"

"你胡说！"忘忧立刻出声反驳，她不满地瞪着房尉，她不容许有人这么平白无故地诋毁琛聿哥哥。可就在这时，以往那些画面却突然在她脑海中开始回放。

"我从小就特别喜欢琛聿哥哥，他对我也很好，但他最疼的人，不是我。我永远没办法拿到琛聿哥哥手中的第一个糖罐子，也没办法让他在给我讲完故事后陪我到入睡，甚至连出事的时候，他看的第一个人都不是我……"

只要提及"裴琛聿"这三个字，忘忧的眼泪就有点失控。其实她到现在都不太能相信，那个朝夕相处，被她当作信仰的人，说没，就没了。

她抹了把眼泪，笑着哽咽道："尽管如此，琛聿哥哥也还是这世上最好的人。"

就算忘忧方才没有明说，房尉也知道，那些裴琛聿没有给到她身上的疼爱，最后去了何处。他走过去，给忘忧递了块帕子，多大的姑娘了，还跟小时候一般，不爱携帕子在身上。

"所以小姐就是因为这些事，才讨厌扶苏少爷的吗？"

"才不是呢。"忘忧也没跟房尉客气，一把就从他手里拿过了帕子，但也没用，就这么生生地握在手里，"裴扶苏生来就是病秧子，所以琛聿哥哥才对他比对我好的。"

这句话说得有些心虚，因为忘忧清楚，倘若老天爷真给扶苏一个健康的身体，裴琛聿也不一定就会更疼她。她之所以敢这么说，就是因为世间万事，都没有"倘若"。

那一日，也是寒冬时节。

天气并不大好，有些阴沉，但裴宅里外却收拾得没有一丝凋零落败之感，院子里人来人往，皆是欢声笑语，好不热闹。那一日，是裴家大少爷裴琛聿的十八寿辰。

忘忧对那一日的印象，起始于自己难以抉择的新衣裳上。

"琼儿，你倒是快过来呀。"忘忧苦恼地皱着眉头，在一字排开的衣裳里挑挑拣拣，"你来看我今天梳的这个飞仙髻和哪件衣裳最搭？淡绿色会不会太素了？可我喜欢上边绣的银线双生花，那绛紫色会不会又过于隆重？我才不要抢琛聿哥哥的风头呢。嗯？你手边那件蕊黄的看起来还不错，快拿过来我瞧瞧。"

"我的大小姐呀。"小丫头应声捧着衣服走到忘忧面前，因一同长大的缘故，说起话来也比较放肆，"我看哪里是大少爷过寿辰呀，明明就是您自己吧？"

"琼儿！"忘忧含羞带怯地啐了小丫头一口，"你再乱取笑我，我就要管家大叔把你塞到菜园子里做事去。"

"不敢不敢，您行行好，千万别不要我。"小丫头咯咯笑着，连忙说些好听的来求饶，"其实您穿什么都好看，大少爷都喜欢看！"

正当主仆二人嬉闹得正欢腾时，三夫人从外头走了进来。

"娘，您怎么来啦？"忘忧有点疑惑，"你不是在外面忙着戏班子的事情吗？"

"忙完了便过来看看你。"三夫人示意身后跟着的丫头将食盘放去桌上，像是十分紧张食盘上的那碗东西似的，连连交代了几句要小心轻放。

"倒是你，都快祭祖的时辰了，还穿着寝衣，像什么样子？"

"娘。"忘忧笑眯眯地凑了上去，拉着三夫人的胳膊撒娇，"今儿个是个多么重要的日子您又不是不知道，爹爹心坏，请了那么多老爷小姐一同来贺寿，就是想顺便给我选个大嫂是不是？我才不依呢，我就要打扮得最漂亮，让琛聿哥哥除了我，谁也瞧不上。"

"好好好。"三夫人敷衍地点头称是，要是换作平常，她是定要取笑忘忧不知羞的。但当时似乎有更重要的事情夺走了三夫人的注意力。她点头示意手下的人将大门关上，慎重地将瓷碗端到了忘忧面前，她看着忘忧，眼睛里隐隐藏着些不安和紧张，以至于不知不觉中，她就对忘忧使用了命令的口气，"快，把这碗甜水喝掉。"

但单纯如忘忧，并没有注意到那时三夫人眼神和口气的反常，或者说其实注意到了，但这些细枝末节的反常，还不足以跟三夫人主动送甜水上门这个大反常来相提并论。

"娘？"忘忧不可置信地眨了眨杏眼，"您平常都不让我饭前喝甜水吃零嘴的呀，这马上就要祭祖吃饭……"

"为娘要你喝你就喝！一滴都不许剩！"三夫人蹙着眉，陡然提高了音量，"难不成我还会害你吗！"

"娘……"忘忧彻底惊呆了，一向最为温柔可人的娘亲居然也有这般可怖的时候，任她平时再爱胡来，现下也不敢再忤逆三夫人了，她手指纤纤，老老实实地端起瓷碗，"不就是碗甜水嘛，我喝给娘亲看便是了。大好的日子，您别动气嘛。"

三夫人走了之后，离祭祖还有一个时辰。

忘忧自然不会安分地待在屋子里等上这么长时间，她可是从昨晚入睡前就开始想见裴琛聿了。她还年幼，觉得十八是一个非常遥远的年纪。她还特别好奇，人满了十八之后，是不是会有什么不一样的变化？

她喜滋滋地将提前备好的礼物藏于袖口中，想着等会儿要给琛聿哥哥一个惊喜。可不如意的是，才刚到裴琛聿的园子门口，杜叶哥哥就满脸抱歉地告诉忘忧，大少爷一早便去了扶苏少爷那儿，还未归。

就算已经习惯了琛聿哥哥对扶苏的格外疼爱，但忘忧心里还是十分失落。她闷闷不乐地一边踢着小石子，一边往扶苏的园子里走。

"喂，前面那个。"忘忧顺嘴喊了一句走在前方的小厮，"你家主子现在在哪儿？"

"谁？！"被忘忧唤住的那名小厮似乎被惊着了，他抱着酒坛子，哆哆嗦嗦地回头，一看是忘忧，这才费力地扯出了一个笑脸，"原来是小姐，小姐好。"

"你？"小厮过于怪异和惊慌的举止，让忘忧忍不住生疑，"你鬼鬼祟祟干什么呢？难不成是想偷东西？"

"冤枉，冤枉啊小姐！"小厮连连求饶，举着手里的酒坛子解释，"我只是得了两位少爷的命令，先从席上拿点酒过去罢了，其他的，我什么也没干！"

闻言，忘忧瞥了一眼酒坛子上贴着的红色寿字："拿酒就拿酒，你搞得跟什么……"

随即，忘忧杏眼一转，指着小厮喝道："不对！琛聿哥哥从来不喝酒的，你糊弄谁呢？"

"哎哟，我的大小姐啊。"小厮苦着一张脸，双腿颤得都快站不稳了，"少爷们的想法，我哪里能猜到，我不过奉命行事罢了。"

"那你给我。"忘忧一摊手，示意小厮将酒坛子交过来，"我替你送过去，正好我也要找他们俩。"

接下来的事情，便和闻人晚卷宗上记载的没什么两样了。

案发地点位于裴家二少爷的书房之中。时间为正午，离裴家祭祖还有半个时辰。

房里只有三个人，裴琛聿、裴扶苏以及裴忘忧，三人皆有饮酒中毒迹象。那坛在混乱之间被打碎的酒酿，也被检查出掺了毒物，从而被确定成此案唯一的作案工具。但棘手的是，掺在酒中的那味毒，因配方复杂，毒性强烈，所以迟迟查不出来所谓何毒，同样的，也没有做出几份像样的分析笔录。最后官府无奈，只得将此毒归为谷顺第一例。

"我讨厌裴扶苏，就是因为他害死了琛聿哥哥！"

忘忧紧紧攥着帕子，那个让她胆战心惊的场景又浮现在了眼前——她看着裴琛聿在她面前轰然倒下，面色灰白，嘴唇乌青，黏腻的血从他嘴角不断溢出，弄脏了他的脸、他的头发和他那日的衣裳。忘忧怎么也没有想到，那一眼，竟是此生最后一眼。

"小姐方才也说了，是两位少爷一起吩咐小厮拿酒的。"房尉虽然直觉可以从忘忧口中知道更多关于那日的情况，但他明白，当务之急并不是将忘忧当成犯人或者证人一般逼问。小姑娘想起了以往的伤心事，自然是得先由着她的性子来，"怎么能将错全扣在扶苏少爷一人头上？"

"我才没有冤枉裴扶苏！"忘忧几乎嚷了起来，她的眼睛红红的，却已经没了泪水，所以那层脆生生的怨恨在此时看来，格外明显。

"全裴宅的人都知道琛聿哥哥不喝酒，可裴扶苏还要琛聿哥哥陪他喝，我进书房前都听见了，裴扶苏一定要琛聿哥哥十八岁的第一杯酒陪他喝……总之，要不是裴扶苏非缠着琛聿哥哥喝酒，怎么会发生这种事呢？"

忘忧鼻头发酸，还有一个细节她忘了说，琛聿哥哥因为担心裴扶苏的身体，所以特意帮他喝了半杯。忘忧在痊愈之后常想，要是琛聿哥哥没有替裴扶苏多喝那半杯，那是不是虽然也会中毒，但却不至于死掉呢？她咬咬牙，这一切都是裴扶苏的错！

房尉掀眸，却没有看向忘忧。他的目光有些飘忽地落在了远处，袖中的手却暗暗地握紧了几分："难道小姐就没有想过，这其实根本不是你们的问题吗？"

"什么意思？"忘忧歪着头，不解地发问，"最大的问题不就是裴扶苏非要喝……"

"不，裴小姐。"房尉浅笑着打断了忘忧。

他朝她走过去，途中踏碎了好几片坠落在地，但还没来得及腐化成泥土的枯叶。隔着一层鞋底，房尉都感受到了那份粉身碎骨。

"我的意思是，问题根本就不在于到底是谁提议要喝酒。"

"你也是裴扶苏请来的说客吗？就因为他身体不好，所以你也要站去他那边？"忘忧既生气又沮丧，她愤愤地盯着房尉倒在自己身旁的影子，恨不得去踩上两脚，末了，还不忘挑衅似的扔去一句疑问，"那江湖郎中你来说说看，问题是什么？"

　　问题是什么？
　　其实在忘忧复述那日记忆的时候，房尉就已经准确地抓住了好几个点。

　　其一，是三夫人给忘忧送去的那碗甜水。
　　三夫人溺爱忘忧是整个裴宅都知道的事情，她在寿宴当日抽空去看一眼女儿这并不稀奇。稀奇的是，她带了碗甜水，连忘忧都对三夫人这个行为感到不解和惊讶。并且三夫人一向温婉，而那日竟以那么强硬的态度要求忘忧喝下甜水，那便足以说明那碗甜水不简单。何为不简单？房尉做了一个大胆的推测——那碗甜水里有毒酒的解药。
　　如果以这个结论来反推，那么三夫人这块便说得通了。事关忘忧的性命，所以三夫人的态度才会这么强硬。并且这个结论还可以解释，为什么忘忧喝的酒明比扶苏多，伤势却还比扶苏轻这件事。
　　如此一来，房尉便不由自主地想得更为深入，既然三夫人能事先得到解药，那便说明，三夫人事先就知道会有寿宴毒杀这么一出戏。可为什么她知道却不上报给裴老爷？三夫人出身于城内有名的书香世家，自进门后最得老爷欢心，按理来说，她不会忍心看着裴家的孩子遭受此等灭顶之灾。

难道——脑海中即将成形的想法，不由得让房尉眉头紧蹙。

难道三夫人就是这场毒杀案背后的策划者？让忘忧身处险地也只是她的计谋之一，为的就是让人们打消对她的怀疑？

其二，是忘忧在扶苏园子中偶然遇到的那个小厮。

在没有更多证据辅佐的情况下，对于三夫人，房尉只敢停留在猜测的程度，所以他现在也无法确定下毒者究竟是谁。但唯一可以确定的是忘忧不会下毒，在她将那坛酒从小厮手中接过时，那坛酒就已经被人下毒了。突破口，就在那个小厮身上。

一来，是小厮举止怪异、神情慌张。下人给少爷们送壶酒，最为普通的事情罢了，那个小厮在不安什么？房尉想，要么酒里的毒是他下的，要么他知道酒里的毒是谁下的。前者的可能性微乎其微，毕竟若主谋是一个连送酒都慌乱不止的下人，那么这件案子便不可能难住官府，变成奇案。那个小厮，最多就是一个知情的跑腿儿。

二来，官府的线索中没有小厮。闻人晚连卷宗上一笔带过的林郎中都能找上门去，这么重要的一个证人他却错过，唯一的理由便是，闻人晚根本就不知道小厮的存在。他不知道，则代表着官府的卷宗和笔录上没有记载，可当初官府为什么会忽略掉小厮？是真的不知还是有人刻意为之？

房尉想，若是能找到那个小厮，那么很多问题便会迎刃而解。

"问题是我们该就事论事。"房尉回过神，深深地看着眼前忘忧的脸。关于三夫人，介于自己的身份和忘忧与三夫人的关系，他不便多问，那么就只能从小厮身上着手了。

"小姐方才不是说途中遇到了一个奇怪的小厮吗？他是裴宅里的人吗？"

忘忧被房尉问得一愣，她当真还没有想过这个问题。

"我不知道。"忘忧诚然，"我很少去裴扶苏园子里，所以也不大认得服侍他的人，但那人都出现在了园子里，应该是裴宅人吧。"

见忘忧神色犹豫，房尉便继续追问："那小姐在出事之前或者之后，还见过他吗？"

"没有！"忘忧眼神一亮，脑子里一直混沌着的地方蓦然清明起来，所以她有些激动，甚至连耳根处都泛起了红色，"出事之前我不确定，但是出事之后，我就再也没有见过那个小厮了！我记得他的，又高又壮，鼻子上有一颗很大的黑痣。我中毒醒了之后我娘不准我出门，一直让我在房里休息，所以，久而久之我就忘了小厮这回事，但若是我在裴宅中见到他我一定会问他的！"

接着，忘忧吸了吸鼻子，似是有点失落："可我再也没见过他了……"

房尉没有说话，只默默地将小厮的面貌特征记于心中。

看来自己的猜测没有错，为什么官府会遗漏掉这么重要的一条线索，就是因为有人在刻意阻挡。从忘忧的话里不难推断出，阻挡之人，就是三夫人。

而忘忧在毒杀案之后再没有见过那个小厮，这就说明，小厮很有可能不是裴宅中人。或者退一步来假设小厮就是裴宅中人，但他已经三年不在裴宅中出现，这意味着的，恐怕是更坏的消息。

　　房尉的沉默让忘忧没来由地心慌，她甚至站了起来，两只手不安地揪着自己的衣角："那——那会不会其实是我的错？要是我那时……"

　　"不是。"房尉笑着摇了摇头。他知道忘忧的，向来傲气且明亮，所以方才那番类似承认错误的话对她来说，是非常难以启齿的。可就算如此，房尉也不是在故意安抚，"这不是小姐的错，自然的，也不是扶苏少爷的错。"

　　忘忧不太懂，她只知道一件坏事发生了，那么必然是有人做错了什么。

　　"既不是我的错，也不是裴扶苏的错……"忘忧咬着下嘴唇，终于松开了她无辜的衣角，接着她不服气地朝房尉道，"难不成还是琛聿哥哥的错？"

　　"当然不是裴大少爷的错。"房尉无奈，他几乎快要被眼前的小姑娘给逗笑了，怎么陪她说了这么久，还是跳不出只有三个人的小圈子？

　　但是也罢，房尉看着她亮晶晶的眼睛，没来由地想起了她出生那一天的场景。初春的风还带着点潮湿的凉意，园子里的梨花飘然落了满地，愿一世无忧，方取名"忘忧"。

　　有些事她弄不懂，想不明白，才更好。单纯无知有时皆是福气。

　　"但他不该这样的。"房尉的眼神蓦然暗沉了下去，袖中的手也不动声色地握紧了几分，"一个死去的人，不该留下这么多伤痛让旁人去承受。"

"江湖郎中！"忘忧有些不可思议地瞪着房尉，"你……"

"其一，他让小姐觉得难过、委屈和不平；其二，他让小姐和扶苏少爷之间无法好好相处。"房尉顿了顿，扶苏那张苍白而清瘦的脸在他眼前一闪而过，"其三，他让扶苏少爷完完全全地丧失了求生的欲望。

"不该这样的。他不该这样的。"

第八章

一波又起

SHENZHAIJISHI

"哎呀，不对不对！"岚庭一回来，就在树上急得连连摆手，"你们摆错啦，这个不能放在太阳底下的！"

"为什么啊岚庭小兄弟？"一个小厮不解地抬头问道，"不是方才你说要晒太阳，才要我们哥几个把这躺椅放好吗？"

"我……我是这么说的。"岚庭飞身而下，有些不好意思地挠了挠自己的后脑勺，都怪裴忘忧那个爱哭包，把自己哭得六神无主，一心只想着往她房间里塞点果子来道歉，结果害自己忘记了房蔚哥哥之前的叮嘱，"但这个一定要放在树荫下，是我忘说了。"

"可放在树荫底下，还怎么晒太阳啊？"途经北园门口的杜管家也停住了脚步，一脸好笑地望着正动手搬躺椅的岚庭。

岚庭头也不回地摆了摆手，神气道："这你们就不懂了吧，房蔚哥哥说了，扶苏少爷这么久没出过门，一定要选个荫处，不然一下子他受不了。"

"哦，原来是房郎中为扶苏少爷准备的。"杜管家笑笑，眼神落在覆盖住躺椅的那块兽皮上，细密柔顺，一看就是上等，"那真是有心了。"

"大功告成！"岚庭直起腰板，拍了拍手，他很满意现在他选的这块地方，前后都有太阳，唯独这块靠着墙得了一点荫，也不在通风口，所以就不会有凉风吹到扶苏少爷，"当然了，这个躺椅都不是在集市上买的，是房尉哥哥自己花了几宿亲自做的。"

闻言，杜管家的神情变得有些微妙，正预备说些什么时，就看到岚庭像一阵风似的跑出去扑到了一个人身上。

来者，正是房尉。

"房尉哥哥！"岚庭喜滋滋地指着不远处的躺椅，"你看，我按照你的要求，选了一个特别好的地方！夸我，夸我一下！"

"好，夸你。"房尉笑着理了理岚庭乱糟糟的头发，一看就是方才偷着爬进了忘忧的阁楼，"你放心，裴小姐已经不生你的气了。"

"房郎中。"杜管家也跟着迎了上来，面色有些为难，"我听岚庭小兄弟说这躺椅是您亲自做的，可要是扶苏少爷说怕光，不肯出来，岂不是浪费了您一番美意？"

"没关系。"房尉笑道，"谷顺前几天一直在下雪，我有点不习惯，便不太能睡得着，一时无聊才做了这个。"

"原来是这样。"杜管家释怀，"谷顺的冬季向来阴冷潮湿，您是外地人，头次在这边过冬，的确会难熬一些。"

岚庭嘟着嘴，不再插话。

深宅纪事

房尉做藤椅的那几天，他是一直陪在身边的，他知道为什么在最冷的子时房尉哥哥却不点火盆，是因为怕银炭的火星子沾染上藤条，他也知道为什么不爱熏香的房尉哥哥要在窗台处放上香薰炉，是因为炉里燃着的，是提神香。

可是为什么明明暗地里这么辛苦，到了嘴边，却只用一句无聊轻轻带过呢？

岚庭突然就有些心疼，他委屈地看着房尉，拉了拉他的袖子，小声地喊他"房尉哥哥"。

房尉闻声，只是低头看了岚庭一眼，笑了笑，不说其他。

终于，在一切都落妥之后，房尉推开了扶苏房间的门。

还未走上两步，房尉就听得扶苏的声音从角落里悠悠传来，他问："是房郎中？"

房尉有些惊讶，但惊讶之余，更多的是愉悦。那些说不清道不明的愉悦，暗暗地滋长在心底，越是靠近扶苏，房尉就越是能听见那些愉悦在他身体里冲撞出来的声音，窸窣且柔软。他挨着床边坐下，笑道："原来扶苏少爷还能闻声识人。"

"我这里本就没什么人来，而郎中的推门声，是最温柔的。"

扶苏看样子像是好了许多，虽然仍旧苍白瘦弱，但至少，浮在他眉眼处的那层灰蒙蒙的病气，已经祛了不少。自然的，屋子里也没有那股让房尉感到心惊的味道了，血腥和腐烂不再，房尉珍惜这片刻的宁静。

"郎中今日是来换药的吧。"

"嗯。"房尉点头，将扶苏搀扶着坐起，接着他像是想起什么般，望向扶苏的眼神变得更加温柔，"但不仅限于此。"

扶苏是公认的生得好看，而最为惊艳的地方，就是他那双形似桃花的眼睛。而此刻，这双足以颠倒众生的桃花眼，正眸光闪动地回望着房尉："难不成……又要动刀子？"

房尉一怔，听到扶苏的回话后方哑然失笑："既然少爷害怕动刀子，那么便更要听我的话才是。"

"并非惧怕动刀。"扶苏不得不承认房尉的确医术过人，虽说自己的腿部早就没了知觉，但自从他经手之后，自己竟真的能隐约感觉到，新肉从腿上慢慢长出的那种痒。但他抗拒，他不愿意重获生机，更不想拥有希望。

"我只是想告诉郎中，哪怕动再多刀，我也好不了。"

话一出口，扶苏也有点意外，他本来是想直接告诉房尉要他莫再费心，甚至以后都可以不用来的。可不知为何，话到嘴边却委婉了千倍。

"我知道。"言谈间，房尉已将药换好。

大抵是经过上次桃夭在裴老爷面前坦白的一闹，所以二夫人也不敢再继续阻挠，只得精心护理。现在看来，扶苏虽然底子差，但总体的恢复情况还算不错。

"我也从来没想过，要用药石和刀子，将扶苏少爷治好。"

"那你是……"扶苏还在疑惑间，就看到房尉笑着朝自己比了一个噤声的手势——他食指细长，轻轻地在他两片薄唇间按下一个柔软的凹陷。

"扶苏少爷。"房尉将食指拿下，朝扶苏笑了笑，"今日天气极好，不如我带你出去晒会儿太阳？少爷整日闷在这个小黑屋里，先不说是否无聊，对伤口恢复也不利。"

"不用了。"扶苏摇着头将眼睑垂下，眼神无意识地落在自己的手背上，那里有两三条，类似抓痕的淡疤，"我应该和郎中说过的，我怕光。"

"说过。"房尉仍旧温柔，他的眸子深沉如海，而倒影在他眸子里的扶苏，就是他海里那颗唯一的小小星辰，"但是少爷，这世上不存在怕光的人。追逐光和热，不仅仅是飞蛾的天性，更是人的本能。听话。"

房尉话音一落地，岚庭就无声地从暗处闪了出来，他两指一拢，快速地点中了扶苏的昏睡穴。他们之前商量好的，若是扶苏不同意晒太阳，便用这招将他带出北园。

"可是房尉哥哥……"岚庭看着瘦弱的扶苏，觉得方才对他动手有那么点不好意思，"我们这么做会不会有点强人所难？万一这个扶苏少爷真的怕光呢？"

"他不怕光。"这就是让房尉最为心疼扶苏的地方之一，也是房尉执意要带他出门的原因。旁人或许不晓得，但房尉晓得，扶苏因为自幼身体不好，便时常待——与其说是"待"，不如说是被强制性地"锁"在屋子里静养。小小的人儿不过桌子那般高，踮着脚，费力地透过雕花木门的那一点镂空朝外望，若是瞧见有人，便会细声细气地求，可不可以带扶苏出去玩一下，可不可以。

那些被扶苏求过的人不知道，甚至连扶苏自己都不知道，不过幼时一句稚嫩的诉求，却真的会有人铭记于心，从而终其一生，也要守护妥当。

"除此之外，我没有别的办法。"房尉将身子前倾，连人带褥子一块儿抱进了怀中。虽说藤椅上已经铺了层兽皮，但到底是冬天，房尉还是怕冻着了扶苏。

扶苏瘦了。这是房尉做出的第一个反应——在他那些复杂纷然的情绪涌上来之前，他只是单纯地觉得怀中的人变瘦了，瘦到好像他抱着的，除了褥子，就没有其他了。房尉低头，有些发愣地看着那张快要埋进褥子里的脸。因为昏睡的缘故，扶苏的脸正朝着一个方向倾斜，而那个方向，若是抛开那层褥子，便是房尉的左胸膛。

"我此番回来，对扶苏而言，本就是最大的欺瞒。所以我这次宁愿强硬一些，也不愿再用相似的做法。"房尉也不知道他在解释给谁听，扶苏已然昏睡，而岚庭无法理解，不过不要紧。

房尉再次低头，深深地看着怀中人，笑意与泪意悉数堵在了喉头，他知道，那些在此刻终于纷至沓来的情绪，叫作怜惜。

"呀，房尉哥哥。"岚庭站在一旁，指着散落在地的几张纸小声地惊呼，"这些纸都是什么？好像是从床上掉下来的。"随即，他蹲下身子任意捡了一张来翻看，喃喃道，"三生有幸，与你同姓……"

闻言，房尉身子一顿，三生有幸？

"原来还不止这么几张。"岚庭眼尖，一下子便发现了扶苏的枕头下压着更多的纸张，他轻轻地将枕头掀开，不禁感叹，"房尉哥哥，这个扶苏少爷好生厉害呀，都病得这么重了，还在坚持写字，难怪小叔伯总说学无止境。"

岚庭等了好一会儿，都没听见房尉的回答。

"房尉哥哥？"岚庭好奇地回过头，发现房尉的神情有些不对劲，于是他顺手拿了一张纸，在房尉面前不断扇动着，"房尉哥哥？你怎么了？"

这个味道？房尉心里一惊，思绪立马被眼前的纸张所吸引。

这个味道不就是之前闻人晚带回的毒药中，自己非常熟悉，却无法确定的味道吗？只差这一味原料，他就能将完整的毒药制成清单列出，并且在已确定的原料中，他没有发现任何稀奇古怪之处，所有原料，各个药材铺均能买得到。也就是说，那味至今还无法确定下来的原料，才是制毒的关键所在。

可是为什么，面前这张纸，会有那味原料的味道？

"岚庭，过来。"房尉伸手，将扶苏送去了岚庭怀里，沉声道，"你带着扶苏少爷先出去，这些纸有问题。"

有问题？岚庭懵懵懂懂地从房尉手里接过扶苏。本想张嘴问上两句，但一看到房尉的表情便作了罢——可能是为了那些有问题的纸，也可能是因为不想交出扶苏少爷，总之，岚庭觉得房尉此刻的样子，不太适合满足自己的好奇心。所以他只好乖乖听话地抱着扶苏往门外走：“那你要小心哦，房尉哥哥。有事叫我。”

岚庭走后，屋子里徒留一片寂静。

良久，房尉才缓缓折腰，将那些凌乱的纸张捡起——他不忍心看到这样的扶苏。

无论是那些承载了所有年少时光的字句，还是扶苏刻意模仿成另一人的笔迹，他都不忍心再看。其实在遇见扶苏之前，房尉也不曾想过，原来自己会这么见不得一个人受苦。那时候他还小，先生也未教过何为“柔情”，何为“心软”，他只知道，从此往后，哪管山高水远，哪管人生漫长或须臾，裴扶苏这人，在他这里，必须被捂得温热。

房尉蹙着眉，轻轻地将所有纸张，都摞进了手里。

就在那股熟悉的味道直冲鼻间时，房尉却突然感到一阵困惑。

为什么这味道在纸上分布得如此不匀？他低头，又将纸张呈扇形细细摊开，的确每张纸上的味道都轻重不一。不仅如此，房尉还发现，哪怕就是同一张纸，味道也有浓淡之差。为什么会这样？难道味道的来源并不是出自于纸张或墨砚？而是在扶苏书写完毕后，被某样东西无意沾染了？

房尉掀眸，快速地扫视了一眼身旁扶苏的床。

一来，扶苏这屋子简陋至极，一目了然，根本没有何处可供藏匿东西；二来，扶苏已行动不便，终日栖息的地方，不过这张床榻，而那些纸张也恰好都是从扶苏的被褥枕头里飞出。所以，这张床，俨然成了整个屋子里最使人生疑的地方。然而扶苏的被褥刚刚才经过房尉的手，他没有发现任何不妥。于是剩下的，就只有枕头。

房尉艰难地拿起那只软枕，还未凑近，心就已经凉了下去。

枕头上的味道，果真最为浓郁。

木门"吱呀"一声响起，有人进来了。

"房郎中。"桃夭将熬好的甜粥放在桌上，朝着房尉走去，"药换好了吗？还有您拿着枕头作甚？"话音刚落，桃夭便习惯性地站去床边准备伺候扶苏进食，可扭头一看，床上哪里还有什么人？

这不寻常的景象让桃夭险些脚底一软，她有些惊慌地看向房尉："房郎中，扶苏少爷呢？"

"扶苏少爷被岚庭抱出去晒太阳了。"房尉淡然出声，脑子里却是混沌。他有些不敢想象，若真是有心人刻意毒害扶苏，若扶苏真与这股味道相伴甚久，那他的身子——房尉逼迫自己打住思绪，转瞬，却被更深的不安所吞噬。

"去晒太阳了？"桃夭喜出望外，以至于向来心细如尘的她，都没有发现眼前人的异样，"那真是再好不过了，扶苏少爷都三年不肯出北园了，如今……您真是名不虚传的神医！"

"桃夭姑娘。"房尉已没有闲暇的心情去承接桃夭的赞美，他将枕头拿到二人中间，"我且问你，扶苏少爷这个枕头，是从何而来？"

"这枕头？"桃夭一愣，她实在不知为何房尉突然对这枕头有了兴趣，从自己进门到现在，他一刻都没有将枕头放下过，"扶苏少爷现在身子弱，玉枕和石枕都太凉了。所以都是自家染坊里选了最金贵柔软的布，缝了上好的棉花，再直接送来的。"

"染坊。"房尉若有所思地重复着这两个字，之前一直不敢确定的事情也逐渐在心里明晰——若真是染坊里的那味东西，那么一切，就必然是裴宅中人的算计了。

为了更进一步缩小怀疑范围，房尉追问道："这枕头送来之后，还有人动过吗？"

"没有。"桃夭摇头，"这枕头是我拿来的，一直都放在扶苏少爷床上，没人动过。"

"那现在是谁管着染坊？"房尉顿了顿，"我的意思是，谁有做主的权力。"

"房郎中？"桃夭有些吃惊，房郎中平白无故地怎会问这个问题？更何况裴家的大半家业，靠的就是染坊里造出的一手好布，所以染坊向来是裴家最为重要的地方。房尉这一针见血的问题，多多少少是逾了主客间的规矩的。

见桃夭仍有不解犹豫之色，房尉便坦然相告："这枕头有问题。"

"什么？"桃夭蓦然瞪大了眼睛，看似比方才更为吃惊。她甚至都不自觉地往房尉所在的方向前行了一两步，虽然走近之后她要问的也还是那句没什么用处的话，但她也没打算再退回去了。

"有问题？怎么会呢？"

"裴家的布盛名在外，相传是用了一种西域的软石粉，这种软石粉夹杂在普通颜料里，便可使布匹颜色绚丽，布感柔软。"

"软石粉？"桃夭已不知该作何反应才好，"这种东西我都不知，郎中是如何得知的？且不论是否为谬传，哪怕就是真的，那也是只有主子们才能知道的事情，郎中……"

房尉不再兜圈，也没有打算回答桃夭的疑问。

"同时软石粉还可变成一种毒物。"房尉的眼神越过桃夭，落在了她身后的那块空地上，"若是将它置于人体周围，时日一长，便容易使人萎靡不振、神思倦怠。若是由人体直接吞咽，便可快速地麻痹四肢，是极佳的催毒原料。"

房尉声音虽轻，但落在桃夭耳里却像是春日惊雷。她不可置信地看着那个枕头，却又不知该如何是好。很快，她求救似的望向了房尉幽深的眸子，她想，房郎中何许人也，定是比自己有办法得多，于是便不再犹豫，将自己所知道的通通说了出来。

"老爷很早之前就不管染坊的事情了，大夫人潜心礼佛，二夫人向来不插手生意，现在能在染坊里做主的，也就是三夫人和杜管家了。"

三夫人。房尉神色一滞，又是三夫人。

先前她送给忘忧的那碗甜水，就已经让房尉生疑，此时又不得不在她头上再加一笔枕头之惑。世事难料，却也不会这么凑巧。难道三夫人真的就是背后黑手，或是黑手之一？她与杜管家同时管理着染坊，那杜管家身上是不是也会有些许牵连？

桃夭等了许久，也没见房尉说话，便有些心急地再唤了他一声。

"您既然可以说得这般详细，那么一定是认识软石粉的。"桃夭的确慌张了，"不如我们现在就将这枕头拆开来，若真如郎中所说，我们便呈给老爷夫人看……"

"不可。"

"为何不可？"桃夭两弯黛眉紧蹙，"难不成放任扶苏少爷枕着这毒物？"

"姑娘莫急。"房尉看得出来，桃夭是真的在担忧扶苏的安危，"一来，我只在书中见过软石粉，就算姑娘将枕头拆了，我也不一定能笃定它就是软石粉；二来，若枕头里真是软石粉，那么便是宅子里有人要害扶苏少爷，那人既然都能将枕头安然无恙地送到北园来，则表明并不是个简单的人。若姑娘去裴老爷跟前告状，难免会打草惊蛇。"

桃夭边听边点头，不得不承认，房郎中的确思虑过人，方才他话里的诸多方面，自己都未曾想过。

"但我们也不能什么都不做吧，不然扶苏少爷该怎么办？"

"姑娘有事做。"房尉将枕头递与桃夭手边，"好好收着。再去集市上买个舒服的布枕给扶苏少爷换上，枕头的颜色最好相近。"

"好。郎中放心。"桃夭仍旧低头，仔细地从房尉手里接过了枕头。

接着，她像是想起了什么令人惊喜的事情来，猛然仰起脸，看着房尉道："郎中不是说只在书中见过那软石粉吗？今儿个我刚好得了二夫人的令，去染坊领些做新衣裳的布料回来。若是郎中信得过桃夭，只管告诉我那软石粉的样貌，只要染坊里当真有，我怎么着也给郎中弄点儿回来。"

房尉一怔，桃夭所说的确实是一个好法子。但若真的按她所说来办，却会将她推入险境。桃夭到底只是个姑娘家，于情于理，房尉都走不出这一步。

"姑娘好意心领。"房尉摇头，"但是无论如何，在下也不能拖累姑娘。"

"郎中这是什么话？又何来拖累一说？"桃夭似是铁了心，"您救的可是扶苏少爷的命呀，若是能将扶苏少爷照顾好，我……也不负大少爷的恩情了。"

"姑娘不负任何人。"房尉认真地看着桃夭，连带着她脸颊上的那块胎记，也尽数收入眼底，"姑娘既然执意如此，我便让岚庭跟着你，有他保护你，我也放心。"

扶苏是被光照醒的。

在房尉的多次叮嘱下，岚庭点晕扶苏用的是最轻的力度，约莫不到半个时辰就能醒来。加之扶苏已多年未出过房门，所以当园外的光亮和热度齐齐朝他奔去时，他习惯了阴暗潮湿的身子，难免有点招架不住。他觉得有些燥热，但同时又能感觉到冬日的清冷，裸露在外的皮肤此时正泛着一种发痒的疼。一来一去间，扶苏便醒了过来。但没有睁眼，哪怕就是没有尝试过，扶苏也知道，他抬不起那层眼皮子。如今的四周对他来说，委实太过亮堂了。

"扶苏少爷醒了。"是房尉的声音，很轻，用的陈述语气。

说来也奇怪，在听到房尉说话的那一瞬，比恼怒更快涌进扶苏身体的——竟然是安心。扶苏想，大抵是因为方才半梦半醒间的感觉太过微妙，甚至有那么一会儿，扶苏以为自己已不在人世。

"我没有看出郎中竟然是如此霸道之人。"

房尉笑了笑，将泛上心头的苦意，生生地压了下去。

"我承诺过要给扶苏少爷一个健康的身体。我说到做到。"

扶苏心里一怔，手下意识地又摸向了手背那道抓痕处。

扶苏又想起那个场景了——是盛夏的午后，不知疲倦的知了和突发野性的小黄猫。有人沉默地将自己抱起，一步一步穿过拥挤的人潮。他半跪在地，用额头抵住自己受伤的手背，虔诚如祈求。他说，扶苏，你再信我一回，以后我再也不会让你流血受痛，再也不会让你只身犯险，再也不会让你看到人间险恶。扶苏，我承诺，我说到做到。

"扶苏少爷。"房尉不知扶苏想起了什么，但他能感觉得到，在扶苏那层白到接近透明的皮肤下，终于开始隐隐地透露出一丝活气。这让他无比欣慰，"往后的天气都有这般好，所以若我来换药，定会将少爷从北园搬至此地，还请少爷做好一定的准备。"

扶苏无奈一笑："郎中真是……"

话还未说完，扶苏就听到院子里起风了。于是他不再说话，只是静静地听着枯叶落地的窸窣声。良久，扶苏才开口："我大概没有同郎中说过，我总觉得你有些熟悉。"

房尉一愣，正欲替扶苏从袖口处拾走几片枯叶的手，就这么硬生生地收了回来。说来也让人不解，房尉在那一刻，竟是有些畏惧的——

他生怕自己的手过去之后，扶苏口中的"有些"就变成了"许多"。

"大抵是，与君初相识，犹如故人归。"扶苏淡淡道。

因让岚庭陪着桃天去染坊的缘故，回药庐的路上，便只有房尉一人。

马车飞驰起来的那一瞬，房尉半掀布帘向后看去——杜管家仍旧半偻着腰，双手作揖站在裴宅大门口，模样十分恭敬。

是他吗？会跟他有关系吗？房尉轻轻地蹙起了眉头。

为何杜家会肯世代侍奉裴家，听人说，是因为裴家先祖有恩于杜家。而如今这位在裴家掌事长达二十年的杜管家，为人和蔼可亲，从不以权欺压别的下人，杜叶娘亲过世之后便一直没有再娶，更是与裴老爷情同手足，却又能分清主仆有别。这般人人称颂，又实打实的一个好人，真的会跟染坊里的软石粉，以及扶苏床榻上的枕头有关系吗？

这一天下来，到底是有些思虑过多。

房尉有些疲惫地闭上了眼，轻轻地靠在了马车座位后的那层软靠垫上。

马车应是跑进集市中了，房尉这么猜测着，因为他已经能听到外头那些女孩子尖细又生脆的笑声了，非常清晰。接着，他不费吹灰之力地就想到了忘忧——毕竟在他认得的女孩子中，也就只有忘忧还是这个不怕笑声没过自己头顶的年纪。想到忘忧，便不可避免地想起同她讲的那些话，以及那个浑身充满疑点的小厮。

房尉心里一动，立即将双眼睁开。他打算从眼前的车夫开始下手。

"车夫？"房尉假意咳嗽一声。

"郎中有什么要吩咐的？"车夫应得很快，"尽管说。"

"不敢。"房尉的身子不自觉地往前倾了一点。裴宅虽然车夫多，但固定的也就那么几个，眼前这位车夫就是其中之一，"在下只是想讨教一些问题。我是外地人，此番来谷顺，身边只有岚庭一个小孩子，眼看着药庐越发忙了起来，人手有些不够。"

"您是想买一两个下人回去是吧？"车夫爽朗地将话接过，"到时候要杜管家帮您去挑几个手脚伶俐的，他替裴宅看了这么多年的人了，不管是买还是租借，绝对错不了。"

"裴宅家大业大，竟还有需要租借下人的时候？"房尉是真不知原来裴宅还有租借下人这回事。既然如此，那么当日那个小厮说不定也是租借而来。房尉想，如此最好。

"当然了。"车夫扬了扬马鞭，"你们这些后生，是不当家不知油盐贵。虽然有钱，但多养一个人毕竟是个负担。所以一般裴宅也就留个刚好够用的人手，除非是遇上了什么佳节庆典、主子寿辰，不然，借都借得少。"

房尉牢牢抓住车夫那番话里"主子寿辰"四个字，问道："那还请您告知一声，一般裴家都往哪里买人或者租借？"

"就城东那块儿的贫民区，杜管家基本就在那里挑。不过您莫怪，具体哪家我就不清楚了。"

房尉向车夫道完谢后，方又坐回了原处。

正当房尉脑子里谋划着何时去一趟城东贫民区最佳时，就感觉到马车像是和什么东西相撞了似的，连带着自己，都随着车身的震动摇晃了好几下。除去一声凄厉长久的马嘶声，房尉还听到了马车后两个轱辘轴断掉的声音。他蹙眉，就近掀开半分帘子朝外望去，看见对面是一排官兵，众官兵身后停了一辆马车，门帘悉数垂下，盖得十分严实。

"还不挪开？可是吃了熊心豹子胆，敢拦官家的马车？"一个官兵首先嚷嚷开来。

"我哪敢呀各位官爷，诸位行行好，放过我，放过我。"车夫的声音听起来像是在颤抖，"这……实在不是我不愿意挪开，只是我这马车轮子被官爷们的车给撞断了，没法走呀。"

"我们撞的？你明明就是越了道，挤到了官家的马车，还在这儿说是我们撞着了你的马车？是不是想讹钱？"另一个官兵也开始大声附和，大抵是仗着人多势众，连信口雌黄这种事做起来也是底气十足。

房尉扫了一眼地面的民官车道分界线，又将窗帘放下了。

"可、可是我真的没有越道啊。"车夫也是急了，一回头想起车上还载着房尉便更加着急，"官爷们行行好，就放小人这一回，我这车上还有我们府上的贵客，是千万怠慢不得的。"

"贵客？"坐在官家马车里的人，不屑地将嘴角牵扯出一个弧度。接着，他用细长的手指挑开了一点车帘，将半张脸露出，"有多贵？难不成比我办案还要来得贵？"

房尉倒也不急着现身，只是于马车中无声地笑了笑，接着道："师爷以为呢？"

　　闻人晚被这声音惊得一颤，瞌睡都下去了大半，他伸手赶紧将马车帘子整个掀了开来，小声地问离自己最近的那个兵："对面坐的是谁？是不是房尉？"

　　那个被问到的兵一头雾水，他既不知道对面坐着的谁，也不知道房尉谓谁，但毕竟现下在闻人晚手底下当差，对着上头的爷，自己是无论如何也没胆子说出不知道这几个字的："这……小的，对面的人是……"

　　那兵正支支吾吾说不出个所以然时，房尉已然下了马车。在闻人晚惊讶的眼神中，房尉正从容不迫地走向他："师爷手底下的兵自然不认识我，师爷何苦为难？"

　　房尉停在了闻人晚的马车前，仰头对上闻人晚不知是个什么表情的脸——似是惊喜，又似是惊吓。总之，离不得那个"惊"字便对了。闻人晚的确没想过，马车相撞罢了，竟撞出一个房尉——他以为房尉这人是住在山里的神仙，自己不去求，房尉便不现身。如此看来，竟也后知后觉认为这可能是场缘分，尽管莫名又别扭。

　　"师爷试试看。"闻人晚这时才注意到房尉手里还提着一个精致的小食盒，"从裴宅里带出来的小吃。师爷办案辛苦了。"

　　闻人晚有些吃不消。房尉此般讨好，定是有什么让自己脊背发凉的事情要发生——在闻人晚看来，房尉是有些"阴"的。但此阴非彼阴，不是阴险狡诈的阴。他只是觉得房尉这人，有些过分聪明了，向来慧极必伤，可房尉又很懂得"周全"二字怎么写。所以闻人晚以贬作褒，觉得房尉阴。同时他也知道，房尉不会介怀他这种形容词。

果然，在闻人晚对着食盒犹豫不定的空当里，房尉已然上了他的马车。

"你又上来作甚？我真的是赶着去破案。"闻人晚看着对面悠然自在的房尉，本是该不耐烦的话里，却夹杂了一丝带着央求的怨气，他重复道，"我是真的去城东有急案。"

"可是送我回药庐的马车被师爷撞断了，在下回不去了。"房尉笑笑，转念又问，"师爷去城东哪儿？"

"贫民区。"闻人晚若无其事地回答，"那里有个姓杨的人口贩子，以下作的手段迷晕了好多户清白人家的姑娘，全给卖进了柳燕馆。这会子证据都齐了，我去抓人。"

"所以初见那次，师爷其实是在办案？"

"当然。"闻人晚毫不心虚，虽然最后的确因喝多了而误事——但好歹遇见了房尉，于是闻人晚也不觉得有多懊悔，"不然你以为本师爷当真那么没用？"

房尉只笑，却不接闻人晚故意邀功似的后半句。良久，房尉才抬头看向对面的人，不知道有没有人跟闻人晚说过，他的凤眸生得极好这回事——不怒自威却又顾盼生辉。

"我跟师爷一起去。"房尉看着闻人晚，十分干脆。

第九章

真真假假

SHENZHAIJISHI

在去城东贫民区的路上，房尉方将同去的理由告知闻人晚。

"谷顺城的衙门和县令当真是最无用的摆设！这么重要的线索都能丢？"闻人晚既有点恼，又有点憋屈。但话说回来，眼下这纰漏其实也不是他的错处。这么一想，闻人晚心里方舒服了一点。他用手掌撑住自己的下巴，看着脸一直朝外，似乎在观赏风景的房尉。

"不过你就这么确定那小厮在这里？"

"不确定。"房尉回头，顺手将窗口上的布帘放下，"但跟着师爷有兵又有权，干什么事情都方便一些。"

"你这是在取笑我！"闻人晚瞪着房尉，末了，才有些不好意思，"刚刚裴家那马车我吩咐人去赔了，也将那车夫给送了回去。是我太急，一时压了民道。"

房尉一笑："谢谢师爷。"

谷顺城虽民生安泰，有得吃喝与玩乐，但说到底，也不是个富裕地方。特别是城东贫民区这块儿，十足地诠释了"贫"这个字眼——饥饿、寒冷、破旧、脏乱、恶臭，还有从不停歇，却又找不出来源的凄厉哭声。不说富贵人家，哪怕就是寻常人家，也总绕着这里走，生怕一个不留意，就沾染上这里的气息——倒也不是怕见穷，而是怕见这成堆的穷。绝望的气息满满垒在眼前，总会有些骇人。

"师爷。"官兵勒了马，不知是惧怕闻人晚的官威，还是这贫民区的气味让他根本无法畅快地呼吸，他报告的声音似乎是卡在了嗓子里，他小声道，"到了。"

闻人晚懒洋洋地应了一声，刚跳下马车，就看到有好几个打扮与贫民区格格不入的人朝自己迎了过来。他也不作声，只冷冷地扫了一眼带头的人，正是此番前来要捉拿归案的犯人——杨振，谷顺人称"杨六爷"。

"怎么？"闻人晚皮笑肉不笑道，"杨六爷这么好兴致，主动投案自首？"

"不敢不敢。"杨六爷生得又高又壮，面相也是肥头大耳，好像只要他一张嘴，就能闻到，那些从他嘴里溢出的酒肉残渣味，"小人只是听闻师爷大驾光临，便出来相迎。师爷可不要伤了我与您的情分。"

"别。"闻人晚身子一侧，躲开了杨六爷要搭过来的手，"跟你有情分的只是衙门里那个草包县令，不是本师爷我。"

杨六爷强压尴尬和怒火，将手收回后仍一个劲地赔笑。

他自是人精，知道此时绝不能得罪闻人晚。

套近乎显然行不通，于是杨六爷很快又将眼神，投向了正在下马车的房尉。

"那位公子一表人才，可是闻人师爷的好友？"杨六爷继续笑着，将"好友"二字，咬得格外重一些。他暗地里查过闻人晚，知道他家族风光，人也傲气。这种人大抵是不会和手下同坐一辆马车的，而闻人晚今年也是二十来岁的年纪，不说家中妻室，似乎连左右侍奉的人都是男子，莫非……想到这里，杨六爷又看了眼房尉，样子虽清冷孤傲了些，但说不定闻人晚正是看中了他这一点。

"你管他是我的谁。"闻人晚没有发觉杨六爷的别意，口气仍旧吊儿郎当。不过他提及房尉倒是让自己想起来裴家小厮那事，于是闻人晚回头，冲着房尉招了招手，口气也不自知地转换得更为轻快，"你倒是来我这边啊，你下到那边去作甚？"

转瞬，闻人晚就对上了杨六爷暧昧不明的笑，这让闻人晚心里莫名发毛。

"你笑什么笑？不准笑！对了，你拐卖姑娘进青楼这事先缓缓，我有更重要的事情问你。"

杨六爷一听，立即拱手道："师爷只管问，事无巨细，小人全说。"

"你们这里，谁跟裴家做过买卖下人或是租借的生意？"发问的，是房尉。

杨六爷闻声抬头，心里一震。刚刚隔远了看不太真切，此刻这人摆在面前了，才发现他的气势竟如此逼人。哪怕就是在谷顺黑市摸爬滚打十多年的自己，跟他谈话前，也得先暗暗地在心里提口冷气。

"裴家？是城内首富那个布庄裴家？"

得到房尉肯定后，杨六爷才慢慢低头思寻："现在裴家基本上已经不来这儿买人了，最多也就是逢年过节租一下。我没有和裴家做过生意，那种清白生意赚不了几个钱。至于是谁——我想起来了，是老曾！裴家是出了名的回头客，只找他。"

闻人晚从房尉身后探出一个头，方才他怕打扰房尉，便一直忍着没有插话。待想要的答案现世后，他也如释重负——至少能开口说些什么了。于是，他尖细的下巴愉悦地蹭着房尉的衣裳，眼睛朝杨六爷瞪了起来："那还等什么？赶紧喊这个老曾来一趟！"

被临时喊来的老曾和杨六爷实在是相差甚远，他很瘦，并且个子比一般成年男子都要矮小一些，站在杨六爷身边，更显得不堪一击，不过他脸上那个锋利无比的鹰钩鼻倒给他添了不少气势。明眼人一看就知这老曾，定是个精于算计的生意人。

"老杨。"老曾狐疑地扫视了一圈众人，"你这么火急火燎地将我喊来作甚？"

"老兄弟，我能有什么事喊你。"杨六爷看着此时已并肩而立的房尉和闻人晚，不知道手该指着谁，索性将手背过，直接道，"是他们找你。"

"官爷？"老曾不认得闻人晚，却认识马车上那个大大的官字，随即他似是已一派了然，"对不住了各位官爷，本人两年前就金盆洗手再也不干这些事了。现在做的都是正经的茶叶买卖，怎么，难不成是想从我这儿买点刚到的雨前龙井走？"

"茶叶不急。"房尉笑笑，径直朝老曾走了过去，"就算曾老板两年前金盆洗手也没有关系。我想问的，是三年前的事。"

"三年前？"老曾心里一顿，面色不是很友善，"你要问什么？"

"三年前，裴家大少爷裴琛聿的十八寿辰。"其实房尉也不知道那次杜管家有没有出来租人，但箭在弦上不得不发，干脆赌上一把，"是租了你手里的人。"

"是。"老曾也不避讳，只是心里越发生疑——不说时间已过了这么久，而且为何对面的人一开口，就精准地提起了他此生最不愿意提起的一笔生意？难道又有什么变故要发生？"你问这个做什么？"

房尉一笑，不动声色地将老曾不自在的神情尽数捕捉。他反问："怎么，这笔生意，有什么让曾老板不满意的地方吗？"

"没有。"老曾扯着脸上那层薄薄的皮肉讪笑道，"裴家是城内首富，我哪敢有什么不满意的地方。"

话越是这么说，越让人觉得可疑。

房尉沉默地看着老曾，良久，他才看到老曾那两片干枯的癟唇一张一合："其实那笔生意，是我同裴家做的最后一笔生意。往后的活，我都转手给徒弟们了。"

"为什么？"闻人晚来了兴趣，满脸热忱地追问，"难道是裴家少给你钱了？"

老曾只是摇头，眼底隐隐地浮现出一丝痛苦："若是钱的问题，又怎么会解决不了。"

若不是钱，那必然是人出了问题。房尉仍旧专注地看着老曾，眼神变得更为寂静。他缓慢，但是很坚定地问道："那曾老板租出去的人，怎么了？"

"疯了。"老曾两手一摊，与裴家彻底断了生意上的往来缘由就在这里，"我好好的小伙子过去，回来的当晚就疯了。三年了，现在还被狗链子拴着，活得哪里像个人？"

"疯了？"闻人晚惊叹，言罢，他走到房尉身边，暗暗地扯了扯房尉的袖口，小声道，"你确定当日那个小厮，就是现在这个老曾口里的疯子吗？"

"不确定。"房尉斜斜地看了闻人晚一眼，似笑非笑。在闻人晚即将开口说话的时候，又给他堵了回去，"但有很大的可能性。反正已经到这儿了，也不在乎再多走两步路。"

房尉一行人跟着老曾走到了贫民区的西边，那个疯子现在就关在那里。

其实离老曾手指的地方还有段距离时，房尉就已经听见了一个类似人声的号叫，断断续续，时高时低——他想，大抵是人疯了，于是同时也被迫丧失了一些为人的意识。隐隐约约地，房尉竟觉得他此刻走向的并非人类，而是一只不知疲惫的野兽。

"可别把几位富贵爷给吓到了。"老曾没有回头，仍旧走在最前方带路，"他每天都这么叫，力气也大得吓人，老婆都给打死了。你们最好还是别指望能问出些什么。"

"无碍。我是个郎中，能治得好他。"

闻人晚稍微抬起头，看了一眼身旁的房尉。他发现，越是到这种时刻，房尉的笑就越真实——平常时候的笑，都是极浅极轻，还没看够就被主人收回的。只有到了这种类似"危急"或是"危难"的时刻，房尉才会舒心一笑。难不成房尉就是享受这种兵临城下或是临危受命的感觉？闻人晚想不明白，他猜不透房尉这人。但他知道，房尉说能做到的，那便一定能做到。

可当老曾将那扇关着疯子的门打开时，闻人晚还是犹豫了。

里面的场景有些恐怖，那人的四肢全被胳膊粗细的铁链子勒着，大概是用力挣脱过，所以手腕脚腕上都是深紫色的伤口，有些都已经发脓溃烂。他衣衫破旧，头发散落腰间，大冷的天没有穿鞋袜，脚边还倒着几只有缺口的瓷碗，里面都是些馊了的饭菜。似乎是不喜欢见人，发现门被打开之后，他便一直咬着牙，虎视眈眈地看着一群陌生的入侵者。

"房尉。"闻人晚下意识地扯住房尉的手臂，"要不你别进去了吧，就站在这儿问。"

"站在这儿怎么问？还是说师爷在担心我？"房尉虽笑着应答，但眼神却只跟着那个被锁住的男子移动。

因男子头发凌乱的缘故，房尉根本无法看清他的全貌，但只要他的头或脸无意识地动上一分，房尉的眼神便会灼灼地跟进一分。

"房尉你……"

闻人晚的声音蓦然停住了，倒不是他忘了说什么，只是他非常明显地感觉到房尉的身体僵了一下——这时闻人晚才反应过来，原来自己一直抓着房尉的手臂。

"房尉？"闻人晚小心地问他，"怎么了？"

房尉仍旧没有回头，他直直地看向那名正昂着头嘶吼的男子。

"师爷，劳烦您派个兵去马车上将我的药箱子拿来。曾老板，同时也得麻烦您，将这铁链子暂时解了。"

拿药箱子倒没什么要紧，只是要解开铁链这件事，难免让人有些不解。

闻人晚此时却没再出声，他只是透过众人焦躁不安的缝隙，静静地看着房尉。房尉也很快地注意到了闻人晚，然后轻轻地朝他点了点头。

于是，闻人晚便知道了，眼前那个被铁链拴住，鼻子上有颗硕大黑痣的疯癫男子，就是当初那个送酒小厮。

"名字。"房尉旋出插在男子头顶上的第一根银针，沉声问道。

"林……林三狗。"

"年纪。"林三狗疯癫的时间太久，加之又没有被好好地医治过，所以直到房尉问到这句话的时候，他才缓缓地将眼睛开。

"二十有八。"他觉得嗓子很疼，但他忘了是为何。

"去过裴宅吗？"房尉见林三狗的神智已暂时恢复了清明，便开始进入正题。

"裴宅……"林三狗稍显迟钝地重复着这两个字，一堆模糊的影像从眼前闪过，他觉得现在不仅是嗓子疼了，连头也疼了起来，"去……我去过的。"

"什么时候？"

"以前、以前去的。"林三狗皱着眉，"以前少爷……大少爷过生日的时候去的。"

很好。房尉下意识地眯了眯眼，又从林三狗的头上旋出了第二根银针。

"给少爷们送过酒吗？"

房尉的语气听起来云淡风轻，而对面的林三狗则已经憋出了一身汗。

"送……送过。"

房尉应声掀眸，赤裸裸地盯着林三狗："有毒吗？"声音不大，口气却不容忤逆。

"我不知道，我不知道！我真的什么都不知道！"林三狗蓦然激动起来，脸上的痛苦也越来越明显。

"你知道的。"房尉站起身，居高临下地看着林三狗，手也在不知不觉中旋出了位于中央的第三根银针，"说。"

"有毒，那个酒，是有毒的。"林三狗又开始被那份恐惧所包围，"但不是我，不是我放的！我没有害任何一个人！"

"那毒是谁放的？"问到此处，房尉自己都不由得紧张起来。

"不说，不能说，不说，不能说……"林三狗开始瑟缩，一个劲地摇头，"他会杀我，他会喊人杀了我家人，他认识土匪，我不能说……"

"谁？"房尉蹙眉，猛然拔高了音量，"谁放的毒？又是谁威胁了你？"

林三狗不仅陷入了沉默，还打算以逃跑来逃避眼前的追问。但房尉眼疾手快，他还没来得及站起来，就感觉自己的头顶一阵轻松，接着这股反应便接连着滑进了身体里，林三狗只觉自己浑身各处都使不上劲了。看来，是没力气跑了。

　　"我再问你最后一遍。"房尉一笑，却让林三狗凉了背脊。

　　只见房尉指尖修长，如抚琴一般优雅流畅地划过了数百根银针上方，他冷声道："你若不愿意说，我也不强人所难。只是待我将你头顶上的银针都取下之后，你便又会陷入癫狂。这世上，只有我能救你。"房尉一顿，掀眸直视一脸恐惧的林三狗——知道疯癫之苦的人，方知清醒的珍贵，哪怕只有那么一时半会儿。

　　"或者说，我现在就针走偏锋，直接封了你大脑中的各个血脉。反正比起不知所谓地活着，倒不如清白明了地死去，不是吗？"

　　房尉一席话说罢，林三狗的手心里已全是冷汗。

　　"你……你……"林三狗有些口齿不清了，"你为什么要问我毒酒的事？"

　　"你不需要知道。"房尉笑意未褪，他知道林三狗认输了，"你只用回答我的问题。说，酒是谁给你的，又是谁下的毒，最后是何人出面以土匪威胁？"

　　林三狗的汗自鬓角流下，那日的事情，是他一生的噩梦，也是他这辈子做过的唯一一件亏心事。他根本不可能忘记。

　　"那日是裴大少爷的十八寿辰，我和好几个兄弟一起被分配到了后厨房砍柴火，我中途尿急，可裴家太大了我找不到茅厕，便随便找了个地方躲着，没想到……"哪怕已经过了三年，林三狗只要一回想起当时那个场景，仍觉得后怕，"我看到一个人鬼鬼祟祟地往酒坛子里放什么东西，我只觉得怪，但并没有想到那就是毒药。我本想溜走，可由于太过紧张，我竟被那人发现了。"

"然后呢？"房尉追问。

"然后他命我把那坛子酒送去给少爷们，还指明是二少爷的园子，不是大少爷的。我有些怕，便死命推托，但我其实知道推托不了。他还威胁我，说我要是不去，便不等我出裴家这扇门，就让土匪杀了我老娘，所以我只好硬着头皮问了路往二少爷的园子走。"

"你刚进二少爷的园子没多久，便遇到了三小姐，是吗？"

林三狗有些意外对面的人为何会知道这件事，明明当时只有自己和裴小姐两个人，难不成眼前这人是裴小姐身边什么要紧的人？

"是，裴小姐非要我将酒给她不可，我正愁脱不开手就给了她，却没想到……"

林三狗声音越来越小，房尉也收回了放在他身上的目光。

看来事实就是如此，不然林三狗之词和之前忘忧所说的不会吻合到找不到任何错处，那么，就只剩下最后那个关键的问题了。房尉盯着林三狗鼻子上那颗黑痣，问道："他，是谁？"

林三狗被问得一哆嗦，半晌过后，才慢慢吐出几个字："是……杜管家。"

闻人晚把房尉送回药庐的时候，天已经黑透了。

一路上房尉也没有开口说过话——虽然以往房尉话也不多，但闻人晚知道，这两者间的差别在哪里。

"房尉。"闻人晚犹豫了会儿，还是从马车上跳了下来，追上了房尉快要没入梅花林的身影。他怎么也想不明白，方才在贫民区获得的关键性线索明明是一个天大的好消息，可为何房尉却低沉成眼前这副模样？

"师爷今日还未扯够我的袖子？"房尉虽回了头，但看向的是地面上的影子。他与闻人晚相对而立，隔得也不算太远，此时闻人晚正扯着他的袖子——总之，房尉想，若是光看影子，旁人或许真的瞧不出，闻人晚此时紧紧攥着的，到底是个什么东西。

房尉也不知道自己为何琢磨起了倒影这回事。说到底，就是他的心，有些乱了。

从林三狗嘴里吐出那三个字的时候，房尉的心就乱了——竟然真是杜管家。倒也不是有多惊讶，只是有些事情并不是不惊讶，就能使人全盘接受的。对房尉来说，心中的猜测和摆上台面的事实，本就是完全的两码事。况且那人，还是自己往日体恤与信任之人。

"我不明白。"闻人晚的口气有些冲，松开袖子的那瞬间，像是受了天大的委屈，"这明明是个突破性的进展，你怎么这么不高兴？你是不是还有什么事瞒着我没说？"

房尉笑了笑，这才看向闻人晚。事，当然是有瞒的，只是现在不能说。

"我也不明白。"房尉坦然，他也不明白，他也不明白为何杜管家真的要这么做。裴宅待他情深义重，从未拿他当过下人，甚至连二夫人，都要敬畏他几分。他却不惜做出这般绝情伤人的事来，那么他想要的东西，究竟是什么？

闻人晚向来识趣，他分得清眼下明摆着两个事实——头一个便是房尉心情不佳，另外一个则是房尉的确藏了事，但他不愿意说。既然如此，闻人晚也就明白，自己该走了。

房尉没有挽留，只是停在原地，目送着闻人晚的马车消失在夜色中。他满心疲惫，只想尽快地、干脆地，结束这一天。然而他不知道，更糟糕的事情还在后面等着他。

"房尉哥哥，你可回来了。"岚庭熟悉的声音响彻药庐，他飞快地从树上一跃而下，落在了房尉身边。他像是一直在梅林中吹冷风似的，两边的脸颊都已经被冻得通红。

房尉看着岚庭，心中不祥之感已在慢慢升腾——岚庭到底是小孩子，还学不会隐藏情绪。此时他脸上写着的，全是"坏消息"三个字。

"怎么了？"房尉听见自己脑中一直紧绷着的那根弦，在此刻发出了尖细的声响，这种来自身体深处的疼痛让他不由得皱起了眉头，"发生什么事了？别怕，跟我说。"

"我……我……"岚庭支支吾吾，眼看着都要憋出泪来，"我把女鬼姐姐跟丢了。"

"什么？"房尉有些意外，以岚庭的功夫，竟会在巴掌大的染坊里跟丢桃天？

"房尉哥哥你别怪我……"岚庭再一张嘴，眼泪就扑簌扑簌地落了下来，"我跟着女鬼姐姐到了染坊，可是她不让我跟进去，说是一下子就好，让我在外面等着就可以，一切也特别正常，可是我等了好久，一直到天黑，染坊熄了灯，女鬼姐姐都没有出来。"

"进去找了吗？"房尉伸手，一把抹掉了那些吊在岚庭下巴处，看起来岌岌可危的泪珠子，"多大的人了，还哭鼻子。我又不会怪你。"

岚庭点点头，他就是知道房尉哥哥不会怪他，他才觉得这么委屈的——也不能用委屈形容，总之他就是觉得自己辜负了房尉哥哥的信任，他气自己无用。

"我进去找了，找了好几回。每个屋子都挨个翻了，可还是没有找到女鬼姐姐。"

"没事。"房尉对岚庭笑了笑，安抚似的拍拍他的头，"既然连你都发现不了，那一定是非常了不得的动作。今日你也辛苦了，等会儿早点睡，没事的。"

待岚庭房里的灯灭了之后，房尉才拿起披风出门。

虽是安慰了岚庭一番，但于房尉自己来说，却是无法信那套说辞的。毕竟桃夭也是为了他才身处险境，当然，更大的可能是她为了扶苏才这么做。但若是为扶苏，房尉便更加等不起眼下这个漫长黑夜了。他必须确认桃夭的安全。越快越好。

为了保险起见，离裴家染坊还有一段距离的时候，房尉就下了马，步行前去。

和裴宅一样，染坊基本上也没什么大变化，甚至连染缸的摆放形状都和房尉记忆中的没有差别。他走在空无一人的染布院里，觉得今晚之行，着实太过顺利了一些。不管是自己进来时走的那扇没有上锁的侧门，还是贴在青砖墙上那块今晚当值放假的告示。这一切都顺利得像是一个提前被人设置好的陷阱——等的就是房尉来自投罗网。

兵来将挡，水来土掩罢了。

本来房尉此番前来，就知道这注定是一个不安生的夜晚。桃夭明面上是奉了二夫人之命来取扶苏新衣裳的，在这点上，她不可能出事。那么，就只剩下替他拿软石粉这一件事了。

正当房尉思虑之时，脚底下传来的异样感让他不得不停住步伐，像是踩着了什么东西。捡起一看，原是桃夭的发簪。虽然她没有戴过，但房尉知道，这发簪，是桃夭的。

可这发簪为什么会在这里？是桃夭无意间掉落的，还是有心人故意暗示？难道是有人想告诉自己，桃夭如这发簪一般，仍在染坊内？

其实桃夭在染坊这一点，是毋庸置疑的，因为就算再怎么了不得的动作，也无法在岚庭的眼皮子底下，活活掳走一个人，所以房尉才会毫不犹豫地直奔这里。若有心人提醒的并非这点，难道提醒的是桃夭现在身处染坊的何处？

房尉眸色一沉，就着满天星光仔细端详着这多年未见的发簪。花式朴素，桃木质地，莫非暗示的地点是堆满了柴木的后厨房？

虽说抱的希望不大，但房尉的脚步，还是朝着后厨房走去了。

后厨房一片漆黑，但那个专门放柴火的屋子，也就是越过后厨房，再往南走上几步的那个屋子，此时正隐隐地散发出光亮来——放在平时不打眼，现在却格外珍贵的光亮。

门是虚掩着的，房尉轻轻一推，就看到了半躺在柴草堆上的桃夭。

"桃夭？"房尉快速走到了桃夭身边，头一件事就是扯掉桃夭嘴里的布条，"醒醒。"

"嗯？"桃夭仍旧迷迷糊糊，身子疲软。眼前出现了一个房郎中，桃夭却不知道这是现实，还是梦境，"房……郎中？"

"是我。"房尉一眼就看出桃夭是被人用迷药所晕，但现在的情况不容许再磨蹭，房尉给桃夭松了脚上的绑，言简意赅道，"什么也别问，我们先走。"

"好。"桃夭也不知为何，对房郎中，她总愿意交付上自己的身家性命。她借着房尉的搀扶费力地站了起来，却不知是因为被绑了太久，还是迷药的后劲太足，她刚走没几步，又"哎呀"一声软了脚，直直地朝地上栽去。好在房尉眼疾手快，这才免了桃夭一场新伤。

可就在二人再次抬头准备离开的时候，木门却被人缓缓地推开了。

来者是一名男子，并且还提了盏非常亮的灯，但最不能忽视的是他垂在身侧的左手，此时正握着一柄看似无比锋利的弯刀。

"房郎中。"桃夭的语气听起来十分惊恐，她有些庆幸此刻还倚着房郎中站立，不然她又要没骨头似的摔下去。况且，她是认识那双还停留在门边的鞋子的。她确定，来者就是傍晚时分，迷晕自己的那个人。

门彻底被推开，那人却仍旧站在原地。

因外头有风，那人手中的灯便被吹得摇晃起来，灯里头燃着的烛芯也随之一闪一闪。房尉抬眸，静静地凝视着那人——他的脸正被黑夜和烛光不断拉扯着。影影绰绰，明灭不定。也不知看了多久，房尉才出声，他喊道："杜公子。"

桃夭本想伸手推一把房尉要他快走，但正要推的时候，她才发现自己上身依旧被绑着，于是她只好退而求其次，用肩膀顶了一下房尉的手臂。她压低了声音："房郎中，你快走。不用管我。我与他到底一起服侍大少爷多年，他不会真的对我怎么样。"

几乎在一瞬间里，桃夭的眼圈便红了起来，虽然还是在说给房尉听，但已经灼灼地盯向了房门处的杜叶："我一条贱命罢了，早点拿走，我也好早点下去伺候大少爷！"

杜叶没有任何反应，但房尉却能看出，方才在桃夭哭诉的时候，杜叶的眼底下有什么东西，极快地抽动了一下——像是无言的不忍。

"杜叶，你不要过来！"桃夭提高了音量，下意识地挡在了房尉身前。她刚刚看到了的，杜叶在抬脚进门的时候，将手中的弯刀握得更紧了，"这是裴宅的事，你不要拖累外人，有什么你……"

蓦然，桃夭噤声了。她惊疑不定地看着眼前的杜叶，而后者只是垂眸，用弯刀小心地割开了她身上的绳子——自然、一如常态，这才像杜叶。

就在桃夭正怀疑自己是不是将什么要紧的事情记错了时，她就看到杜叶直起了身子，而后，将弯刀递了过来——不是给她，而是给她身后的房尉。

"杜叶？"桃夭不解，这一连串的事情下来，她都没有弄明白杜叶究竟想做什么。可杜叶还是没有反应，他仍旧以一种非常奇怪的眼神凝视着房尉——倒也不是奇怪，只是桃夭不知道怎么形容这个眼神。至少这么多年了，她还没有见过这样的杜叶。

直到房尉接过那柄弯刀时，杜叶才笑了。他眼睛向来清亮如水，此时弯曲起来，那层光亮就像是没地方盛了一般，想要齐齐地冲出来。他顿了顿，可能是为了安抚眼里的东西，又可能是为了给自己一点准备的时间。这么多年没有说过话，谁知道他的嗓子，是不是真的已经生锈到不能再用了呢？

"你……"还好，虽说有点艰难，但还能用。自推开门到现在，杜叶的眼神就没有一刻离开过房尉的脸，此时他也是怔怔地望着房尉，问道，"你都知道了，是不是？"

"杜叶？！"桃夭惊讶得倒退了半步，此刻不知是该狂喜还是该质问。她捂着自己的嘴，不可置信地看着开口说话的杜叶，他那副等着答案的表情正明显地告诉她，方才不是错觉——杜叶真的说话了！

房尉从桃夭身后走出，他从今晚看到桃夭的第一眼起，就怀疑是熟人作案。其一，岚庭一直在染坊外盯着却没有发现问题，那便说明绑走桃夭时，根本没有发生任何争斗，必是桃夭对那人毫无防备；其二，桃夭只是被捆绑起来安置在这儿，他仔细检查过了，她浑身上下没有一丝伤口，迷药的用量也不多，所以那人并没有伤害桃夭的想法；其三，是那支被故意扔在染布院里的桃木簪子，它成功地将他领至此地。

　　房尉想过是杜叶的。但他没有想到，真的是杜叶。

　　"不算都知道，一知半解吧。"房尉似笑非笑，心里却钝重无比。既然是杜叶，那么便代表着杜叶他真的知道许多事情，"那你呢，你是从什么时候开始知道的？"

　　就算知道房尉聪慧过人，但杜叶也被这问题问得一愣。起初他以为，房尉至少会同桃夭一样，先提及他失声之事。但对面人看起来，似乎对此事并不感到吃惊。到底是已经变得不一样了，还是自己和房尉之间，压根就存不了欺瞒？

　　"你指的是什么？"杜叶迎面望去，这一刻他才发现，房尉相比上次见面，瘦了些。

　　房尉慢慢走向杜叶，身上的披风带倒了杜叶放在一旁的灯盏，但是此刻没有人在意那个灯盏的命运，它正着也好，倒了也罢。杜叶只牢牢地盯住房尉，直到他听见房尉说："全部。"

　　房尉话音刚落，整个屋子便下起了箭雨。也不知是从哪个方向而来，总之只要是能射进箭的地方，现在都通通变成了致命的关卡。无论是敞开着的木门、陈旧的米糊糊窗纸，还是头顶那条两指宽的缝隙。房尉护着桃夭，一支箭却直直地从他耳边擦过，狠狠地钉进了他身后的桩子，带着猎猎的杀气，震下了一大片木屑子。

　　"房尉哥哥！"岚庭破窗而入，手里还抓了好几支断箭，他咬着自己平日里总是晃悠个不停的马尾辫子，神情严肃，"你们先走！这里我来应付，你们小心一点。"

"好。"危急时刻，房尉也不拖沓，他示意桃夭、杜叶先出去，自己却回头对上还在半空中拦箭的岚庭，道，"今日没有按时睡觉，罚你不准受伤。还有……"房尉顿了顿，看了眼不远处杜叶的背影，"要留活口，别伤人。"

屋外的情况比屋内的情况要好上些许，毕竟地方大了起来，也有诸多遮挡物，那些方才还盛气凌人的箭，此时倒显现出了一股无头苍蝇般的恼怒。

"桃夭姑娘！"房尉听到身后传来桃夭的尖细吃痛声，定睛一看，原来是不慎摔倒在地。毕竟是姑娘，未曾见过这种场面，自然会惊慌失措。房尉快速将披风解下，往杜叶手里头一塞，"我去扶桃夭，你继续跑。这个厚实，你先裹着，以免被误伤。"

杜叶千言万语堵在喉头，除了接过那件披风，一时间竟也不知该说什么。

"房郎中……"桃夭吃力地从地上爬起，手掌上全是丝丝血迹和灰尘，她向来讨厌在小说话本里危急时刻拖人后腿的角色，却不曾想到，有朝一日，那角色竟成了自己，她羞愧地被房尉护住，甚至不敢抬头看他，"您怎么又回来了？"

"应该的。"房尉扶着桃夭，一边躲箭一边前行，"这箭是朝我来的，我有义务保护姑娘。快走，杜叶在前面等着我们。"

桃夭沉默地忍受着脚踝处传来的剧痛，她本想道声谢的，但又觉得在这种时候道谢未免矫情，于是她只好抬起眼睛去看房尉，却不想眼尾余光扫到了一支笔直而来的利箭——

"郎中小心！"

"杜叶！"哪怕房尉反应极快，也还是没有来得及将替自己挡箭的杜叶推开，他只能眼睁睁地看着杜叶闷声吃痛，而后如被人抽空力气般，滑倒在他的脚边。

"杜叶……"桃夭拖着哭腔，手不知道该去碰杜叶哪里。他受伤的地方在左手臂，可血却浸湿了他大半个身子，连带着地上都淌了一些。桃夭慌了，自从大少爷出事之后，她最怕的就是跟"死"字沾上一星半点关系的事情了。她光顾着害怕和掉眼泪，都没有发现此刻的箭势已然比方才小了许多。

"杜叶，杜叶，你……还好吗？"

杜叶轻轻地咳嗽一声，胸腔的震动连带着牵动了手臂上的伤口，这种锥心的疼痛，差点使他整个人都背过气去。他朝桃夭费力地摇了摇头，很快，又看向了房尉："快，你们快走。趁我受伤这段时间里，快走。不然他们又要……"

房尉的唇，在此刻几乎抿成了一条直线。他看着痛到面色苍白、满脸冷汗的杜叶，干脆地将他抱了起来。房尉不想承认，他有些悲从中来："你在流血，别说话了。"

"放……放我下来。"杜叶仍在坚持，他本来不想说更多的，但是不说出来，按照眼前人的性格，定是不会丢下自己。不想，是真的不想再给他添麻烦了。杜叶认命似的闭上了眼睛，"你明明知道的啊，他……他们不会伤我的。"

"那又怎样。"房尉在赶来的岚庭的掩护下，顺利带着杜叶上了马，"我不会丢下你。"

飒飒的风声吹在杜叶耳朵里像是远古的童谣，由于失血过多，他此刻已经有些精神恍惚了，他费力地睁开眼，却只能看到房尉精致的下颌骨，他声音很小，小到他自己都觉得房尉应该听不到吧。于是他放心地喊了房尉一声，接着才动了动被血糊住的手指，惋惜道："你的披风都被我弄脏了，还有……"

话还未说完，杜叶便彻底地昏死过去。在他所有意识放空之前的那瞬间，他还在想着，到底什么时候才能将方才的后半句补给房尉听——他想告诉房尉的，其实替房尉挡了一箭他觉得由衷满足，自己很享受这种与房尉生死相依的感觉。

"我知道。"房尉看着越来越近的梅花林，加快了马速。

其实他听到了的。

他听到杜叶方才声如细丝地唤了他一声，大少爷。

马车已经停在裴宅外有一段时间了，房尉却还没有要下去的打算。

　　房尉不下，桃夭自然也没有下的道理，哪怕其实回的是跟她比较亲近的地方。况且她其实一直在担忧房尉，昨晚从染坊里抱出浑身是血的杜叶后，他好像就一直没有歇过。

　　"房郎中。"桃夭声音很轻，像是怕扰了房尉似的，"杜叶他，还好吧？"

　　话一出口，桃夭便有些恼。她本来要问的不是这个，却不知为何到了嘴边就变成了问杜叶安好。她今早出门前还给杜叶送了早饭的，杜叶的面色明显好多了。

　　房尉倒没有在意那么多，桃夭问杜叶，他便答就是。

　　"放心吧，只是伤口比较深，但所幸没有伤及筋骨，好生休养即可。今日特意要岚庭陪着他，你无须操太多心了。"言罢，他低头看了看自己莫名灼热起来的手掌心——昨晚替杜叶拔箭时，他的血溅在这里，还有最后两人相谈间，杜叶滚滚而下的泪。这两者，不管是血还是泪，总归是烫的。

"那便好。"桃夭也作罢。看来宅中婆子们说得没错，她就是个嘴笨的丫头。

"有样东西忘记给姑娘了。"房尉从袖口掏出发簪递给桃夭，事情一多他差点都忘记了，"在染坊捡到的。听杜叶说，这是姑娘的发簪。"

桃夭的眼神一亮，赶紧用双手接过，口气里的惊喜怎么藏也藏不住："我还以为真的丢了呢。幸好郎中捡到了，幸好。"其实发簪不脏，但桃夭回话间一直在细心擦拭。直到将发簪收进衣袋里之后，她才重新看向房尉，"真是多谢郎中了。"

"姑娘不戴？"

"不戴。"桃夭笑得有些牵强，"我先前同郎中讲过，我们大少爷是极好的人，可怜我没什么首饰，便送了这发簪给我。"这时她顿了顿，脸上的笑意也褪了个干净。

房尉再一望去，发现桃夭的脸已被悲戚占据。尽管如此，她的口吻，也还是柔软："是现在不戴了。太过宝贵，不敢戴。"

桃夭的话使马车内陷入了一阵不长不短的沉默，就在房尉准备提及下车之时，桃夭又率先开了口："我……我对不起郎中。"

房尉一愣，不知桃夭道的哪门子歉。

"姑娘又是谢我，又是对不住我。何出此言？"

"您帮我捡了发簪，而我却没有帮您拿到软石粉。"桃夭仍旧对昨晚的事情耿耿于怀，她固执地认为昨晚的祸是她惹的，"我这一点点事情都做不来，还让您……"

原来是因为这个。房尉沉声打断桃夭的自责，用眼神示意她安心。

"杜叶已经将染坊里的软石粉给我了，所以姑娘不必歉疚。还有，杜叶昨天绑你，是为了保护你。"

"保护我？"桃夭知道杜叶不是坏心肠的人，但她也弄不懂其中利害关系，所以她只问她可以问的，"既然软石粉已经到了郎中手里，那和您在书中看到的是一样的吗？"

"是。"房尉干脆点头。他知道接下来桃夭还想问什么，索性便先答了，"扶苏少爷枕头里的，也是软石粉。"

"那我们现在立刻去禀报老爷夫人！人赃俱获，自然也不再怕打草惊蛇了。"

"蛇已经惊到了。"房尉想，自己知道下毒者是杜管家的事情，应该已经被凶手一方发现了，不然昨晚的染坊也不会有这么大阵仗的箭雨。他们怕房尉挖掘出更多的真相，所以才这么气急败坏的，想要置他于死地，"而且还有一句话叫，恶人先告状。"

桃夭刚走进裴宅院子里，就被几个婆子大力地从房尉身边扯走了。

平时也算不得多亲厚的关系，为何突然就上了手？正当她不解想发问时，其中一个婆子便劈头盖脸地骂了过来："浪蹄子！夜不归府，整日跟什么人厮混去了！"

那婆子骂完桃夭似是还不过瘾，又看向了房尉——她本想叉着腰，手指着，狠狠骂上一通的。但婆子也不知为何，一对上房尉的眼睛，她就有些心虚。那些难听又粗俗的话便憋屈地全部堵在了她乱七八糟的牙缝里。末了，她只能不痛不痒地啐道："衣冠禽兽！"

房尉还是老样子，既不做反应，也不回婆子的骂。可桃夭却想问个明白，平日里大家对房郎中都礼让三分，赞不绝口的，今日这是怎么了？

桃夭朝一个最好说话的婆子靠了过去，仔细问道："婆婆，这为什么……"

"来人，把房尉给我抓起来，丢去后院等候处置！"杜管家的声音赫然在前方响起，紧接着便从四周涌出一大批小厮，有的还拿着绳子，现下正朝房尉步步逼近。

见此场景，桃夭完全愣在了原地，连半张着的嘴都忘了合上——她还来不及在婆子面前问完一整句话，就被杜管家惊得噤了声。

待桃夭再度反应过来的时候，她已经"扑通"一声朝着管家跪下了："杜管家，您是最讲道理的，有什么话您好好和房郎中说，绑人做什么呢？他可是老爷和扶苏少爷的救命恩人呀！"

杜管家只是冷笑——这样刻薄的表情是很少在他脸上看见的："桃夭，你起来。话不多说，我抓人自有抓人的理由。你无须跪在这里替房尉求情了。来人，给我把房尉绑起来！"

"等等。"

房尉丝毫不惧眼下的劣势——岚庭不在身边，他知道杜管家此时定是暗暗庆幸着这个天大的机会。殊不知，岚庭未曾前来，是房尉故意安排的。不过擒一颗棋子，还犯不着硬碰硬。更何况他昨晚答应了杜叶的，留他爹一个活口。

房尉这人向来是说一分，做十分。说留杜管家活口，那必是连个拳头都不会让他吃。

"杜管家，凡事要讲道理。"房尉闲庭漫步般往前走着，坦然地与杜管家对视，"您不妨说说看，您抓我的理由。"

"既然你临死前要个明白话，那我裴宅也不是蛮横之地。"杜管家知道房尉是个棘手的存在，自然已经做好了万全的准备，"你开给扶苏少爷的药有问题！从昨日下午服下之后一直呕吐，发高烧，最后直接昏了过去，请了城里大夫来看，说是你房尉开的药方里掺了毒物！论诊金，我裴宅不曾亏待，你做这么伤天害理的事，内心可有羞愧？"

闻言，桃夭刚刚直起的身子，又重重地跪坐了下去。房郎中要毒害扶苏少爷，这怎么可能？自己明明已经按照方子煎煮过多回，没有哪次出过问题，可为何昨日下午——桃夭的眼睛蓦然睁大了几分，昨日下午不正是自己出府前往染坊的时候吗！怕天黑之前赶不回来，她特意交代了别的小丫头煎药，难道是这里出了问题？

"我从不曾毒害过扶苏少爷，凭什么要问心有愧？"提及扶苏，房尉幽深的眸子显得更为沉寂，暗涌之下隐隐搅动着的，都是散发着寒气的怒意。他们竟敢又去动扶苏？

房尉宽大袖口中的手，不由得攥紧了几分。来之前他便想到了，昨晚染坊里刺杀的失败，绝不会是一个休止，相反，还很有可能是一个开端。从杜叶中箭之后的话里，也不难推断出，箭雨背后站着的人，就是杜管家，而他也一定知道了他自己当年下毒之事已被曝光。一次刺杀不成，必有第二次——眼前的栽赃陷害便是最好的力证。

可扶苏是无辜的。房尉千算万算，也还是让扶苏卷进了这场风波里——那些人不敢动裴老爷，便去动扶苏。可扶苏是无辜的。房尉听见自己在心里又重复一遍方才那句话，而"无辜"两个字也让他的心开始抽痛。不仅如此，他还听见自己反悔了，哪怕他从不曾毒害过扶苏，但他终究，对扶苏问心有愧。

"我犯不着要跟你解释那么多，给我把房尉拖去后院！"杜管家手一挥。那些本停滞不前的小厮，又在此刻通通活了过来。

"老爷吩咐了，看在你曾经救过人的份上，便手下留情，八十大板减成五十大板。房郎中，我劝你一句，还是莫要不惜福了，继续狡辩惹怒了老爷，可就不是光打板子这么简单了！"

"管家，管家……"桃夭应声哭了出来，她仍旧跪着，爬到了杜管家的脚边，"我求求您，求求您别这么对房郎中。五十大板下去，人不死也得残呀！他是好人呀……老爷呢？我要见老爷！我有事情要跟他讲，他听我讲完之后就不会再怀疑房郎中了。"

"桃夭！"杜管家眉头一竖，口气十分不耐，"怎么事到如今你还帮着一个外人？"言罢，他也不再理会桃夭的哭求。他有更重要的事情要去感受——眼看那些粗麻的长绳已经绑住了房尉，眼看等会儿就能以家丁失手之借口将房尉活活打死，眼看这世上知道当年秘密的人又无声地消失了一个，眼看——但仅仅只是眼看。

"你们这里，真的好吵啊。"
是一道非常清亮的男声，生生地在一片狼藉和吵闹的院子中撕开了一个口子。杜管家不由自主地朝门外望去，没听错的话，那声音是从大门外传来的。

"是谁在外面说话？"眼看着计划就要成功，杜管家非常警觉。

可没有人回答杜管家这个问题。

短暂的寂静后，门外响起了一连串的脚步声。杜管家定睛一看，发现是一列官兵齐齐地跑进了裴家院子中，可这时候怎么会有官兵到场呢？他记得自己并没有报过官，难不成是老爷？

随即，杜管家又否定了自己这个猜测，裴老爷对他何其信任，说交给他了，便不会再去通知官府。可眼前的情况又作何解释？

正当杜管家百思不得其解之时，他看见了一个穿着师爷官服的年轻男子，唇红齿白，一双凤眼格外出挑，此时正笑意盈盈地站在那列官兵的中间。

"官爷好。"杜管家其实不知闻人晚是谁，但叫声官爷总是没错的。接着，他规矩地作了一个揖，他看得出来，这位年轻官爷的笑容底下藏了几分跋扈的邪气。看样子，也不是个好对付的人。

"不知官爷突然造访裴宅，是有何贵干？"

"自是有事，但我们晚点再谈也不迟。"闻人晚笑笑，眼神有意无意地瞟过不远处的房尉，"我刚刚好像听到有人说，要在这里打几十个大板子？"

杜管家有些心急，下意识地便上前了几步："是，我的确是这么说，但……"

"但什么？"闻人晚根本不给杜管家解释的机会，他凤眸半眯，冷声道，"我不管你要说什么，没有官家的命令就打板子，这叫动用私刑。

深宅纪事

是违反王法条例的。你知道吗？"

"这……这……"杜管家的背上惊出了一层细密的冷汗。他自知是说不清了，便想回房去请老爷，不过一个初出茅庐的年轻小官，谷顺城首富的面子可不是说拂就能拂的。

"我们这些下人哪里懂什么王法，您消消气，而且我们这不也还没动手吗。是这么一回事，您听我慢慢给您说道，那人是我们府里花了重金请来的郎中，结果却暗地里要毒害我家二少爷！此事千真万确，您若不信，我去请了我们老爷出来。"

"不，不用。就这么点事犯不着请你们家老爷出来。"闻人晚摆了摆手，下巴一扬，示意手下官兵将房尉带过来，漫不经心道，"把他身上绳子解了，本师爷看着碍眼。"

"那您有何高见？"杜管家讪讪地赔着笑，"总不能让我们家二少爷平白地吃了这个亏吧，这说出去，往后裴老爷的脸还往哪儿搁呢？还有您的官威怕也是会受损……"

"呵！管家倒是个明白人啊！"闻人晚冷笑着打断杜管家这套虚词，"杀人偿命，欠债还钱。案子，还是交给官家办为好。你家这桩案子本师爷就在这儿接了，来人，将这个郎中带走。"

"官爷，官爷留步！"杜管家心里头觉着不对劲，但一时也想不明白，但若是放任官府带走了房尉，那么以后便更不好朝他下手了，搞不好他还会反告一状，牵扯出三年前的事情——思虑至此，杜管家赶紧追了上去，"房郎中毕竟救过我家老爷的命，顾及着往日恩情，这官我们便不报了，至于房郎中，也还请您留下，就莫带去衙门添麻烦了。"

闻人晚笑了笑，装出很苦恼的样子："这可是关系着你家二少爷呢，你当真不追究这郎中了？说话，可要算话的，大家都听着呢。"

"自然。"杜管家见闻人晚松口，便以为人就算留下了，他稍稍喘了口气，"不追究了，再也不追究了。"

"那好。"闻人晚虽点着头，话锋却是一转，"可我带了这么多人来你们裴宅，末了却不带走些什么，未免也太损本师爷的官威了吧？"

"这……您……"杜管家一头雾水，摸不准闻人晚究竟想干什么。

"既然你不让我带走这个郎中。"闻人晚顿了顿，露出玩味一笑，"那么，本师爷便带走你吧。"

言罢，闻人晚收起玩笑模样，正色道："不是方才还问我来裴宅有何贵干吗，我便告诉你，本师爷正式以裴宅管家杜元索通匪之名将其带走！"

此时，一直沉默着的房尉也开口了："原来杜管家竟是因为在下无意中知晓你通匪之事，才故意陷害于我的。"末了，房尉抬起头看向已被官兵擒住的杜管家，真心实意道——就算先前的一切都是与闻人晚商量好的一场戏，但接下来的话，他却是真心实意的。

"杜管家，我从不曾苦苦相逼或刻意针对，可奈何你，有错在先。"

一时间，围在大院里看热闹的人皆是哗然。谁都知道，暗通土匪在谷顺城，那可是仅次于杀人的恶劣罪名，而他们向来敬重有加的管家，竟是这种人？并且为了掩盖罪行，还不惜以二少爷的身体做代价，故意陷害房郎中？

事情闹到这般田地，裴老爷不出面是不行了。

待二夫人搀着裴老爷出现在院子里时，杜管家仍在声嘶力竭地喊着冤枉。

闻人晚在各处衙门待了这么久，最讨厌的便是别人喊冤了。于是还不等裴老爷开口，他就率先将一张纸递去了对面："为什么我会来裴宅抓你们管家，原因都在上面。"

裴老爷不可置信，却又不得不信地看着那些熟悉的名字和联名告状书，本来身子就未完全康复，如今被这现实一击，更像是苍老了十来岁："这、这……元索，你……"

"没错。"闻人晚轻松应对，"写联名告状书的，都是你们裴宅多年的合作伙伴。我知道裴老爷近些年身子不好，生意都是交给了管家打理。可是你这管家不老实呀，他不仅通匪抬价牟取暴利，而且还不给老伙计们一点分成。出来混，怎么能那么不讲义气呢？既然独吞了钱财，那也就不要怪别人告你，咎由自取，懂吗？"

裴老爷站在原地，眼睁睁地看着杜管家被闻人晚押着带出裴宅，却无能为力，自己只能站在原地。毕竟有什么能与事实相抗衡呢？虽然裴老爷也的确叹息和痛心，元索竟瞒着自己，做了这么多龌龊的勾当。这实在是，不像他。

"房郎中。"裴老爷收回眼光，"今日，是我裴某多有得罪。"

"不会。"房尉摇头，仍是一副处变不惊的模样，"扶苏少爷本就金贵，多留意一些，总是好的。"

房尉注意到，在他说完这句话的时候，二夫人的神色，明显一滞。

"难得房郎中年纪轻轻，心胸却如此开阔。"裴老爷是打心眼里欣赏房尉，一开始杜管家过来告知房尉毒害扶苏时，他是一万个不相信的——但终究还是信了。

裴老爷连着咳嗽了好几声，歉疚道："无论如何是我裴某失礼了，以后扶苏的身体，还仰仗你来照顾了。我吃了你的药，也好了许多，但还是吹不得冷风，我就先进去了。"言罢，裴老爷轻轻看了眼身旁的二夫人，"你送送房郎中，扶苏这孩子，多亏了人家。"

短短几十步路，房尉和二夫人都走得比平时慢上一些——房尉知道，二夫人是有话同他说的。而二夫人，却不知该如何开口。

终于，在房尉预备上马车时，二夫人才像是拖住最后一根救命稻草似的，紧紧地抓住了房尉的手腕——她知道，这样未免有些不合乎规矩。她的出身和周遭的眼睛，都不容许她做出这么不"二夫人"的行为来。但她已经走投无路了。当母亲的，在孩子的性命面前，哪里还有什么选择的余地？

"求你了，房郎中，就当是我求你了。"二夫人仰起脸庞，一双美眸里隐隐地闪动着水光，"求你别再来治扶苏了。"

房尉的一句"为何"鲠在喉头，吞不下又吐不出的感觉，让他有些难受。但他却有些庆幸自己此时的难受，没有问出来，才是对的。因为他知道，就算自己方才问了，二夫人也不会坦诚相告。何必呢，既然要不到自己想要的结果，也就犯不着再招惹二夫人难过一遭。她毕竟是扶苏的娘亲。

"房郎中，我说的，都是认真的。"二夫人低头，快速地抽出帕子将眼泪抹去，"你再这样，真的会害死扶苏的。"

闻人晚有些不满，好歹自己也是个正统师爷，配合着演了这么一场戏也就罢了，而那人却好像没有丝毫感激之意？马车都快驶到衙门口了，闻人晚盯着的，却一直都是房尉的后脑勺。

"喂。"闻人晚憋不住话了。他撇撇嘴，本是想问房尉到底是用了什么手段，竟真的将那张联名告状书给弄到手的，可话到嘴边，却变成了莫名其妙的关心，"方才那些绑着你的绳子，疼不疼啊？"

房尉应声回头，他之前的思绪，的确是一直飘着的。

"怎么？"房尉笑道，"我若说疼，师爷难道还要为我出口气不成？"

"你倒是会想。本师爷巴不得你被人五花大绑丢去菜市场。"闻人晚口是心非，斜斜地看了房尉一眼，"不过，我还是不明白，你跟那个管家非亲非故的，为什么要对他手下留情？杀人偿命，天经地义，你却只给他扣个通匪之罪。"

"我答应过一个人，要留管家一条命。"

房尉顿了顿，脸上已经看不出存在过笑意。杜叶幼年丧母。无论杜管家做了什么，他都是杜叶在这世上，唯一的亲人了。就算杜叶昨晚不开口央求，房尉也还是会这么做。

"再说，管家并不是主谋，他只是棋子之一。更大的阴谋还在后面。"

闻人晚也摸不准为何自己听着听着就有些恼，他将手中的茶杯重重地搁回了面前的小桌几上——茶是满的，被闻人晚半丢半放的，自然溅了大半出来。这还不算完。闻人晚眼皮子一掀，灼灼地盯着面前的房尉，语气不善："你答应过一个人。房尉，你在这儿充什么烂好人？死的是裴琛聿，瘫的是裴扶苏，你有什么资格替他们做决定？"

这样坏脾气的闻人晚，房尉还是头一次见。

良久——久到闻人晚都开始怀疑自己，是不是方才那番话说得有些重了，虽然他认为他说得没错，但眼下的沉默还是让他不安。

"师爷。"谢天谢地，房尉终于开口了。闻人晚暗暗松了一口气，但表面功夫不能不做——他眉眼慵懒，仿佛看向对面的房尉对他来说，是一件很不情愿的事情。他也想好了，故意不应房尉这一声师爷。他倒要看看，房尉想了这么久，到底要说什么。

很快，房尉接着道了一声："今日还是多谢师爷了。"

闻人晚嗓子一堵，怎么也没想到最后房尉给他来了一招四两拨千斤。

也罢，虽然脸色还是不好看，但闻人晚心里那股气已经散得差不多了。他的长睫耷拉下来，轻轻地朝着桌几上那壶热茶努了努嘴："这个是我要人从京城闻人府带过来的上等大红袍，你有兴趣的话，尝尝看。"末了，还是加上一句，"你应该会喜欢。"

杜管家在众官兵的推搡之下，跌跌撞撞地走进了牢房。

铁链和牢锁相互碰撞的声音，让他不禁从牙根里发出丝丝寒意。他从来没想过自己有朝一日，竟会进到这种地方，哪怕的的确确做过亏心事。

隔着散发着朽味的木栏杆，一个官兵上下打量了一番杜管家，皱眉道："老实点待着！你要知道，在谷顺，通匪可是大罪！"

　　杜管家点头，他没有被眼前的官兵和脚边的老鼠蟑螂给吓到，他只是摸着潮湿破旧的床垫，慢慢地坐了下去。毕竟他做过比通匪更严重可怖的事情，所以现下这情况，又有什么好怕的呢？他甚至还笑了一下，像是在宽容什么，这些后辈一定不知道，真正可怕的人，从来不故作凶狠，他们往往只是笑着笑着，就把人送到了绝境——比如，房尉。

　　"我这儿又不是客栈，哪里有什么好坏之分。"

　　闻人晚带着房尉走进了牢狱里，因为地势较低的缘故，整条通道里都回荡着闻人晚的声音："也算走个后门，给他单人关一间了。你若是还不放心，回头我再要人给换个新被褥，开饭的时候给他多加一份肉，这样行不行？"

　　房尉侧着头，扫了一眼说个不停的闻人晚，点头道："那就先谢过闻人老板了。"

　　杜管家听到有人声在交谈，还听到离自己越来越近的脚步声。

　　他听得出来，那两个男声，一个是房尉，一个是今日突然造访的官爷。果然，在狱卒拿着火把点亮拐角处的大油灯之后，他看见了谈笑风生的官爷，以及一脸稀松平常的房尉。二人并肩而立，身后是看不到尽头的黑暗。

　　"你们……"杜管家不寒而栗，"是串通好的？"

　　"那又怎样。"闻人晚毫不避讳，歪头笑道，"串通土匪有罪，可是串通官府无罪呀。"可是话一说出口，闻人晚就觉得不对劲，"不对，我们这个压根就不叫串通！"

房尉没有接话，他只是示意狱卒将锁打开。他知道，此时杜管家看过来的眼神似是一把淬了毒的匕首。杜管家恨自己败了他的计划，他恨自己终结了他的自由。这些房尉统统都知道，可就算如此，他接下来要做的，也还是照做不误。

"劳烦师爷带着狱卒们先走，有些事，我得单独跟杜管家谈。"

杜管家抬起眼睛认真打量着房尉，可他脑子里却混沌得厉害。

他从很早之前，就隐隐地觉得这人不简单——至少不像他表面上那么简单，一个云游至此的郎中罢了。但这也仅仅只是猜测，毕竟宅里除了老爷和扶苏少爷的身体好转之外，一切都十分正常。

可直至上次，杜管家在北园门口偷听到房尉和桃夭谈论枕头之事时，这才将猜测转成了怀疑。这个房尉看似不理世事，可为何要管这么多？甚至连裴宅如何制造布匹的秘方都知道？他是不是暗藏了什么目的？

众多疑问下，杜管家当机立断，立马派人出去跟踪，得知房尉之后去了一趟城东贫民区，杜管家的心越发不安起来，这个房尉，必然有问题！他必然知道了三年前的秘密！

可让杜管家没想到的是，是自己的孩子。杜叶不仅白天发现尾随者从而护住桃夭，甚至连晚上染坊埋伏一事，也被他提前知晓。杜管家不解，杜叶救桃夭乃情理之中，可为什么他愿以身替房尉挡箭？若没有记错，在染坊之前，杜叶明明只与房尉见过一回面。

"房尉。"杜管家听见自己提了一口气，没来由地，他竟然对眼前这个足足比自己小了两个年轮的人，感到一丝怯意，"你……是谁？你到底有什么目的？"

"杜管家，你不必管我的目的。我在裴宅便说了，是你有错在先。"房尉笑了笑，这才掀眸看向床榻上那个自己曾经亲近的长辈，"至于我是谁，不如来猜猜看？"

"你……"杜管家呼吸一滞，手紧紧抓住自己身下的褥子，却不知是褥子本就潮湿，还是自己手心沁出的冷汗。

杜管家此刻觉得，自己满手都是黏腻的水迹。

"那么我们便从头开始梳理。"房尉笑着走向了杜管家，"你请医那日，手中没有梅花，为何我要破自己的规矩，去诊治裴老爷？难道我当真缺钱？扶苏少爷的腿，按照市价，我该收取更高的诊金，为何我不仅不提此事，反而还贴上药庐中最好的药材？"

杜管家闻言，眉头越皱越深，对面这人，究竟是谁？究竟有什么来头？

"药材倒也是小事，只是我与扶苏少爷非亲非故，毫无渊源，为何我要对他如此上心？裴宅中那么多下人，为何偏偏就桃天与我走得最近？"

"这不可能……这不可能……"顺着房尉给出的一个个问题，杜管家好像摸到了答案的边缘，但很快他便摇头否定。这不可能！这根本不可能！这世上根本不可能有这样的事情发生！

"还有……"房尉并未打算在此时放手，他眸色加深，步步紧逼，"为何我会对染坊如此熟门熟路？为何我会知你通匪？为何我明知今日有险，赴裴宅时却不带上岚庭？你当真以为我不知你在门外偷听，不知你派人跟踪，不知放箭的人是你吗？"

杜管家再也忍受不了房尉这一连串的逼问了，他痛苦地捂住耳朵，不停地摇着头，本就凌乱的发髻如今更是彻底散乱。末了，他终于抬起早已混浊的眼睛痴痴地望着房尉，他想说话的，可他张着嘴，却连一个音节都发不出。

"杜叔。"房尉停下脚步，回望着面色惨淡的杜管家。不知为何，他的眼底忽然就涌上了一股热意。他闭上眼睛，将头别开，不禁悲从中来，"既然你，和你背后的人，已经在怀疑，甚至想要将我置于死地了，那为何不更大胆一点地猜测我究竟是谁呢？"

"杜叔，杜叔……"杜管家似是魔怔了般一直重复着这两个字，而后，他猛然抬起头冲着房尉的脸叫嚣，"这不可能！这不可能！你为何叫我杜叔？这世上只有一个人这么叫我……"

"可是……"房尉将眼睛缓缓睁开，里头已一片清明，"他死了，对吗？"

杜管家惊恐又艰难地吞了一口唾沫，若眼前的人就是自己猜想中的那人，那他是如何以一种事不关己的口吻，道出那个可怕的事实的？这种场景让杜管家不由得脊背发凉，可他还是不愿意相信，一个称谓罢了，总有重复。但那人，却是自己亲手盖下棺材板，又亲手埋进黄土中的。这不可能，绝不可能！

"而且他的死，你还知道得一清二楚。对吗？"

"你既然都这么问了，那你应该知道得也不少吧？"杜管家逼迫自己冷静下来，毕竟比对面的人多活了这么些年，就算要输，也不能输得太过难看，"而且你还去过城东贫民区，你应该知道是我……"杜管家的声音渐渐小了下去，他还是做不到，他无法当着房尉的面说出那后半句——若他真的是那人。

蓦然，杜管家就觉得自己有些可悲，好人做不成了，坏人也当得不够火候。

"你既然都知道了。"杜管家咬着牙，费力地看向房尉，"那为什么不让我偿命？却要大费周章地以通匪之罪将我逮进来？"

"理由很多。"房尉静静地看着杜管家，不过半炷香的时间，杜管家看起来却像经历了沧海桑田。

"其一，是我证据不多，林三狗已然疯了，我不想再将他牵涉进来；其二，是我不想打草惊蛇，我知道你不是主谋，你背后有人在指使你做这一切……"

"那你就不怕我通风报信？"杜管家有些惊讶，一是惊讶房尉竟已将事情拿捏得这么准确，二是惊讶于房尉居然在跟自己谈论这种类似交底的话。

"杜叔。"房尉笑着喊了他一声，如此熟悉的语气让杜管家不由得一惊，"你能想到的，我自然也能想到。你如果可以联系到外界了，或者说你能出去了，那么只有两种情况，要么是我已将背后主使揪出，要么就是我再死一遭。"

杜管家明显身形一怔，因为房尉刚刚话中的那个"再"字。

　　"其实最重要的原因，是杜叶。"房尉坦然，"我六岁逝母，同年被爹从水瑶镇接到裴宅，当时所有人表面对我客气，但底下都指着我骂私生子，说我这个大少爷当得名不正言不顺。但是杜叶，他是除开爹以外，第一个承认我的人。在这点上，他对我就已有恩。其次，我在裴宅十二载，杜叶处处照顾，最后是染坊那一箭，他因我而受伤。杜叶对我很重要，我不想他再承受失去亲人的痛苦。"

　　此话一出，杜管家的脸色变得异常难看。房尉说的话，句句都是当年的实情，难不成他真的就是大少爷？杜管家睁大眼，像是一条濒死的鱼，他盯着房尉那张与大少爷无半分相似的脸，不可置信地呢喃道："为什么你的脸，完全不像，为什么……"

　　房尉一袭白衣，负手而立，没有打算接话。他知道，杜管家其实并非在问他。

　　地下牢狱里何其寂静，可房尉却好像在这片寂静里，又听到了当初小叔伯亲自主刀替他易容时说的话——那时候他还不叫房尉，神医谷的人都喊他"阿嵩"。顾名思义，就是老神医从另一座高山上捡回来的人。在麻醉散发挥药效前，房尉听到小叔伯叹气，他说："阿嵩，你若执意如此，这辈子便没有回头路了。"

　　其实人这一生，又何时有过回头路可走呢？

　　"杜叔。"房尉静静地看着杜管家的眼睛——那里已一片空洞无神。但他知道，只用一句话就能将杜管家的魂给抓回来，"我且问你，你当初为什么要这么做？"

"大少爷何出此言？您……"话一出口，杜管家自己倒愣住了。原来在不知不觉间，他已经相信对面的房尉，就是大少爷了，"我以为你会问我背后的主使是谁。"

"我倒是想问。"房尉笑了笑，"但杜叔你肯定不会说。所以退而求其次问点别的，说不定到时候还能派上用场。"

"怨不得别人，大抵是我自己鬼迷了心窍吧。"杜管家叹了口气，那些怎么也忘不掉的场景，在无数个夜不能寐的床榻上，生生地将他折磨至第二日黎明。他的确觉得痛苦和亏欠，但是后悔却称不上。因为他清楚，若时间倒流，他还是会做出一样的选择。

"当主子的人不懂，当奴才是一件多么可怕的事情。"杜管家的眼底，隐隐浮现出一层不甘，"为什么都是人，可有的人却生来就是为了给别人做牛做马？不说远了，就我爹，死于积劳，生前没有穿过一件好料子的衣裳，因为他说那是主子才能穿的。我知道裴家待杜家不薄，可我不想再这么窝囊地活下去了，我不想我这一生、杜叶这一生，以及我们杜家的子子孙孙都给别人端茶送水，一辈子活不出个人样！那人许诺我，只要我将大少爷和二少爷弄死，便让我出府……"

"仅仅只是因为这个？"房尉将信将疑，"你若要出府，跟爹报备一声的话，并不是什么难事。其实杜叔你知道的，爹何时把你当成过下人？"

在杜管家沉默之时，房尉又快速地将杜管家方才的话想了一遍，能够催使得动杜管家，承诺杜管家出府的人，必定是他口中深恶痛绝的"主子"，不然谁有胆量夸下这个海口？并且凶手的目标竟然没有忘忧，只有两位少爷，难不成，背后主使真的是三夫人？

"当然不止。可是我不能说，不能说，我不能害别人……"杜管家的神色在瞬间变得更为复杂，他两手紧握成拳，身子不停地颤抖。

良久，他才忍着那股悲痛，道："我知道老爷对我好，他对我好，我知道。事到如今，我最对不起的人，就是他。"

"等等！"

杜管家喊住了即将走出牢房的房尉，方才那句脱口而出的大少爷让他多多少少有些尴尬。如今平静了下来，他还真的不知该喊房尉什么了，索性便省略了称呼："你、你……真的是裴琛聿？那你是人，还是鬼？"

显然，杜管家仍不信这世上有起死回生的奇迹。

房尉脚步顿住了，却没有回头："以一个不具名的身份，拖着旧日面目全非的躯体。杜叔，你说我现在，究竟算个人，还是算个鬼？"

杜管家一愣，望着房尉那的确与大少爷差不多高的背影，却不知该同他说些什么，但还是要说些什么的。因为他清楚，在接下来的很长一段时间里，都没有人会来这里跟他说些什么了。

"我不管你是谁，也不管你是人是鬼。我只提醒你，表面越是慈善的人，内心就越是可怖。你太年轻，斗不赢那个人的。"

房尉闻言，无声地笑了笑："我会好好照顾杜叶的。"

也就是在这一刻，在房尉说完这句话，整个人彻底隐没于黑暗的这一刻，杜管家方确定——那就是大少爷。

大少爷没有死，他回来了。

第十一章

恍如隔世

SHENZHAIJISHI

经过管家这一事，裴宅再来请医的日子，就远了起来。

这不稀奇的。杜管家在裴宅里向来就是半个主子，特别是裴老爷病倒后，说是和三夫人一同料理着裴家，实则大部分事情还是杜管家在做。如今杜管家以一个那么不光彩的理由不在了，怕是裴宅里的上上下下，都得好生适应一番才行。

所以这时候，裴宅只要没有要命的病情，是绝不会请外人入府的——如此说来，房尉便也当成是个好消息了，至少说明扶苏的情况还算稳定，没有大碍。正好自己也能趁机在药庐里休整几天，毁掉了管家这一颗至关重要的棋子，无疑是往那人脸上狠狠掌了一掴。

房尉知道，接下来的路，会更难走。

桃夭出现在药庐门口的时候，天边的云，已经堆了起来。

"女鬼姐姐！"岚庭欢天喜地地跑向桃夭，一把接过她手中的食盒，"这都快下大暴雨了，你怎么来啦？"

"自然是来接房郎中去裴宅的。"桃夭看向岚庭的眼神里充满了怜爱，她家里本来也是有一个亲弟的，父母卖了她之后便送弟弟去邻城更好的一所学堂念书，却不曾想到，那年发了大洪水，她弟弟便再也没能回来，"你呀，莫吃错了，盒子上有喜鹊的是给你的，有蝴蝶的是给杜叶的。"

"知道啦，知道啦。"岚庭忙不迭地点头，正准备还跟桃夭说些什么的时候，就听到房尉的脚步声从走廊的另一头响起。于是，他只好放弃扯淡去看房尉，本想晃晃手的，可刚一提起胳膊才发觉两手都拿了食盒。也罢，岚庭仍旧开心地晃起了他圆圆的头，那根常年跟在他脑后的马尾辫子也随之荡了起来。

"房尉哥哥！女鬼姐姐来接你啦！"

桃夭看着那多日不见的清瘦身影，首先是一愣，接着才规矩地朝他福身问安："房郎中好，老爷派我请您去宅子里看扶苏少爷了。"

"扶苏少爷还好吗？"房尉一如既往，双眸深沉，话语淡然。

"特别好，变得肯吃东西也肯出门了。心情好的时候，还愿意跟旁的下人说说话。"本来因扶苏少爷的转变，桃夭这几日还是很开心的。可不知为何，一来到这药庐看到房尉时，她的愉悦瞬间就被沉甸甸的歉意给压垮了，"管家走了以后，老爷便一直在整顿宅子和布庄的大小事宜，所以才耽搁了来请您的日子。"

这段话说完后，桃夭便幡然醒悟。她觉得歉疚，正是因为她是一个"裴宅人"，哪怕她只是一个丫头，但也不影响的。裴宅先前冤枉好人，现如今又要倚靠房郎中的医术，委实有些让人不齿。但经过这么一闹，大家应该会对房郎中更加敬重些吧——就像自己一般。想到这里，桃天便放心下来，她侧着身子让出半条过道："请吧，房郎中。"

桃夭本以为裴宅大门口，除了那两个看门的小厮外，是没有别人的——因为平常在左侧方等贵客的人，都是杜管家。如今没了杜管家，那地方自然是该要空出来的。可是现在那里却站了一个婆子，她在候着房尉下马车的时候又看了一眼，原是大夫人房里的孙婆婆。

"孙婆婆？"桃夭未免好奇，虽说站在这儿不一定就是等房尉的，但桃夭就是有这么一股子很倔的直觉，"您今日不用陪着大夫人去佛堂吗？怎么到这儿来了？"

孙婆婆上了年纪，笑起来也给人和蔼之感，她冲着桃夭点了几下头，问道："这就是房郎中吧，莫怪我老婆子不认得，我没见过。"

"正是在下。"房尉颔首，"您找我有什么事吗？"

"有，有的。我们大夫人今日头风旧疾又犯了，正预备出门找郎中的时候，听小丫头们说今日房神医要进府，所以我便在这儿候着。"言罢，孙婆婆看向桃夭，一本正经地朝她问道，"我知道你请了房郎中来是要给二少爷看腿，但能不能让房郎中先给大夫人止止痛，再去瞧二少爷呢？大夫人今日实在是连床都没能起得来。"

"孙婆婆，"桃夭心里一惊，"您要是问我，就真是折煞我了，我不过是个传话跑腿的丫头罢了，一切还要看房郎中的意愿。"

"我们夫人向来是最讲道理的，说凡事要讲个先来后到，得先让二少爷房里的人同意了，再问房郎中是否愿意前去医治。"孙婆婆轻轻地叹了口气，"可惜啊，这么好的夫人，老爷他看不见啊……"

大夫人不受宠这件事，裴宅再没眼力见的人都能看出来。

暂且不论一年到头老爷根本不在大夫人园子里歇一晚，哪怕就是同桌吃饭时，也没见过老爷哪怕给大夫人夹一回菜。众多下人看在眼里，却只能暗暗心疼大夫人。特别是在大少爷走了之后，众人便觉得大夫人更加可怜了——遭老爷轻视便也罢了，如今，连唯一的盼头都没了。哪怕大少爷，并非大夫人亲生。

房尉记得很清楚，六岁那年的夏日格外漫长，谷顺城远远没有水瑶镇来得凉快，他回到裴宅后的第二天，就被爹安排到了大夫人名下。从此，这辈子都无法生下孩子的大夫人有了一个儿子，同时，房尉也理所当然地成了裴家的嫡长子，唯一的大少爷。

大夫人的园子位于裴宅的西南方，是特别幽静的一个角落。

孙婆婆停在一张雕花木门前，轻轻地叩了两声，报备道："夫人，房郎中来了。"很快，她又将门推出了一条缝，混着木门发出的嘎吱声。

孙婆婆满脸笑意地对房尉说道："郎中直接进去吧，夫人在最里头的房间。老婆子我下去给郎中倒点热茶来。"

房尉点头道谢，直到目送孙婆婆出了眼前这条走廊才转身。

这园子不一样了。从刚踏进来的那一刻，房尉就已经发觉。哪怕方才路过了同从前一样的假山竹林，哪怕不远处的鱼池里仍旧荡漾着波纹，哪怕眼前这扇门被磕坏的地方和他记忆中的位置如出一辙，但房尉也知道，这里终究是，不一样了。

深宅纪事

屋子里头很安静，大抵是因为大夫人的病不能见寒风，于是每个窗户都被牢牢地关了起来，这么一来，塞在房尉鼻间的香火味便更浓了，但他并不反感。

　　"大夫人。"房尉立于大夫人的床前，看着眼前那个被旧疾折磨得黛眉紧蹙的妇人，轻声道，"在下房尉，前来替您诊治。"

　　大夫人过了一会儿才把眼睛睁开，她今日还未上妆，嘴唇很白，甚至还带了些干瘪的老气。可尽管如此，她还是努力地朝着房尉笑了一下："到底是打扰郎中替扶苏……"话还没说完，她又抵着胸口咳嗽起来，好不容易撑着坐起的身子，现又滑下去了几分。

　　"不会，您的身子一样重要。"房尉只是静静地看着大夫人，他知道他现在没办法同往日一样去伸手扶上一把，于是只好假借环顾屋子之势，来压抑住此刻内心的酸涩，"大夫人怎么也不遣个丫头在跟前伺候？"

　　其实房尉也知道这后半句不该说的，但到底是没有忍住。

　　"不用伺候，冷清点我也安心。"大夫人好像并不介意房尉方才的话。疼痛已然抽走了她全身的力气，脑子里也只剩下白茫茫的一片。旁人问什么，她便答什么好了，"太热闹的话，总容易想到以前的日子。想来……也伤心。"

　　房尉知道，大夫人口中那个"以前的日子"指的是他还没有死的时候——不对，是指裴琛聿还没有死的日子。虽然他从来不是活泼吵闹的孩子，但多一个人在身边住着，总归是不一样的。房尉怔了怔，他想，他大概也就知道了方才为何觉得这园子，与以前不同了。

"我听孙婆婆说您是患了头风。"房尉诊完大夫人的脉搏后，便打开了针灸盒，"头风虽不是大病，但向来缠人。特别是在这种乍暖还寒的时候，吃药和膏帖都顶不得什么用。若您每日针灸，倒还是能抵个七八成。"

"老毛病了，治了许多年也不见好，便也罢了。"大夫人说话声音很轻，如同那些冰冷的银针旋入她头顶时的力度。慢慢地，疼痛便悄然散去。

大夫人望着房尉，正欲说些道谢的话，但蓦然又想起叫他前来，其实还有一事相求。

"房郎中。"疼痛没了，脑子里那片白茫茫的东西，自然也跟着褪了。大夫人犹豫了会儿，到底还是开了口，"上次管家的事，的确是我们裴宅失礼了。我在这儿给你好生道个歉，到底是让郎中受委屈了。谁也没有想到，管家竟干出那么不成体统的事情来。"

"无碍。"房尉顿了顿，他很明显地感受到大夫人接下来的话，才是重点。

"管家被衙门带走之后，老爷便亲自动手整顿上下。发现账目都不对，大笔大笔的银子都不知去了哪里，问那些跟着管家干活的孩子是怎么回事，可没有人开口，于是老爷一气之下就要将他们都撵走。"大夫人悠悠地叹了口气，眼里尽是疼惜，"那都是些可怜孩子啊，无父无母的，有个孩子跟我比较亲，偷偷跑过来跟我哭诉，说是……"

话说到关键处，大夫人却停了下来。其实她也不知将这件事说给房尉听究竟对不对，毕竟他是个外人，但是眼下除了这个外人，她竟觉得也找不出第二个合适的人了。

　　"说是他无意中见过原本的账簿，那些银子，都被管家和三夫人分掉了，可是他现在又找不到那个账簿。三妹妹在老爷心中的地位，是整个裴宅都晓得的，那孩子心思细，胆子也小，无凭无据的不敢跟老爷提，便跑来跟我说。"

　　房尉下意识地蹙起了眉头，三夫人，又是三夫人？

　　其实这件事也并不意外，毕竟是杜管家和三夫人两人一同掌管着裴宅的生意和钱财，账簿上的数字是每天都必须核对清楚的，就算老爷和旁人没有发觉，但三夫人也会知道。所以说若以管家一人之力做些不干净的手脚，是没办法瞒到现在的，唯一的可能性就是二人合谋，并且已合谋许久。

　　"那您的意思是？"房尉掀眸，认真地看着大夫人。

　　大夫人似乎有些不好意思，她现在常伴青灯古佛，已很久没有插手过裴家的大小事宜了。

　　"这件事要是假的还好，可若是真的，那裴宅有朝一日被搬成了空架子又该如何是好？我昨日去找老爷谈及此事，想隐约地给老爷提个醒，可老爷不仅不信我这番话，还责我善妒。我人微言轻，手里头也没有那个账簿，所以……"

　　"为什么您选了我？"房尉已经明白大夫人的意思了，她要他去找那本账簿。

　　"老爷喜欢你，赏识你。老爷的眼光总不会错。所以除了郎中，我找不出别人了。"大夫人顿了顿，眼里已然泛起了泪光，"我儿早逝，扶苏现瘫痪在床，二妹妹也是个做不得主的人，忘忧是三妹妹的女儿，自是不必说。而我身边的人，除去小丫头就是几个老婆子，她们又如何能办得到这样的事？"大夫人别过头，背着房尉抹了一手眼泪，"我薛氏有罪，这辈子无法为裴家生个一儿半女，悉心照拂的孩子也离我而去，如今裴家香火凋零，我已无能为力，至少……我不能眼睁睁地看着裴家这百年基业，毁于一旦啊！"

"要做什么，您只管说。能做到的，在下一定全力以赴。"

房尉垂下眸子，一眼就看到了大夫人放在床边的鞋子，是象牙白的纯素缎面，她最偏好这种颜色和款式都简单的布料，以往就总这么穿。但正式场面时，裴老爷难免总会出声责怪——至少该穿得华贵大气一些。但现在应该已经不怪了吧，房尉想，毕竟一个女人，先没了丈夫的半边天，又没了儿子的半边天，如今还要来操心这些本不该她操心的东西，这样的女人，穿成什么样子，应该都是被容许的——总之，这一刻，怎样都好，他只是不想看到大夫人抖动的肩膀。

大夫人虽然不是他的生母，但这十二年来，她对于"母亲"这个角色，却是十分用心且尽力。房尉知足并感恩，同时，也无法拒绝她。

"这个……"大夫人已然过了最伤心的那一阵，哭声止了，但脸上的泪还没干透。她从枕头底下拿出一长串钥匙递给房尉，"房郎中先拿着。除了老爷和我们几个的寝房，裴宅所有地方的钥匙，差不多这里都齐了，上面都有刻好的小字，能看得清的。后日便是花朝节，以老爷对房郎中的喜爱，定是会相邀前来吃酒赏花的，届时……"

房尉应声接过那串钥匙，但等了许久，也没听见大夫人"届时"

之后的话。他笑笑，他知道大夫人不擅长这些东西，便主动把话接了过来："我自有打算。您放心。"

在看到扶苏之前，房尉一直以为，方才桃夭在药庐里说的话，只是为了安慰他而已。扶苏是他见过的最倔的人之一，怎么可能在短短半个月内，就转变得如此让人放心呢？这么一想，房尉的心，就更不安了。扶苏是不是知道了些什么？

但在见到扶苏的那瞬间，这些杂乱的想法都暂时被房尉摒弃了——其实还隔着很远的距离，房尉只是看到扶苏在树下晒太阳的身影而已，小小的一点，融于天地间。但哪怕就是这样，对房尉来说，也已足够。

"还以为自己眼花了。"扶苏的气色看起来比上回好多了，虽说脸颊依旧清瘦，但已经可以看出皮肤下隐隐蹿动着一股子极浅的粉。他仰起脸，朝已经走到他身边的房尉笑了笑，"刚听到脚步声，觉得像你，但又觉得应该不是你。没想到真的是你。"

房尉也跟着笑，伸手将落到扶苏衣襟上的叶瓣给拾走——他也不知为何，明明上次扶苏闭着眼自己都不敢做的动作，如今却变得这般自然。房尉想了一会儿，大抵是因为扶苏方才的笑吧，他已经很久没看到过这样的扶苏了。

"我也以为坐在这儿晒太阳的少爷，是我的幻觉。"

扶苏的笑意不断加深，接着，他歪头问道："那郎中现在觉得开心吗？"

"嗯？"扶苏向来是最能影响房尉的人，没有之一。所以尽管房尉仍对扶苏这突如其来的转变感到不解，但他已经尝过人世间太多的苦滋味了，在扶苏这样明晃晃的笑容面前，房尉只想暂时的，去拥有这片好风景。

"少爷这话，怎么讲？"

"你看。"扶苏无意识地嘟着嘴，掰着手指头边数边说，"我现在既肯吃饭，又肯喝药，还愿意出门晒太阳。"

房尉随之点头，表面上仍是那股淡淡的笑意，但左胸膛那块地方，却早就被眼前这幅场景弄得酸涩且潮湿——或者称之为，小心翼翼的温柔。分别了这么久，房尉最怀念的，便是他这股甜而不腻的孩子气。

"还愿意笑着跟我说说话。"

"什么？"扶苏一本正经地困惑道，"难道以往我跟郎中讲话时都不笑的吗？"

"扶苏少爷知道我话里的差别的，也知道我……"房尉的话还没说完，就被不远处传来的阵阵笑声给打断了，是孩童的声音，又脆又亮，咯咯地笑起来，近得像是在耳边。

北园这边的墙外是一块很空阔的地，平日里没有什么人去，但现在天气好一些了，便有些父母会带着孩子去那儿放风筝玩儿。果然，房尉刚一抬头，就看见半空中突然多出了好几只颜色鲜艳的纸鸢。

"这都快下大雨了，街坊们还陪着孩子胡闹。"桃夭端着热茶和点心走了过来，正巧踩上这阵笑声。房尉知道，桃夭方才那话，乍一听像是在埋怨大人的不懂事，实则却是有些羡慕的。

"若是吵着了少爷和郎中，我便过去说一声。"

"桃夭。"扶苏怔怔地望着天空，眼神一直随着那几只纸鸢的浮沉而移动，"去把我的风筝也取出来，拿那只蓝色的极乐鸟。"

"什么？"桃夭一惊，险些连手中的茶盏都摔了出去，瓷器与桌子蓦然撞在一起的声音，像极了大雨倾城前的小惊雷。

接着，桃夭又提了口气，艰难地说道："您突然要那只风筝，做什么？"

扶苏垂眸一笑，眼里有些什么东西快速地涌了上来，却又被他用力地压了下去："当然是放了它啊，风筝，不就是用来放的吗？"

"可是扶苏少爷，那只风筝……"

"桃夭姑娘。"房尉出声劝解，"若是扶苏少爷想放，拿来便是了。我陪他放。"

"那暂且不说那风筝如何。"桃夭顿了顿，仿佛上面那句话，已经耗了她大半的力气，"可这是马上就要下雨的天气呀，如何放得风筝？"

"无碍。"房尉的眼神又落回到扶苏身上，却不知何时扶苏已闭上了双眼，"下雨前风大，风筝也好起飞。我陪着扶苏少爷，不会出事的。"

话已至此，任凭桃夭还揣着一百个不放心，也只得回房去拿那只极乐鸟了——那是大少爷生前给扶苏少爷扎的最后一只风筝，熬了一个整整的通宵，足足添了两回灯油，才给扎出来的。

桃夭刚走，扶苏便睁开了眼睛，甚至还促狭地朝着房尉笑了笑。

房尉对此并不意外，扶苏就是这样的孩子，漂亮又乖巧的外表下，

/ 209 /

却总是藏着一点淘气和一点儿野，但这些都无伤大雅，因为扶苏不仅好看，还聪明懂事，他知道点到即止是什么意思。但是往往，他也只会对身边亲近一些的人展现出他最本来的样子。看来这三年的悉心照料，扶苏虽然嘴上不说，但心里，已经把桃夭看成可信赖之人——这么一想，房尉望向桃夭背影的眼神里，便由衷地多了几分感谢。

"郎中见过极乐鸟吗？"扶苏突然开口这么问道，可不等房尉回答，又自顾自地说了起来，"应该是没见过的。这种鸟尖嘴长尾，身着异色，是书里写的，说是有幸见了之后，一生都会安康长乐。"

末了，扶苏轻轻地叹了口气，又道："但大抵是唬人的吧。"

房尉将眼神收回，他以为扶苏此时的失落，是来源于对书上神话故事的不可及。

但其实不是的，扶苏只是又想起了那个人——那个给他扎风筝的人。那个人还说过的，要给扶苏做满一百只风筝，从雀鸟做到走兽，从蝴蝶做到花卉，等以后扶苏老到走不了路也说不出话的时候，只要拉拉线，那个人再远，都会回到他身边。

可是现在呢。扶苏有点委屈，他已经没法走路了，若要求非要那么严苛，不许自己说话的话，那他也可以效仿杜叶，但就算如此，又有什么用呢，那个人终究是回不来了。

算了，扶苏眨眨眼，又看着天上那几只风筝，连白纸黑字的书都可以唬人，活生生的人唬人，应是更容易的。他本来想将这些全盘告诉房郎中，但想起第一次见面时，自己就已经同他说过承诺和违背的话，再说恐怕就招厌了，便也作罢。

良久，他才听到一直沉默着的房尉开口："少爷想去哪里放风筝？"

扶苏选了去城北。

车夫惊讶之余，房尉也有些摸不准扶苏的心思。

马上就要下雨了，扶苏放着裴宅边上的空地不去，为何非要执意选择较远的地方？城北虽然极为空阔，但入口处多有林木遮挡，马车一概无法入内，难道扶苏是要甩开车夫？可是甩开之后呢，扶苏又要做什么？且不论林木，城北的安全隐患也极大，四处都是悬崖峭壁，扶苏选在城北的用意，究竟是什么？他毫无缘由的积极转变和眼下的风筝之行，可否又有联系？这一切，房尉都不得而知。

房尉侧头，认真地看着扶苏根根分明的长睫和精致的侧脸，看到几乎出神。这一刻，他不得不承认，人有时候就是会愚钝一些，特别是在自己的软肋面前，你不敢去猜他，不敢去问他，甚至不敢去试探他，你生怕一不小心便会伤到他，同时，也殃及自己。

"少爷。"房尉将扶苏推到了树林和空地的交界处，"你在这里等我，待我将风筝放起来之后再将线头交给你，好吗？"

扶苏乖巧地点头，可是却又伸出一根细细白白的手指指着头顶那片树枝："可是它们会钩到我的风筝的。"接着，扶苏看向房尉的眼神里，便多了一丝殷切，"这只极乐鸟对我很珍贵的，你把我推到空地上，不可以吗？"

"可以。"扶苏在房尉那里，从来就没有过什么不可以。但房尉自己清楚,他答应了扶苏是一回事,自己仍旧放心不下又是另外一回事,于是房尉蹲了下来,语气温柔却认真, "但是少爷你要答应我, 不能乱动自己的轮椅好吗? 空地边缘很危险。"

"好。"扶苏听着房尉这样的语气, 一下子便堵了嗓子, 除了这个好字, 竟再也说不出其他。他被房尉推着, 离那一线空地边缘越来越近——其实房尉仍将扶苏推得离危险地带很远, 但对于扶苏来说, 这个距离, 已经很满意了。这个距离, 足以让他的计划成功。

扶苏坐在轮椅上, 看着房尉一次又一次地将风筝抛起, 然后拉线, 然后奔跑, 再然后, 那只极乐鸟还没展开翅膀, 就直直地摔回了地面——扶苏当然知道这种天气, 是放不起风筝的。他只是想寻个理由出趟裴宅罢了。

有些话, 有些事, 放在那个宅子里, 就变得不是那么应该了, 或者说, 是根本就变得说不出口, 做不出手了, 要更往严重了说, 就是连这个念头, 一想起, 都是罪过。

扶苏看着极乐鸟又一次坠了下来, 同时在心里也跟着叹了口气, 他以前没有觉得裴宅这么待不下去的, 哪怕就是自己被关在房里养病的那段时期, 他也觉得明天有盼头。

"少爷。"房尉回来了, 带着那只沾满了灰尘的蓝色极乐鸟, "实在是放不起来, 雨前的风时大时小, 再这么试下去, 我怕风筝的线会断。"

扶苏倒不是很在意房尉究竟说了什么, 他只是愣愣地看着房尉袖口的灰尘——他好像从见房尉的第一面起, 房尉就永远是干净且从容的。同时他也知道，从第一次见面起，房尉就对他很好，但直到桃夭回府后，跟他讲起枕头和染坊，以及管家栽赃陷害之事时，扶苏才深切地知道，原来房尉在背后，替他做了这么多，也承受了这么多。

可是为什么呢？那个可怕的念头和猜想已经越来越逼真了，可扶苏的最后一丝理智又在告诉他，这不可能。

总之，扶苏深吸了一口气，他不知道房尉的身世来历，也不知道房尉为何对他这么好，但这些都不要紧，他只知道，他不可以再让无辜的人为他受累了，他已经害死过一个，他最亲的人了。

"轰隆"一声，大雨就是在这时候，落进了人间。

"扶苏少爷。"房尉撑起提前备好的伞，却整个倾斜于扶苏的头顶，"我们走吧？若是还想放，下次挑个好天气再来便是，我陪着你。"

"好。"扶苏点头，手却伸了出去。

房尉立即懂了意思，将极乐鸟递了过去。

"扶苏少爷，这风筝上还有灰……"房尉话还没有说完，便被眼前的场景给惊到了——扶苏竟然蛮横地将风筝和线扯成了两半，一半是光秃秃的极乐鸟，一半是孤零零的转轴线，然后扶苏的表情悲壮得像是要去赴死一般，头一仰，手也跟着扬了起来，接着，极乐鸟就被狠狠地抛了出去，被风刮着跑了好远，好远。

"扶苏少爷？这风筝不是对你来说很珍贵的吗？怎么……"

"房尉。"扶苏想，若是没记错的话，这是他第一次叫房尉的全名。豆大的雨水打在伞面上噼啪作响，而他的身子也跟着颤抖起来，但他依然仰着脸，口气冰冷，"你走吧，离开裴宅，再也不要来。"

"不走。"房尉虽然惊讶扶苏的话，但还是先选择回答他，"我有非留不可的理由。"

"我再问你一遍，你走是不走？"扶苏恍惚间觉得自己变成了一把被拉满了的弓，浑身上下都泛着一种类似撕裂的疼。

"我不能走。"房尉全身已经被雨水打湿，但这冰冷的感觉和模糊的视线，不足以阻挡他看向眼前的扶苏，但他看得太过认真了，导致他都有些弄不清楚，现在在他身体里横冲直撞的，究竟是怒气还是哀伤。他把伞往扶苏的方向再倾了些，一张口，却叫人鼻酸，"我也……不想走。"

扶苏有些绝望地闭上了眼睛。他知道这一刻终于来了。他从来不是一张空空如也的弓，他被拉满，他有一支箭。只待房尉说出那个"不"字，便一触即发——但射向的人，不是房尉，而是他自己——因为他自己，就是那支箭。

扶苏在坠崖途中和他的轮椅分离了，风和雨悉数拍打在他的身上，他不觉得痛，他只觉得轻松和自在，他甚至好心情地猜想着是不是老天爷也在成全他——要不是下这么大的雨，他的轮椅根本比不过房尉的速度，而自己，也不会这么顺利地坠落下来。

在扶苏失去最后一丝意识前，他依稀看到一个熟悉的颀长身影从天而降，他不禁笑了笑，坠崖这么狼狈的事情，怎么会有人做得如此干净从容，且衣袂飘飘似仙人？

等等——扶苏费力地回想着，房尉跟着自己跳下来的瞬间，是不是叫了一声"扶苏"？

庆幸的是，这个山崖并不是很高，房尉跌落在地，没有受什么大伤。他艰难地挪动了一下自己的身体——其实他在挪动之前，也不确定自己有没有受伤。

扶苏坠崖这件事发生得太快了，以至于房尉都还没有反应过来，便也跟着跳了下去。现如今身体在这儿，痛觉却像是被他遗落在了崖上。

房尉缓了一会儿，便立刻起身去找扶苏。途中他看到轮椅的残骸，也看到本是盖在扶苏腿上的那层薄褥子，很快，房尉就发现了躺在溪水边的扶苏。

"扶苏……"房尉轻轻地喊了一声，可扶苏却没有回答。他阖着双眼，唇线紧闭，头发和睫毛因被打湿而黏在了一起，冰凉的雨水不断地在他脸上流淌，接着又坠去了地面，应该又痒又难受吧，但扶苏只是静静地躺着，像是睡着了。

雨越下越大，房尉也顾不得其他，抱着扶苏就敲开了最近一家农舍的大门。没有雨伞，没有轮椅，没有褥子，这些都是小事，但他现在必须找个地方给扶苏检查一下身子。

农夫倒也是个好心人，虽不认得房尉与扶苏，但还是让他们先进来躲躲雨。房尉从不平白受人恩惠，更何况他怀中的人还需要一桶热水和干净的衣物，说起来也算是有求于人。于是，他便解了身上一块玉佩下来递给农夫。农夫本是百般推辞，但房尉执意如此，农夫便也半推半就地收下了。而后，热水和衣物，被很快地送进了里房。

"房尉。"扶苏是在房尉替他宽衣时醒过来的，他睁着眼，直冲冲地看着床榻上方那几根简陋的房梁。他是故意不看房尉的。

　　"在。"房尉应了一声，手中的动作却没有停下，"我已经给少爷检查过了，没什么伤。少爷等会儿将就一下，用热水泡泡身子，再换上干燥衣物，便不会受风寒了。"

　　扶苏没有什么反应，既不说好，也没说不好。直到房尉把他轻轻放进木桶中时，他才抬起那双被热气氤氲得更显湿漉的眼睛望向房尉。

　　"被陷害的滋味，好受吗？"

　　房尉没有作声，只似笑非笑地扫了眼扶苏的肩膀——纤细白嫩，有一小截没有被热水覆盖，而是坦然地暴露在空气中。他走过去，在那瑟缩着的肩膀处，搭了一块干净的帕子。接着，又递过去一碗热茶。

　　"喝一口再暖暖，暖和了我就告诉你。"

　　扶苏嘴角似是挂了分冷笑，将眼神别开，自是没有去接房尉手里的那碗茶。

　　毫无悬念地，最终还是房尉先败下阵来——毕竟对峙扶苏，他就从来没想过要赢。

　　"不是很好受。"

　　"那坠崖的时候，疼吗？"

　　"说实话。"房尉下意识地动了动手腕，那里被扭到了，此时正隐隐作痛，"有点。"

　　"那你为什么不走？"扶苏又猛然看了过来，幅度大到甚至都带起了水里的纹路，而他的口气里，也多了几分硬邦邦的质问，"既然不好受，既然疼，为什么不走？桃夭把什么都告诉我了，枕头也好，染坊也罢，还有杜管家的陷害，我都知道了。事到如今你还不走，你不要命了？"

房尉心里突然一片了然——原来是因为这些事。因为这些事，扶苏才变得肯吃饭，肯吃药，肯出门晒太阳。因为这些事，扶苏才故意选了城北这地方，想将话说开，想好生道别，甚至是死别——原来扶苏是因为这些事。

这么一想，房尉看向扶苏的眼神，便变得更加温柔与深沉。他用力压着心里那阵不断抽动着的疼痛，故作轻松地问道："原来扶苏少爷，是在担心我的安危？"

"第一次见面时，我便告诉过郎中。"扶苏的眼眶一点一点地红了起来，房尉愣愣地望着他，甚至产生了一种错觉——好似那层涌动在扶苏眼里的水光，并不是因为他伤心难过，而是因为他周遭的那些热水，无意中错进了他的身体，它们急于返航，可又找不到除开扶苏眼睛的第二条路。大概就是这样吧，房尉宁愿相信自己这个荒谬的错觉，也不愿看到扶苏真的，落下半滴泪来。

"我害死过一个人，一个对我很重要的人，所以我也不想继续苟活，更何况，拖着这么一具残败的躯体，本就是一种生不如死。可是房尉，你出现了，你对我好，你信誓旦旦地要将我治好，但如今你也因为我，遭受了一些你不该遭受的东西。我不想再继续连累旁人，所以你走吧，离开裴宅，去哪里都可以。裴宅里究竟藏了什么秘密，又是什么人要害我，要杀我，我都无所谓。生无可恋，死亦何苦。这些跟你房尉，都没有关系。"

二人沉默半晌。

最终房尉起身，绕到了扶苏身后，他将扶苏的头发从水中捞起，尽数握于手心，然后不紧不慢地从扶苏肩头拿下方才那块帕子，开始给扶苏擦头发。

房尉动作轻柔，一下子的功夫，毛巾就被浸湿了一大片。

扶苏愣了愣，提了一口气，非常用力地说道："花朝节一定会有人再对你动手，你不要来。"

"扶苏。"房尉笑笑，他明显感觉到手下的人儿，因为这句称呼而身形一怔。

接着，房尉将帕子丢去一旁，双手轻轻按压在了扶苏赤裸的肩头上："你相信我，这一回。"

第十二章
花朝时节

花朝一到，便也意味着，谷顺最冷的时候，的确过去了。

忘忧站在阁楼上，推开了一扇窗子，她已经许久没见过宅子里有这么热闹过了，好像连除夕那晚都比不上今天的景象——人人手头都有事做，人人忙得脚后跟不沾地，人人脸上都带着一种喜悦又安心的笑，整座宅子，都散发着一种类似期待的味道。

末了，忘忧又觉得不是那么回事，除夕那晚宅子里也是很热闹，大家伙也是很忙的，只是大家拼命挤出来的笑脸底下，总是藏着那么一点惨淡——其实在琛聿哥哥走了之后，不管什么节日，大家总是这样兴趣缺缺的。

可为什么眼下这个花朝，大家却又突然振奋起来了呢？忘忧苦恼了许久，得到的答案无非也就两个，一是爹爹和裴扶苏的病情渐渐明朗，二是杜管家走了。大概是这两件事情给了大家一种好日子终究要来临了的感觉吧。

可忘忧仍觉得，不该是这样的。

"小姐。"小丫头拿着衣裳轻轻地出现在忘忧身后,"等会儿就要开花朝席了,再不换衣裳就来不及了。"

忘忧回头一看,嘴却噘上了天:"我不要穿这个。大过节的我要穿新衣裳。"

见小丫头仍懵懵懂懂地站在原地没有动,忘忧便有些急了:"就是前两天刚做好的那套湖蓝色的呀,上面有银线绣的茉莉,还有褶皱边,我要那套。"

"可是小姐……"小丫头有点犹豫,"这天儿还是冷的呀,那套是春天的衣裳。"

"不管。"忘忧赌气似的将窗户关上,"我就要穿那套,我一点都不冷,不给我穿那套我就不出阁楼这扇门。"

"好好好,小祖宗。"小丫头没辙,只好下去给忘忧换衣裳,可还没有掉头转身,就见忘忧仰起脸,神色认真地问道:"那个江湖郎中到了吗?"

小丫头促狭一笑,朝忘忧眨了眨眼:"原来小姐不怕冷,是因为要见房郎中。"

"你胡说!"忘忧面上一热,便作势要去拧小丫头的耳朵,"看我不把你耳朵拧下来!"

"小祖宗,你可别跟我闹了,再不换衣裳真的来不及了,大过节的,我还不想被三夫人逮着数落呢。"小丫头咯咯笑着,从忘忧手里逃了出来,"我再告诉小姐一声,房郎中早就到了,现下坐在院子里,跟老爷聊着天呢。"

房尉在来裴宅之前，去过一趟杜叶的房间。

"大少爷？"杜叶有点惊讶，他方才分明看到房尉已经上了裴宅的马车，却没想到此时他又折返回来，"怎么了？可是落了什么东西？"

"嗯。"房尉笑着点头，垂眸从杜叶手里接过他正在倒茶的水壶，"我自己来，你的手还没好全，就别乱动了。"

"我做惯了下人，没有那么金贵。"话虽如此，杜叶也没有再去抢房尉手中那个茶壶，他只是坐在一旁认真地看着房尉，问道，"不过大少爷落了什么东西？"

"你。"房尉顿了顿，将满满一杯茶水推到了杜叶手边，水面上的茶叶打着卷儿，又慢慢地沉了下去，"毕竟是过节，我不想让你一个人，太冷清。"

杜叶一怔，他没想到房尉特意回来一趟，竟是为了自己。

"可是……"杜叶不知如何开口，他愣愣地看着房尉已不复当年的面孔，莫名地，就觉得自己中箭的地方，又开始血淋淋作痛。明明那里早就结出了一块褐红色的痂，"我没有脸去裴宅。相比于去败大家的兴致，倒不如在这里替大少爷看着药庐。"

房尉倒也不再劝解，其实在带杜叶一起回裴宅过花朝节这个念头产生之际，他就已经知道了杜叶不会跟他回去——但他也知道，若自己态度强硬一些，杜叶是会听话的。

可不知是对"大少爷"这个身份生疏了，还是因为先前经历了杜管家之事，房尉已经拿不出主子的架势，更何况，他也从来没有把杜叶当成过下人。

"那这个送给你。"房尉笑着将一朵花轻轻地放于杜叶微张的手心里,"是今早上在药庐里,看到的第一朵迎春。"房尉特意折返回来,不是非要强人所难地带走他,只是想告诉他,自己没有忘记他,在这大好的节日里,自己不忍心他落单,"等我回来。"

"大少爷。"杜叶的呼吸因为那朵突如其来的花朵儿而顿住了,但很快,又恢复自然——伺候大少爷这么多年,他知大少爷是个温柔的人。但就是因为知道大少爷这么好,所以杜叶才觉得自己有罪过,哪怕错并不是他犯的。但父债子还,怎么着,杜叶都觉得他愧对他的大少爷。

"今日花朝,必定是场鸿门宴。您一定要万分小心。"

"我知道。"房尉倒是看起来很轻松,"他们居心叵测,正巧我也目的不纯。不亏。"

本是件让人发愁的事情,但被房尉这么一说,杜叶也跟着放松起来。末了,他像是想起什么似的,往房尉手边放了一些东西——不到最后关头,他不敢拿出来的东西。

"大少爷,我知道您此番前去是要探三夫人的虚实,若是……"杜叶也不知该怎么形容那些还未发生的事情,总之他也算豁出去了,他只要将这些东西拿给房尉,就意味着,裴宅,他更是回不去了。

"你把这个带上,我爹都不知道我拿了这个。我等您回来。"

虽说裴宅的大笔银子不知去向,但对外,依旧还顶着城中首富这个头衔。于是,三夫人在跟后厨房敲定宴席菜品时,也是拣着应季中最贵的来——有些时候她觉得，体面这东西，必须用价钱来衡量，哪怕它只是一碗菜。

"大夫人的头风今天又犯了，所以中午就只能缺席了。"桃天一边给房尉添菜，一边在他耳边小声地言语——她自己都没有意识到，如今她照顾起这个外来的郎中竟已这么熟稔，哪怕只是看到他的眼神稍微偏了一点，自己也费尽心思地去解释。虽然她自己也没弄清楚，方才房郎中看的，究竟是大夫人空出来的位置，还是扶苏少爷空出的位置。

房尉很轻地点了一下头，其实大夫人出不出现，对他今天要做的事，都没有什么太大的影响。只是低头吃菜的那瞬间，他好像又闻到了那串钥匙上的陈旧铁锈味。

接着，房尉站了起来，朝正位上的裴老爷作了一个揖："在下突然想起给裴宅备的礼还落在马车上，现在去取，很快就回来。"

"什么礼要房郎中亲自去取？"三夫人笑笑，十分安闲地夹了一筷子鱼肉到裴老爷碗里，"随便打发个小厮去就行，房郎中你呀，还是留下陪我们老爷吃吃酒吧。"

"正好是壶滋补的药酒。"房尉已经站起了身，能毫不费力地看尽整个桌子——三夫人坐在裴老爷左手起的第一个位置，那里，本该是大夫人的，"出门前我已将那壶酒敬过花神，而且温药酒很讲究，旁人一时半会儿学不来。"

"也罢，既是敬过花神的，那自然不能怠慢，劳烦郎中跑这么一趟了。"三夫人顺着房尉给的台阶，满眼笑意地结束了客套话。她知道，好戏，马上就要开场了。

自然是没有什么敬过花神的药酒的。

房尉看似是一路朝着马车的方向走去，实则却一直在避开裴宅众下人的视线，最后，他小心地拐进了一条岔路里，转眼间，便来到了裴宅后院。

后院相对整个裴宅的布局来说，是一个比较杂乱的地方，好像它存在的意义就是为了将平常那些用不到，但又不能丢弃的东西圈在一起，给大家省点麻烦。所以这地方不到有用处的时候，几乎无人踏足。况且今日过节，主子们围在一起用膳，下人们自然也忙里偷闲地聚在了花园里玩乐，这一处，便更加冷清了。

房尉不紧不慢地走上前去，还未来得及将后院那扇看起来苍老了不少的大门给推开，就感觉到自己的后腰处，正被什么东西给轻轻抵住了。似是细长，但头却是钝的。

"裴小姐。"房尉顿了顿，他认得来者身上那股子香味，"怎么不在席间好好吃饭？"

"没意思！"房尉话音一落地，就听到忘忧十分不满的声音从身后传来，接着，一根纤细的树枝就被她干脆地甩到了地面上——看来方才忘忧就是用它，去抵住了房尉。

"一点也不好玩！你背后是长眼睛了吗？一猜就知道是我，没意思。"

"长没长眼睛，在下都认得出小姐。"房尉轻松一句话，就惹得忘忧面上一红。

为了遮掩这个丢脸的事情，忘忧故意虚张声势地瞪眼问道："那你在后院子门口作甚？你不是要去拿酒的吗？"

"拿酒之前得先将煮酒的火生好。"房尉有条不紊，不见一丝慌乱，"我问了桃夭姑娘，她说粗柴都在这后院中，我便过来捡一点。"

"不过捡柴罢了，你叫下人来便可。"忘忧微微嘟起了嘴，"犯得着自己动手吗？"

"小姐也知道捡柴是'不过'的事，何必麻烦他人？"房尉言谈间，已经将后院的大门推开了，"我来的路上，见大家都在赏花休息，便也懒得叨扰他们了。"

"那你等等我。"忘忧的声音听起来兴趣盎然，提着裙边便要去追房尉的步伐，可没想到这裙边终究是太长了——这衣裳不仅仅是春天穿的，还是长大了一些之后再穿的。三夫人总觉得忘忧还会在今年蹿一下个子，所以特意交代裁缝，裙子得做长一些。可没想到这裙子这么快就被忘忧给派上了用场，待房尉回头时，就只看到一个小小的湖蓝色身影，跌倒在后院的门槛边。

"裴小姐。"房尉无奈折返，将忘忧小心地扶了起来。本是想着要责怪她为何这般不小心的，但一对上那灰溜溜的小脸和无比委屈的眼神时，他也只能作罢。

他将忘忧搀到一旁坐着，自己再蹲下身给她拍了拍裙边上的灰，改问道："你要我等你作什么？"

忘忧又疼又臊，还觉得自己不争气，可再怎么着，没说完的话还是要说的。于是，她眨了眨眼睛，硬生生地把因疼痛而带来的泪意给逼了回去，但一开口还是带了些软糯的哭腔："我……想要和你一起捡柴来着。"

"你这样子还捡什么柴。"房尉的手刚探上忘忧的脚踝，就明显感觉她痛得一缩。

房尉轻轻摇了摇头，看来是摔得不轻。

"就算没伤着骨头，但也扭到筋了。我把你背回去，等会儿你就让你房里的丫头给你上些药。老实待个一两日便能好了。"

"不要。"忘忧也不知道自己在跟谁赌气，总之她不满意房尉这个安排。

房尉自然也听得出忘忧的不喜，于是他将头抬起，深潭般的眸子就这么对上了忘忧气鼓鼓的脸颊，他不禁好笑地问道："小姐此时是在跟谁置气呢？"

"要你管！"话一出口，忘忧便有些后悔了。毕竟现在能帮到她的，也就房尉一人，她实在不该朝他撒泼的。于是她的眼神立马软了下去，可还觉得不够似的，又可怜兮兮地扯了扯房尉的衣裳，"你别送我回去，要是现在你把我送回去，那我等会儿就会被娘亲逼着去参加花朝吟诗会了，我最讨厌那些了。还不如扭伤脚坐这儿看你捡柴呢。"

"小姐以为，我现在还有心情捡柴烫酒喝？"

这句话说出来的同时，房尉就知道自己已经默许了将忘忧留在身边这件事。

一来，若真的将忘忧在此刻送回去，那今日的计划便必定完不成了。且不论要耗上多长时间诊治忘忧才能使裴家安心，光是自己方才那套捡柴的说辞，骗得了忘忧，却不一定骗得了别人；二来，今日的目标是三夫人，若她真的有问题，那么必设埋伏等着自己，带上忘忧，就等于掌握了三夫人最为重要的软肋。

思虑至此，房尉难免有些愧疚，他真的不是故意要拿忘忧做这场博弈中的筹码的，真的不是。

"既然小姐那么不想回去，便不回去吧。"

"真的？"忘忧兴奋地眨了眨眼，脸上全然一派天真无邪，"那我们玩什么？"

"玩什么？"房尉笑着拍了拍忘忧的头，"什么也不玩。得先找个地方好好坐着，现在天气暖和了，到处都是虫蚁，待在这树木草丛附近，难免招东西咬。"

"那好吧。"忘忧听到回答后本来有些泄气的，但转念一想，到底是不用参加吟诗会了，于是又立马来了精神。她仰起脸，在偌大的后院里看了一圈，煞有介事道，"我们哪里都可以去，但就是不能上那个阁楼。"

"为什么？"房尉隐隐觉得这里头有蹊跷。

"因为我娘亲是这么说的。"忘忧有些不好意思，她向来是不太听三夫人话的，但此刻却又像那些深闺娇小姐似的搬出"娘亲的话"来。而后，她伸出了一根葱管般的指头，指着那阁楼的方向，"娘亲说那是禁地，不让我去。最近反复叮嘱了好多遍。"

阁楼是禁地？

房尉不由得身形一顿，他在裴宅待了十二年之久，却从来不知有这么一说。以前最多也就是杜叔说过阁楼阴暗狭小，又堆积着些旧物，他便顾及着灰尘伤肺，所以才没有带扶苏上去玩过。可曾几何时，它却变成了裴宅的禁地？而且还是三夫人最近反复叮嘱忘忧不能去的禁地？难道说，这压根就是三夫人故意通过忘忧来下的一个圈套？

但越是危险的地方，往往就越暗藏玄机。房尉顺着忘忧手指的方向，牢牢地盯着那栋阁楼，它仍如记忆中的那般破旧，一砖一瓦都散发着暗淡的老气。房尉想，若真如自己所料，这一切都是三夫人故意为之的话，那么这个地方，就必须去一探虚实了。

"呀，锁了。"忘忧一蹶一拐的被房尉搀着上了阁楼，还不到门口，便眼尖地瞧见了那把沉甸甸的铁锁，它牢牢地挂在那两根已经快朽穿的门把手上，好像下一秒就要拖垮把手，自个儿坠到地上去——也仅仅只是好像了。因为她转瞬就听到房尉拨弄它们的声音，铮铮的，听起来很坚硬。

"怎么办？我脚疼得厉害，不想再多走半步路了。"

"那小姐就先坐在一旁，我自有办法。"房尉突然欺身过来的时候，忘忧惊得连呼吸都滞住了，可结果既没有她想得那么曲折动人，也没有那么波澜壮阔。房尉只是飘然而至，轻轻地从她头上拿走了一支银簪子罢了——忘忧莫名地就有些恼，她愤愤地盯着房尉正开锁的背影，满鼻子都是房尉身上的那股草药味。

待房尉解开铁锁之后，忘忧的脾气又撒到了眼前那支被他还回来的簪子上，她噘着嘴，干脆地摇头："不要了。脏都脏死了，反正我也不缺这一支簪子。"

"那好。"房尉护住忘忧，一手便推开了眼前那扇布满灰尘的大门。

他的后半句差点被那道颤颤巍巍的"嘎吱"声给淹没，但忘忧还是听清了，他说："就当小姐送我了。"

忘忧有些失望，原本她以为能够称得上"禁地"二字的地方，一定非常了不起。但眼前这座阁楼，倒真的叫她大失所望了——除了黑，就剩下一股子霉气，从而连带着倒在一旁的物件都染上了颓势。总之，这真的一点都不"禁地"。

"江湖郎中。"忘忧闷闷不乐地瘪了瘪嘴，那些本因违反了"娘亲的话"而在胸腔里产生的那份快意已经荡然无存——说到底，还是这个阁楼不争气。她想走了，可一个人又下不去那段长长的台阶。可等了许久，都没有听见房尉的回声。

"江湖郎中，你在作甚？没听见我叫你吗？"忘忧在阁楼里转了小半天，最终找到了房尉——他站在角落里，微微低着头，像是在看什么东西。

"好家伙。"忘忧心中那名为"好奇"的火，在此刻又被点燃。以至于她都忘记了其实娘亲也是不许她说"好家伙"这三个字的——说是不合小姐的身份。但是又有什么关系呢，反正自己向来就不听话——踏足这阁楼，不就是最好的证明？

"你快给我看看，快给我看看！"忘忧心情愉悦地焦急起来，她忍着脚踝的疼痛快步走了过去，还没站稳就开始伸手抢房尉手中的东西，"有好玩的东西不许藏着掖着！"

"不行。"房尉很干脆，一抬手就将账簿举到了更高的地方。

其实房尉也不知道账簿里写了什么，或者说，他也不知道手中这本是不是就是大夫人拜托自己来找的那本，他还没来得及翻看，就被忘忧给追了过来。

但不管如何，房尉都不想让忘忧看上一眼——万一，房尉是说万一，眼下这本真的就是三夫人和管家私分钱财的账簿，那忘忧看到了，该多伤心？方才将她留在身边，就已经于无形中亏欠了她几分。再来一次，房尉终究还是有些舍不得。

"小孩子不能看。"

"凭什么？我家的东西我怎么不能看了？"忘忧不服气地瞪着眼前人，在自己费力从地面跳起的那一刻，忘忧是忘了的——她忘了她现在还算半个伤患，她的脚踝根本承受不起她此时的动作——果然，一声短促的"哎呀"在阁楼中响起，像是一块幽黑的布，突然间被人撕了道口子。忘忧下意识抓紧了房尉，几乎是同时，二人齐齐摔倒在地。

"你们在这里干什么？"接到小厮通报而快速赶来的裴老爷一脸震惊，他怎么也没想到，向来被他看作正人君子的房尉，此时正和自己的女儿做出如此不像话的举动，"孤男寡女共处一室，还跌坐在一起，成何体统！"

"老爷别急。"三夫人忙劝说道。房尉粗粗地扫了一眼小厮的人数，绝对是有备而来。

"我这就将忘忧带回来，您千万别急坏了自己的身子。"话音刚落，三夫人就已经走了过来，一边拉扯着还在房尉身下的忘忧，一边蹙眉责怪，"你说宴席闷，我便准你出来透口气。你瞧瞧你，现如今像什么样子！是不是要把你爹爹气病才甘心，赶紧给我起来，回头罚跪祠堂！"

忘忧满脸绯红，整个身子都由着三夫人的动作而动作，像是一个刚成形的小人偶。要是平时，遇上了裴老爷和三夫人都这么凶的时候，忘忧可是不依的，若有错那便委屈地放声大哭，若没错那就已经直冲冲地顶上了嘴——可如今，她也分不清和房尉一起抱着跌落在地这件事，是有错，还是没错。更何况她虽然已经离开了房尉的身体，但还是被那股热气给臊得浑身都扎扎着痒。这种种，都让忘忧在此时变得非常迟钝，以至于被三夫人拖着走了好几步之后，她才反应过来她脚疼。

"娘。"忘忧小声道，"慢点走，我脚……脚疼。"

"什么？"一直看着女儿的裴老爷，自然也听到了忘忧方才那句喊疼的话，"脚疼？难道还受伤了？"

三夫人闻言也将头掉了过来，虽是望着忘忧，但房尉却感觉到，那道散发着凉意的视线其实是打在了自己脸上。

三夫人叹了口气，道："透口气罢了，怎的还弄伤了脚？"

"房郎中，你我都是讲道理之人，特别在经过管家之事后，我对你更是欣赏。"裴老爷面色已然非常难看，"但眼下这种情况，最好还是请你解释一番。"

"好。"房尉并不急着应战，他只是从容起身，顺带着将手中的账簿又放回了桌上——他的确是故意的。他就是要在众目睽睽之下，将三夫人等会儿要说出的那个"理"给先捧上了天，"在下的确是要去马车上拿药酒，老爷若是不信我这个说辞，现下大可派人去看看我的马车上是不是有壶酒。"

——既然敢这么说，那车上必定是有酒的，是今日一大早，闻人晚派人送来的几坛子花朝佳酿。房尉便留了一坛子在马车上做备用。

"那就当作郎中是真的去拿酒吧。"三夫人冷冷出声，"那接下来的事情又该如何解释呢？马厩和后院并不在同一个方向，按理说，郎中根本不需经过这个地方，可为何又出现在了这里？"

"我先前便说过，温药酒很讲究，必须要用较粗的柴。我见今日过节，大家都在赏花歇息，便不忍出声打扰，问了桃夭姑娘，方知柴火房在后院中。"

三夫人没有反驳，毕竟她也不会傻到要提着桃夭来对质。但凡有眼睛的人都能瞧出来，桃夭对眼前的房郎中可比对扶苏少爷还上心——一如当初侍奉大少爷般。

"就算来后院有正经理由。"裴老爷仍旧心疼着女儿，"那忘忧的脚伤又是怎么回事？你们方才那样子……"

"爹！"忘忧好不容易才将面上的红潮给赶下来，如今又突突上了脸。她迅速地看了眼房尉，又低着头扯了扯裴老爷的袖子，"您不要说了。我这个脚伤是因为我踩到了裙子边，这才给摔在了后院的门槛边儿。跟江湖郎中没有关系的。"

"就算忘忧受伤跟房郎中没有关系，但之后的事房郎中居心何在？"裴老爷有些意外地看了眼身旁的三夫人，她很少这般咄咄逼人，

"主人家的小姐受了伤，不送到房里歇息或是来报备一声，反而偷着藏着上阁楼？况且这阁楼我是不让忘忧进的，忘忧虽顽劣但这些话她是不会违背于我的。是不是房郎中说了什么，她才随你进了阁楼？"

"三夫人言重了。"房尉笑笑，"我只是帮着裴小姐躲一下等会儿的花朝吟诗会罢了，知道这地方三夫人不让小姐进，但也正因为如此，这地方才有来的价值。"

"哦？"三夫人向着房尉的方向走了一两步，笑里藏刀，"可还不是被发现了？"

"自然，纸怎么可能包得住火呢。"房尉直直地看向了三夫人，那目光竟凌厉得让三夫人不自觉地又往后退了小半步，"举头三尺有神明，三夫人您说，是吧？"

"呵！"三夫人不得不承认，房尉方才那番话让她的心重重地战栗了几下，但很快，她的眼神又落到了她故意放在阁楼里的那本账簿上，一个微妙的笑容便悄悄地绽放开来，"方才我瞧见郎中手里，是拿了本账簿的。"

"账簿？"自从裴老爷上次清整账房，发现诸多问题后，他便对这些字眼，比先前更为敏锐了。他看着三夫人，虽困惑但也是温和出声，"这阁楼里还有账簿？"

"是。但都是老爷看过、检查过的账簿。"三夫人折过身去，规矩地朝着裴老爷福了个身，垂眸温顺道，"是为了防着之前跟着杜管家做事的那群孩子，听说他们害怕被老爷撵出府，便一直想找几本账簿来做做手脚，好撇清他们与杜管家间的交易。这些年账簿实在太多了，我怕老爷一时太累记错了年份和月份，便将看过的，都给移到了这阁楼来，这才交代忘忧那个冒失丫头不准来阁楼玩闹。"

裴老爷眼里闪过一些不具名的柔情，道："真是辛苦你了。"

"房郎中却像是对那些账簿很感兴趣的样子？"三夫人侧着头，又盯上了房尉的脸——一张虽然年轻又好看，但带给她极度不安的脸，"莫不是房郎中跟那群孩子有什么关系？或是对我们裴宅的各项进项支出有什么高见？"

"三夫人多虑了。"话虽是回答三夫人，但房尉却看向了裴老爷。毕竟不管三夫人怎么折腾操持，这一家之主的位置，到底还是裴老爷的，"我看这些账簿纯粹只是因为它们同别处不一样，阁楼里四处都是朽物和灰尘，唯独这几本账簿整洁如新。一时好奇，便顺手拿了过来。"

"原来是账簿呀。"忘忧的声音就在这时脆生生地插了进来，带着谜底被解开的舒畅之情。接着，她仰起那张巴掌大的小脸，也对准了身旁的裴老爷，"爹，江湖郎中没有看过的，而且我要看他还不让我看呢，我不服气，便伸手去抢，所以我们才摔倒的……"

"忘忧！"三夫人微怒地打断了忘忧的话，她伸手想去戳一把忘忧的头，却不想被忘忧灵巧地躲开了，便更是恼怒，"看你这泼皮样子！不清不白地吃了亏，反而还去帮别人讲话，我看等到了明后两年，哪家公子敢来我们裴宅上门提亲。"

"不提就不提。"忘忧躲到了裴老爷身后，就着一点布料之间的缝隙，极快地偷看了一眼房尉，小声道："我还不稀罕那些公子哥呢。"

"至于三夫人怀疑我跟那群孩子的关系，那便更是荒谬至极了。"

房尉并不在意方才的小插曲——不在意的是"插曲"本身，而忘忧那股没头没脑的维护，房尉却是记在了心底，"照三夫人的话来说，那群孩子跟杜管家之间有交易。若我跟那群孩子有什么关系，那自然也是杜管家的盟友。既是盟友，杜管家又何苦要来陷害我？"

"随口一说的话，郎中又何必如此较真呢？"三夫人脸上的表情讪讪的，看来只得使出最后的法子了。她朝着身后的小厮使了一个眼色，小厮便立马会意上前，将阁楼的铁锁连着链子都一块扔了过来，又长又粗，摊在房尉脚边，像是一条狰狞的蛇。

"但眼下这个问题，就不是那么简单了。"三夫人笑得越发沉稳大气，"试问郎中，阁楼上的这把锁，是如何打开的？"

一听这话，忘忧便又急了眼："娘，是江湖郎中拿着我的……"

"忘忧！"三夫人眼里陡然浮现了几分少见的严苛，"我问的是房郎中，不是你。"

房尉当然知道三夫人既不是真心在意他用了何种手段将锁打开，也知道她不是诚意要对着忘忧摆出长辈的谱，她只是在造一个声势，一个噱头罢了，只有这样，才能让等会儿她将要说出口的话，变得更为理直气壮且铿锵有力。房尉闲散一笑，似是现在才想起衣袖处沾了些许灰尘，他轻轻地拍了拍，道："三夫人有话不妨直说。"

"既然如此，我便坦然相告了。"三夫人虽然面上还是严肃的神情，但眼底的笑意已经彻底荡漾开来——只不过她现在正对着房尉，裴老爷自是看不到，"阁楼的钥匙整个裴宅有两把，本是老爷一把，大夫人一把，而后老爷的放到了我这里，便成了我这儿一把，大夫人那儿一把。方才用膳期间，小厮前来报信，说郎中和忘忧进了阁楼，我便立马打发了丫头回房去找阁楼的钥匙，可是它不见了。而后我又问了大夫人房里的人，虽说大夫人现在睡下了，但平日里放钥匙的地方，也是空的。"

"所以呢？"面对三夫人洋洋洒洒一番话，房尉只做寥寥表示。

"搜身。"三夫人粲然一笑，似是志在必得，"郎中莫怪这法子有点不近人情，但越是不近人情的东西，就越是看得清，不是吗？若当真搜不出钥匙，我定给郎中赔个不是。"

"这恐怕不妥吧？"裴老爷试图劝阻，不说偏向外人，但他到底还介怀着上次杜管家的陷害，"若再……"

"无碍。搜身罢了，还请裴老爷放心。"房尉倒是一脸大方，他那完全不介意的样子让三夫人有了那么一瞬间的心慌。

房尉掀眸看向站在不远处的三夫人，认真问道："只是三夫人，当真要这么做吗？"

"自然。"三夫人听见自己倒吸一口气的声音，同时，她也知道自己，已没有退路。

"这是什么？"小厮一边呢喃，一边从房尉袖中摸出了一沓信纸，但他没念过书，也不识字，所以只好这么问上一嘴，而且三夫人的命令是要搜出钥匙，那眼下搜出的这东西到底作不作数呢？

小厮疑惑之余抬起了头，却不想猛然撞上了房尉看过来的眼神——就像是等着自己报备一般。于是鬼使神差地，小厮就嚷道："三夫人，我搜到几张纸。"

深宅纪事

"纸？"三夫人走过去，以为是个无用东西，便顺手拿过来一瞧，却没想到在看到的第一眼，就险些惊呼出声。她手中的帕子缓缓跌落在地，而脸上的端庄和温婉也早已荡然无存，唯独剩下一具不断颤抖着的身子，像是一根芦苇被抛在了疾风里。

"我问过三夫人的，可您还是坚持要搜身。"

房尉清浅地笑着，但落在三夫人眼里却是一片骇人的景象——眼前这个人究竟是谁？为什么他会有这些东西？他来裴宅到底是要做什么？

在裴老爷越靠越近的时候，三夫人脑子里闪过种种场景——她不管不顾将这些信纸撕毁的场景，她用双手蒙住裴老爷眼睛假装这一切都没有发生过的场景，甚至连祈求房尉不要说出那些事的场景，她都想过。可她做不出任何反应，她被恐惧牢牢地包围了。她只能眼睁睁地看着裴老爷从她手中拿走了信纸，然后她知道，她的天，垮了。

"锦溪？"裴老爷不可置信地攥着那些信纸，甚至叫出了三夫人的闺名。他的手慢慢地从胸前垂到腹部，最后无力地挂在了身子的两侧，那些信纸也随之掉落在了地上——掉了也好，反正裴老爷也不想再看第二眼。他僵硬地睁着眼睛，像是一个死不瞑目的逝者，他十分艰难地看向三夫人，嗓子里似乎也带着一层难以剥落的沙哑，"你居然……"

"老爷！"三夫人放声大哭，"扑通"一声跪在了地面上，接着丝毫不敢耽搁地爬向了裴老爷的脚边，她仰着脸，死死地揪住裴老爷的裤腿，止不住地哀求，"这都是房尉的阴谋诡计！您一定要相信我，我进门到现在哪一天不是围着您打转……我怎么、怎么可能做出如此不齿之事来！"

"娘？"站在一旁的忘忧似是被吓到了，她手足无措地愣在了原地，正当她鼓足了勇气想要上前搀一把时，就看到向来最疼爱娘亲的爹爹，狠狠地用脚将娘亲踢开了，于是她不可抑止地尖叫起来，"爹！你作甚……"

"闭嘴！"裴老爷像是瞬间苍老了十来岁，他望着平日里最喜的小女儿，摇了摇头，连带着眼眶里的那一点稀薄的水分也晃了起来，"你不是我女儿，我也不是……"

言及于此，裴老爷便不再开口，后面那句话，他不忍心当着忘忧的面说出来。

"老爷……"三夫人跪坐在地上，发髻散乱，眼神空洞，泪流了满脸——她浑身上下的每一处地方都充斥着一股类似"罪人"的气息，但唯独那张嘴还不愿意屈服，她狠狠地逼自己吸了一口气，接着哽咽道，"老爷，求您、求您……信锦溪这一回、这一回。"

裴老爷眉头紧蹙，望着那个蜷缩在一块的身影，怜惜不由得从心底蔓延开来——他恨这种感觉，他恨自己竟然要去怜惜一个背叛自己的女人——哪怕这个女人现在已经狼狈得不像样子，哪怕这个女人平时最怕的就是不像样子——但他仍旧恨。

他走了过去，单手托起那张自己曾真心爱惜过的脸："不可能。"

"秦锦溪，我说不可能。"裴老爷笑了笑，指腹轻轻摩挲着三夫人红肿的嘴角——方才那一脚不小心踢到的，"这明明就是你和管家的字迹，你要我装眼瞎还是装心瞎？这么多年，你们一同进货一同出城一同好几天不归家，我都信你们。可你们呢？你们是如何践踏我这份信任的？信上写得清清楚楚！忘忧不是我的孩子，那几笔银子也是你们捣的鬼，在扶苏的枕头里掺杂毒物，甚至连房郎中一个外人你们都要算计！"

"传我的令。"裴老爷松开了三夫人，挺直了脊背——房尉知道，这对此时的裴老爷来说，是一件非常要力气的事，"裴家三房秦氏现已疯癫，锁于阁楼，今日起，任何人不得探望。"

房尉在得到裴老爷应允后，又折了回来。

再次推开阁楼木门的那瞬间，他毫不意外地看到了已经停止悲恸哭声的三夫人，她拣了一张满是灰尘的椅子坐着，正小心翼翼地将散落的发髻又重新盘上头顶。

三夫人像是毫不意外房尉会出现一般，她只抬头看了他一眼，便又沉浸于自己的发髻中。

"三夫人。"房尉率先打破沉默。

可三夫人却不搭这个腔，她只是静静地望着地面，问道："杜管家给你的？"

"不是。"房尉若有似无地叹了口气——为杜叔。杜叔到了最后都在竭力隐瞒着三夫人，说不能害了别人，而这个"别人"，却首先就怀疑到了他的头上。

"那是谁？"三夫人似是来了兴趣，眼神直直地看向房尉，"不是杜元索那是谁？"

"你知道了又有什么用呢。"房尉轻轻松松地就将三夫人的装腔作势击垮。看着眼前人的脸，房尉忽然就想起了方才裴老爷回望这座阁楼时的神情，悲烈，且冰凉。

然后，房尉就知道——三夫人这辈子，是没办法从这里出去了。

"你不该那么伤人的。"既然三夫人已经无法从这阁楼里出去了，房尉索性就将话讲得开一些——本来他折返回来，就是为了这个。

"伤人？"三夫人冷笑一声，"我伤着谁了？是那个把我当作旧爱影子的裴湛风，还是那个把我当作寂寞宣泄的杜元索？嗯？"她死死地盯着房尉，眼神里全是飒飒的恶意，"从小我就被当作野种在秦家遭尽了嫌弃，没有一个人把我当作小姐来看，我连填饱肚子都要去厨房里偷吃剩下的！后来我遇到裴湛风，我以为他爱我，我以为我终于遇上一个能依靠的人，结果呢？他只是把我当作替代品！然后我就开始跟杜元索不清不楚，可他仍随身携带着他亡妻的手帕……"

三夫人夹着腿，又换了一个坐姿："后来我也想通了，为什么要把希望寄托在别人身上呢？人会变，会隐瞒，会做一些你想不到的事情——可是银子不会啊！我就想要很多很多的银子，我就想要裴家的基业，我就想要这些东西，我伤着谁了？我给裴扶苏的枕头里塞软石粉那又怎样？他死了吗？他伤了吗？还是说你以为染坊那场箭雨是我安排的？我告诉你，那都是别人指使杜元索的，不是我！我不怕在这里跟你发毒誓，我秦锦溪从头至尾没有伤过一个人！你凭什么用一副裁决的口气告诉我，我伤人了？"

"罢了，我跟你说这些东西作甚。"三夫人别开头，她知道此等场景下，一定要来点眼泪才够味道，可她的眼眶里却一片干涸——她深吸了一口气，她知道，此生漫漫，她怕是再也哭不出了，"别忘了，你也是个将死之人。"

"我也是个将死之人？"房尉上前一两步，反问。

"当然。"三夫人的脸上挂满了冰冷的嘲弄，"本来今日要以钥匙之事将你扳倒，却不想，我自己反倒被拖下了水。"

末了，三夫人还不忘往地上啐上一口，道："可谁叫你运气好，手中拿着那几张至关重要的情信呢？我愿赌服输，我认栽。"

"房尉。"三夫人忽然认真地喊了一句，思及这连日以来裴宅发生的事情，让她不得不对眼前人的真实身份感到莫大的好奇，"你是谁？为何你一来，平静的生活……"

"夫人莫要本末倒置了。"房尉清冷地打断三夫人的话，"想要平静生活的从来都是我，还是说三夫人以为的'平静'，就是不被任何人发现地做着亏心事？"

"呵……"三夫人这会子倒是柔柔地笑开了，"房尉，我不怕告诉你，我此生做过的亏心事不过三件，一是背叛裴湛风，二是使手段私吞裴家钱财，三是……"说到这里，三夫人不由得顿了顿，"三是三年前，明明知道另外两个孩子也会中毒，却只将解药提前给了忘忧一人。"

房尉眼神一凛，看来关于三年前的一切，自己都没有猜错。

"房尉。"三夫人又看了过来，她不甘心地重复问道，"你到底是谁？"

"三夫人方才不已经说过了嘛……"房尉似笑非笑，"我是一个将死之人。"

第十三章

九死一生

SHENZHAIJISHI

　　天还未亮，岚庭就听到梅林外头传来一阵急促的声音，既像骏马长嘶，又像车轱辘轴压过地面。总之，这声音是扰得岚庭没法再继续酣睡了，虽然他本身就已经醒了许久。

　　最近这几天——准确来说，应是从裴宅过完花朝节之后，岚庭就睡不太好了，每天都醒得比练功的时辰还要早上几炷香。他也不知道这个变化从何而来，莫非是那天看到了裴忘忧的哭脸？她很难过吧，一下子的工夫，她就不是裴家小姐了，爹也不是爹了，娘也——好吧，岚庭挠了挠后脑勺，飞身而出落在梅林外。娘虽然还是那个娘，但就是因为这样，裴忘忧才更加难过的吧。亏她那天还穿得那么好看呢。

　　"房郎中，房郎中！"岚庭倚着门等了好一会儿，才看到那马车出现在地平线的那一头。车夫满脸都是汗珠子，眼神在一片灰蒙蒙中也是过分的清醒，他盯着岚庭，像是急坏了，"救……救命，小兄弟，快去叫房郎中！"

　　"来这里，当然是找房尉哥哥救命了。"岚庭有些不乐意，他扫了眼马车上那个大大的裴字，突然心里就不爽快起来，来谷顺这么久了，好像所有的坏事情都是从这里开始的，"可是还这么早，房尉哥哥正在睡……"

"小兄弟，事关紧急。"车夫这时才伸手摸了一把脑门上的汗，"我也知道这么早来请房郎中有些赶了，可是我们二夫人已经快不行了！"

二夫人的身子不是很好，虽然没有大病，但这些年小病小痛之类的却是不曾断过。如此一来，便养成了上下半夜里都要有丫头来伺候进些补药的习惯。可就在几个时辰前，丫头按照惯例进屋子给二夫人送下半夜的补药时，一推开门，却被横生在眼前的两只绣鞋给吓飞了魂魄，丫头瑟瑟抬头望去，二夫人竟直直地吊在了房梁上！

瓷碗和油灯相继从丫头手中脱落，她颤抖着唇往后退了小半步后，才满脸惊恐地朝门外跑去，一边抹眼泪一边大喊："不好了，不好了！二夫人悬梁……二夫人悬梁了！"

不到四更天，裴宅，就这么生生地醒了过来。

房尉前脚刚下马车，后脚就看到裴老爷和大夫人匆匆迎了上来。

"对不住了，实在是对不住了房郎中。"裴老爷有些歉疚地朝房尉作了一个揖，"这么早将你喊来裴某实在是有愧，可是我那贱内……唉……"裴老爷重重地叹了口气，开始替房尉带路，"一开始我是请了城内的郎中，什么都弄了，等了半个多时辰，人就是不见醒，迫于无奈，裴某才打发人去梅林请医的。"

"无碍。"言谈间，房尉粗粗扫了眼裴老爷身后的大夫人，她面色苍白，紧紧地蹙着眉，时不时还会有丫头上前替她抹去鬓角处的冷汗。房尉将眼光收回，看样子，大夫人的头风又犯了。

"人命关天，裴老爷言重了。"

房尉随着众人的步伐，很快便来到了二夫人的园子中。他脚步稍顿，不动声色地侧过头去，将整幢楼的情况都收入眼底，心里已经明朗，但嘴上却什么也没有提及。

瓷碗的碎片和油灯的残骸已经被人收走，唯独剩下那根二夫人用来悬梁的布条，此时仍寂静地挂在房梁顶上，像是一双冰冷的眼睛，正等待着房尉的到来。

"没有人跟我进来。"房尉轻轻地将箱子打开，虽然知道里头的东西都派不上用场，但他也还是将箱子打开了。二夫人的情况没有那么糟，尽管雪白的脖颈上的确有一条红到发紫的勒痕，但房尉知道，这并不是她昏迷不醒的原因，"所以二夫人不用装睡了。"

闻言，二夫人的睫毛轻轻颤了两下，就像是夜风中快要被吹灭的灯芯，接着，她以一种非常缓慢的速度睁开了眼睛，里头果然是一片清明。悬梁是真的，勒痕也是真的，只是早在头一位郎中前来诊治时，她就已经醒了过来。

"我还以为房郎中不会来。"二夫人的声音在此时此刻听来，比往日更细。

房尉笑了笑，从岚庭气喘吁吁推开他房门的那一刻起，他就知道了，此趟入宅，才是最终的较量。

"我没有不来的理由。"

"要是你没有过来……"二夫人仿佛在自说自话，但两行清泪却蓦然从她的眼角滑进了她细密的发丝中，"我都不知道该怎么办才好。"

　　房尉垂眸，正预备说些什么时，就见二夫人从被褥里抽出了一把锃亮的匕首。半空中银光一闪，房尉快速地扼住了二夫人纤细的手腕，二人四目相接，房尉低声道："二夫人这是，什么意思？"

　　"房郎中。"二夫人倒吸了一口凉气，可她却不知这口凉气到底是因为手腕上传来的疼痛，还是因为她接下来要说的话，"你拿着这把匕首……杀了我，快，杀了我。"

　　"还请二夫人不要再做傻事了。"房尉顿了顿，眸子一暗，"扶苏少爷会伤心的。"

　　"扶苏，扶苏……对，扶苏！"二夫人痴痴地望着地面，似是魔怔了般重复着扶苏的名字，声音喃喃低下去之后，却又猛然仰起脸，牢牢地盯住眼前的房尉，"房郎中，你不是要治好扶苏吗，你不是在意扶苏吗……你杀了我，杀了我啊！"

　　见房尉仍无动于衷，二夫人眼中的绝望越演越烈，她又低下头去，不管不顾地想把匕首塞入房尉手里，"没有别的法子了，真的没有别的法子了……房郎中，就当我求你了，你杀了我，杀了我行不行？真的没有别的……"

　　"我知道。"相比与二夫人此时歇斯底里的癫狂，房尉则显得淡然许多。他只是轻轻地看着自己的手背——方才在二夫人激动诉求时，有几滴眼泪落在了上面。

　　半晌过后，房尉才掀起眸子，他看着眼前已折腾到稍显疲惫的二夫人，静静地开了口："我知道，如果我不杀二夫人，那人就不会放了扶苏少爷。"

发现扶苏已不在裴宅这件事，其实并不难。

首先是在赶来二夫人园子的途中，裴老爷无意间提到了扶苏，说是扶苏醒了，但身子也不是很舒服，便只差了丫头下来等情况——房尉知道，扶苏已从北园搬回了先前的屋子。不过问题不在扶苏现下住哪里，而在于裴老爷嘴里的那个"丫头"身上——他说的是丫头，而不是桃夭。裴老爷明知房尉与桃夭彼此熟悉，按照他的习性，必定是会说名字的，但他只用丫头来带过，这便说明，在裴老爷眼中，那位替扶苏下楼等情况的丫头，是与房尉不相熟的。

其次，是扶苏房里的灯光非常亮堂。一是扶苏向来是个宁喜黑暗，也不喜深夜里的光太过耀眼的人。二是裴宅的灯油都是到了入夜时分，统一由小厮前来添加的。二夫人出事的时候约莫是四更天，整个宅子手忙脚乱，根本不可能有人来替扶苏添灯油，但扶苏房里的亮光明显就是满油时才能发出的亮光，充盈且饱满。难道从入夜到正式入睡的这一段时间里，扶苏就没有点过灯？

相比于这个推测，房尉更信是有人在夜幕降临前就将扶苏带出了房间，而后托一个小丫头说个假话，再将房里的灯点起，伪造出扶苏少爷在屋子里等着消息的假象。反正届时整座宅子定会因二夫人悬梁而弄得人心惶惶，自然，也不会有人去在意一个连路都走不了的少爷，是不是已不翼而飞。

"你知道？"二夫人明显一愣，身子像是被定住了般动弹不得，但眼泪却还是止不住地淌，"既然你知道为何不杀了我？你还在犹豫什么？快，快拿着……"

　　"二夫人！"房尉难得用厉声打断了一个人的话，他夺过匕首，将之狠狠甩到了几步开外的地方，"哐啷"一声落地，他的声音也在这个杂乱的夜里清晰起来，"你以为照做了，那人就会履行诺言吗？"

　　"我没有想这么多。"二夫人哭得更厉害了，甚至连身子都跟着颤抖了起来，"可我终究是一个母亲，我只有扶苏一个孩子……我没有别的法子了，我这么多年故意冷着扶苏，故意不让郎中将他治好，就是怕他有朝一日会遭遇到今天这种事情！可三房倒了……那个人终究还是找上了我！房郎中，房郎中，算我求你了。"

　　经过几轮眼泪不知疲倦地冲洗，二夫人的眸子在此刻变得更加晶亮。她的两只手胡乱地揪着房尉的衣摆，浑身上下都写满了"期待"二字。

　　在此之前，房尉是不信这世上竟真的有人期待着死去——他死过一回，所以他不信。死亡所带来的冰冷和恐惧，钝重和疼痛，根本就不值得被期待。

　　"我不管你究竟是谁，也不管你费心费力留在裴宅做这么多事情是为了什么。可是我只有一个扶苏了，我什么都不争什么都不抢，我只想我唯一的孩子他……平安啊！"

　　"二夫人，我知道你想救扶苏少爷。"房尉用了很大的力气，才将涌到他喉头的那股腥气给咽了下去——其实他也不知道那股腥气是什么，可能是不安，可能是愤怒，但最有可能的，是再也见不到扶苏的恐惧。

"可眼下这个办法，我是不会配合的。一来，我无论如何都不会伤害扶苏少爷的母亲；二来，尽管我不知道究竟是谁掳走了扶苏少爷，但我能笃定，那人绝对会言而无信。他要你这么做，无非就是想以杀人犯之罪将我搞垮、驱逐，甚至是迫害。无非就是这样了。"

末了，房尉顿了顿："所以，还请二夫人不要做无谓的牺牲。"

"可是、可是……"二夫人像是被突然剔掉了筋骨般，又蔫蔫地躺回了床上。眼泪无声无息地浸湿了枕头，她觉得吃力又有些无力，便干脆将眼睛阖上。嘴里的"可是"呢喃了好久都没有个下文，她也不知道说些什么了，方才求着房尉下手的那股子执拗劲，也已经随着那些筋骨一同被剔掉了。房尉说的那些话，她又何尝没有想过呢？可是若不照做，扶苏又该怎么办呢？她只有一个孩子，她的孩子也只有一条命——想到这里，二夫人的眼泪又涌了出来，其实她的孩子早就只剩半条命了。正因如此，她才更加赌不起。

正当二夫人再要说些什么的时候，她就感觉到房尉将什么东西搁在了枕头边，随后他的声音响起："这瓶凝脂膏夫人留着擦。至于扶苏少爷，我自有办法。"

房尉刚出裴宅大门，就被躲在角落里候了多时的闻人晚一把扯了过去。

"吃早点没？"闻人晚也不给机会让房尉先开口，不由分说地就往他怀里塞了好几个包子和甜糕，"先吃点东西再办事儿。翠峰园的肉包子和雅青轩的红枣泥，咸甜你先选，够不够意思？"

"师爷在这儿等多久了？"房尉并不搭腔，只是就着刚亮起来的天色，细细地看了几眼睡眼惺忪却还强打精神的闻人晚，"你要咸的，还是甜的？"

"甜的。"闻人晚不假思索，"不知道等了多久，总之你那个小跟班一来找我，我就没有安稳觉睡了，然后按照你的话去办了些事后，就直接等在这儿了。"本是谈论着正经事，但无奈房尉手里的那块红枣糕实在是太过香甜，闻人晚讲着讲着便情不自禁地探了半个头过去。房尉一掀眸，便了然于胸地将甜糕塞进了闻人晚嘴里，末了，他还听见闻人晚口齿不清地问自己，"裴家那个二少爷真丢了？"

"嗯。"房尉在初出药庐时，就已经觉得不安。所以除了交代岚庭去找闻人晚之外，还特地嘱咐了几句要在城中可藏身的地方都找找扶苏——这便是闻人晚方才说的"按照你的话去办了些事"。可谁能想到，竟真的一语成谶。

"师爷找到了吗？"

"没。"闻人晚瘪瘪嘴，"我把整个谷顺都翻了个脚朝天也没见着裴扶苏，所以才问你他是不是真丢了。"言罢，闻人晚又若有所思地摸了摸后脑勺，"真的就差在城里掘地三尺了——哎，房尉你说他不会真的在地底下吧？"

"不会。"房尉很干脆，"既然师爷在城中找不见人，那便是那里无误了。"

上次花朝节，杜叶不仅给了房尉那些信纸，他还告诉了房尉一些事情。

"大少爷当真不好奇我这些年，为何要装哑吗？"在房尉翻看那些信纸时，杜叶又静静地开了口。这个问题，他等了许久，最终却还是由他自己先提及。

"不是不好奇。"房尉将那些信纸收于袖中，也懂了为何杜叶到今日才敢拿出来的犹豫——短短几页纸，却无异于宣告了四个人的死刑，三夫人、杜管家、忘忧以及杜叶他自己，"只是我不想强人所难，你做事自然有你的理由。"

"大少爷……"杜叶低声唤了房尉一句，然后他抬起眸子仔仔细细地凝视着房尉——好似要将三年的亏欠，都在这一眼里补全了。房尉知道，他即将要在杜叶这样的注视下，听到那些隐藏多年的秘密了。

他的直觉是对的，当初杜叶拒绝治疗，就是因为接下来的事情。

"那是您走后的第一个春天。"杜叶到现在都没法忘记那一天打在他脸上的雨滴，仿佛是钻进骨髓里的凉，"那天下午的日头还很好，但是到了傍晚却堆起了云，我帮桃夭搬完东西之后便回房了，正巧遇上拿着雨伞出门的我爹。其实也就是正好瞧见了他一个拐弯的背影，但我就觉得有问题，便偷偷地跟了上去。他绕了很久的路，最终到了城外的那座破庙里。"

杜叶深吸了一口气，接下来的事情，哪怕只是复述一遍，他也需要再次做好准备。

"我看到我爹走了进去，里面好像还有个女人，她从庙门口伸了半只手出来，意思是让我爹快点。只是我在刚要跟进看清楚到底是谁时，却不小心踩碎了一根树枝。”

“你被发现了？”房尉一惊，难道杜叶的嗓子是遭人所害？

“没有。”杜叶笑着摇摇头，“也算老天爷帮了我一把，我爹出来追人的时候正好下起了瓢泼大雨，我侥幸躲过一劫。虽然没有被追到，但我不确定我爹和那个女人，特别是那个女人有没有看清我的脸。那个女人是裴宅的，我确定，因为她手里那块帕子就是裴宅的，我认识。我一沉心，便立马去后院提了好几桶井水将自己浇透，顺应人意的，我发起了高烧，醒来之后，我又顺水推舟地假装失了声，也假装丢失了一些不打紧的记忆，因为我高烧那时候故意装得很怕人，所以这些后遗症，大家都没有怀疑过。”

房尉有些意外，他从来没想过杜叶失声的背后，还藏着这样的故事。

“自打破庙一事后，我便很注意我爹的行踪。反正那时候大少爷你不在，我也没有什么事可做。”谈及于此，杜叶有些落寞地笑了笑。其实三年前的裴琛聿之死，对杜叶来说不仅仅是“没有事做”这么简单，若非要贴切一点去形容，那便是做什么都失去了意义。他从小仰望的那颗星就此陨落，往后的日子里，任凭日月灿烂光辉，对杜叶来说，都没有意义，“然后我就发现了我爹和三夫人通奸的事情。”

“不是你的错。”房尉从杜叶的眼睛里看出来他的难受，但语言向来苍白，房尉的嘴唇动了动，到底还是说出了一句没什么用处的安慰——也的确只能是安慰了。换作谁是当时的杜叶，那滋味都不会好受。末了，房尉又像是强调似的重复了一遍，“真的不是你的错。”

杜叶倒是笑了出来，眼前人的这副模样真像以前的大少爷。

"越往后，就越是发现我爹做的错事越多，动裴宅的银子也好，暗地里通匪也罢，可我怎么也没想到他竟然会是当年毒害你的人！若我当时能知道的话……哪怕一命换一命，我也绝不会让你踏上这条路的。"杜叶顿了顿，可又怕误了大少爷去裴宅赴花朝宴的时辰，便赶忙道，"还有当初我在破庙中没有看见脸的那个女人，起初我想应该就是三夫人了，可到了后面又隐隐觉得不是很像，可惜我爹再也没有去过破庙了。其实……直到今日我都忘不掉那只手，有时候我会想，那日破庙的场景到底是不是在做梦？可是大少爷，我知道，那不是梦。"

那自然不是梦——在房尉将城外破庙的大门缓缓推开时，他看到了扶苏。

扶苏穿了件雪青色的外衣，更是衬得他像一个从画里走出来的小仙子，整整一夜没睡，他眼皮子底下泛起了一层极浅的乌色，只不过一夜，按理说，这份憔悴是不该这么轻易地被人瞧见的，但扶苏的肤色，终究还是太过苍白了些。他被牢牢地绑在了一张高脚凳上，两条腿正无力地耷拉在半空中，但他此时望过来的眼神却很用力，他的嘴被布条塞住，想奋力说些什么的时候，漂亮的五官便会扭曲到有些变形——其实扶苏不需要这么做的，房尉能懂他的眼神。房尉知道扶苏在跟他说——不要过来。

"这……"闻人晚不由自主地倒吸了一口凉气，由于刚刚吃了甜糕，他觉得他牙缝里那股窜来窜去的凉气还是红枣味儿的，他抬起手肘，碰了碰身旁的房尉，"这地方竟然真的被你说中了？难道你和裴二少爷都熟到心有灵犀的地步了？"

"大概吧。"房尉一边观察着破庙里的布置，一边回答着闻人晚的问题。

眼前这个破庙已经废弃了许多年，但因为坐落在郊外，人们也不急着将它拆除。久而久之，这里便变相地成了赶路人或者乞人临时歇脚和躲雨的好去处。

庙内的地面上大多都是稻草和已烧成烬的木柴，四周的墙壁也已脱落得不成样子，若仔细一点观察的话，还能看到壁面上大大小小的裂缝。如此凋零衰败的一切，自然是供奉不起高高在上的菩萨的——房尉将眼神往扶苏头顶上挪了些，正巧对上了那些菩萨，只可惜在风雨的打磨中，它们早就散去香火和仙气，变成了一排漠然的青灰色石像。

闻人晚等了许久，也不知道房尉究竟在看些什么。他自小便是个急性子，此时眼看着要救的人就在眼前，又如何能在这儿干巴巴地无动于衷？于是他有些不耐烦地干咳了几声，见房尉仍旧没有走动的意思，便打算独自前行，可刚一甩袖子作势要迈腿时，却又被房尉硬生生扯了回来。闻人晚有些恼地瞪着一脸淡定的房尉："你扯我作甚？早点救了你那心有灵犀的二少爷还不好？你看现在里面半个人都没有，就是趁现在……"

面对闻人晚的喋喋不休，房尉也懒得开口解释，他只是轻轻伸出一根手指头，指了指扶苏的头顶，也就是那些菩萨的正前方——那里有一把尖尖细细的刀，刀锋朝下，生生地闪着凛冽而冰凉的戾气。整个刀身被半指粗的麻绳绑着，顺着麻绳一路看过去，不难发现，那条麻绳的终点或起点就在那排石像的后方。尽管知道是怎么回事，但房尉还是有一瞬间觉得是那一排的菩萨活了，它们中有一个想要用刀杀了扶苏。他下意识地皱了皱眉，若当真如此，那他也只能遇佛杀佛了。

　　"这怎么办？"闻人晚仰起头，直直地盯着那把方才没注意到的刀子。难怪房尉在门前站了这么久也不进去，原来是顾忌着这把刀子坠下来伤了裴家二少爷——也是，闻人晚在心里附和了一句，房尉这人，从来就不干没把握的事。他算是看出来了。

　　"我们总不能僵持在这里吧？要是这破庙有个后门就好了，还可以从后面下手。"闻人晚顿了顿，其实就算有后门，他也不知道怎么下手，"那我们不如干脆拼一把？我要我手下的人一个去石像后面找绳子，一个去搬裴二少爷的椅子……"

　　"不用。"房尉拒绝得干脆。他知道那个人苦心布置这一切的目的，并不在此。而自己要达成的目的，也不仅限于此。

　　"不用？那不这样你打算怎么做？"闻人晚急了，"难不成就在这里干……"

　　"房尉哥哥！"是岚庭欢呼雀跃的声音——倒也不是说岚庭不懂得识辨轻重场合，这孩子在说些别的话时，也不会将音色洗得这般亮，气也不会充得这般足。唯独这四个字，无论在何时何地，也不管碰上了什么事，他总是这般喜悦又清昂地喊出来。长久以往，房尉便也习惯了。只是今日稍感意外，他没有想到，在岚庭蹦蹦跳跳的身影和那句"房尉哥哥"之后，还跟着一个裴老爷。

房尉看着那个已近半百的男人正朝着破庙赶来的样子，心里突然酸涩地疼了一下。房尉心疼他被岁月苛待的脸，心疼他越发瘦弱的身体，心疼他混浊的眼睛、干燥的皮肤和花白的头发，但更心疼的是，哪怕这个男人已经走得非常快了，却仍旧追不上前方少年的步伐——他最宠爱的小妾背叛了他，他最信任的手下背叛了他，他的女儿无法再跟他亲密相偎，他的儿子此刻正危在旦夕——这个曾带给房尉那么多力量和方向的男人，就这样，徐徐老去了。

　　"裴老爷？"房尉上前一步，他没想过裴老爷会来，已经到了最后一刻，他不想再拖任何人下水，"您怎么也来了？"

　　"我在房里收到了一张字条。"裴老爷的语气还算平静，但他的手却不住地颤抖，他将一直攥在手里的那张字条递给房尉，因为有汗，上面的字已经被晕开了不少，"房郎中，你看，这字条上说扶苏被人掳走了，现在正在城外的破庙中，要我亲自来赎人。我一开始以为是玩笑话，但没想到扶苏房里果真没人，于是就马上赶到了这里。"

　　字条上的字迹房尉看了好几遍，却还是不认得，不过这点不稀奇，也不叫人失落，因为本来突破口就不在这里——这张字条的作用，仅仅就是通知裴老爷一声罢了。那人都已煞费苦心布了一个如此庞大精密的局，自然不会在最后关头出现这种错误。

　　"扶苏少爷就在庙里，还请裴老爷放心，暂时没有哪个地方受了伤。"房尉一边简单地朝裴老爷知会情况，一边侧身让裴老爷进了庙中，接着，他便转身去关破庙的那张大门。既然那人已将裴老爷喊来，那么房尉便更清楚，那个人想要的，究竟是什么了。

门缓缓地以一种苍老的姿态合上，像是一声悠长的叹息，但就在最后一刻，房尉却从那条微乎其微的缝隙中，看见了闻人晚那双猛然凑上来的灼灼眼睛。闻人晚咬着牙，用手臂从外面撑住了那扇门不让房尉关上，他也说不上为什么，他总觉这门一关，房尉就危险了——于是他死死地抵住，不能让这门合上。

"师爷？"

"你……你别关门。"闻人晚艰难地吞了口唾沫，"算我求你。"

房尉眸光幽深，静静地看着闻人晚。

"有些事，只能由裴家人自己解决。"

"可是——"闻人晚顿了顿，像是有些委屈，"你又不是……"

"好了，师爷。"房尉笑笑，"听话。再不松手，会夹到你的。"

经房尉的提醒，裴老爷也注意到了悬在扶苏头顶的那把尖刀。于是，他不敢轻举妄动，他只能站在原地看着扶苏，也只能被动地等着那个人现身，但不知不觉中，裴老爷的视线却开始有些模糊——琛聿已死，忘忧并非亲生，他裴家，也就扶苏这么一个孩子了。

等了许久，庙中却还是没有任何动静。

裴老爷有些急了，他小心翼翼地往前迈了一两步，朗声道："既然已开口相邀，那为何此时还不现身一见？"

仍旧没有回应。整个落拓的庙宇中仍旧只有他们三人，和扶苏头顶上的那把尖刀。

"扶苏是我的孩子，他还小，什么都不知道。若有什么不满的，你冲我来，或者说你有什么要求或者条件，也不妨大声说出来。"裴老爷顿了顿，他虽然是个生意人，但自问没有苛待过什么人，也没有与人结过什么深仇大恨。那人费尽心思绑走扶苏，又明确通知自己来赎人，那么对方贪的，应该就是裴家的钱财无疑了。

"尽管裴家已不复当初，但只要是裴某能拿得出的，必定双手奉上。而且裴某人来的时候也已经带了一箱金银，我的诚意已摆在面前，请问阁下，是不是也该是时候现一下真身了？"

依旧一片寂静。

终于，房尉从裴老爷的身后走了出来，他的眼波不安地闪动着，像是大风里快要熄灭的烛火。他动了动嘴唇，望着那一排青灰色的石像和已经破旧不堪的香台——或者说是藏匿于它们之后的那个人。

"出来吧。我知道你是谁。"

没有人说话，但有一阵轻轻的笑声从房尉一直盯着的地方飘了出来——是个女人的笑声，是一个房尉从没忘记过的笑声。在那阵笑声中，房尉心如死灰地阖上了眼睛，他知道，自己果然没有猜错。

裴老爷怔了怔。在一个废弃多年的破庙中，蓦然听到女人的笑声，怎么想，都是一件非常诡异的事情。但比诡异更多的，是意外。一来，他惊讶于绑走扶苏的人，竟是个女子，二来，这个笑声他有些耳熟，却偏偏记不起究竟是谁。

"怎么……"那女子停下了笑声，缓缓从暗处走到了前方。她的眼神落在裴老爷脸上，正专心致志地欣赏着他脸上的表情——她以为，这个男人，已不会对自己有除了冷漠之外的第二个表情，可现在看来，却是她错了。不过这个错，错得愉悦。所以她继续欣赏着裴老爷的不可置信、惊讶、愤怒甚至于嫌恶，她不在乎，她像是一个宽容的母亲般在守护自己无理取闹的孩子，她很满意此刻的场景——甚至，她已经幻想多年。

末了，她又笑了笑，道："原来老爷，已经听不出我的笑声。"

"薛宁宁。"裴老爷倒吸一口凉气，咬牙切齿地冲着眼前人，喊出了这个名字——这个名字，便是大夫人的闺名。

永泰二十八年，秋。

那一年的记忆在裴老爷心中——不，当时的他，还只是个裴家做不得什么主的公子哥。在那一年的秋日到来之前，裴湛风跟所有公子哥一样，养尊处优，学习游玩，等着某一日接手裴家的家业，再等着某一日迎娶中意的小姐——从此变成能在家中做得了主的老爷，从此泯然众人矣。这一切是再顺理成章不过的了。

但他的人生——或者说，是整个裴宅的人生，都在这时，出了岔子。

裴家百年来做的都是绸缎生意，虽富甲一方，但根本担不起今日谷顺人口皆知的首富之称。那些年洪涝严重，棉花地和蚕丝都受损严重，自然，裴家的收益也年年下滑。但越这样，就越是有人动一些不可靠的歪脑筋——裴家众多叔伯辈的人都渴望着发一笔横财来救救不景气的日子，却不想连本带利的，全部赔进了赌场。自赌场老板带人砍下裴湛风九叔的一只胳膊后，他便知道，裴家没落了。

那年的白露刚过了没几天，爹也走了，留给裴湛风的，除了一张裴家绸缎的秘方，剩下的不过就是那些叔伯欠下的巨额债务。裴湛风倒也没有太过怨天尤人，他知道，这也是上天安排的另一种"顺理成章"——只不过委屈的，是他已身怀六甲的心上人，林家丫头，唤云烟。二人早已私定终身，甚至连聘礼和彩礼皆已备好，就等着在立冬之时将她风风光光地娶进家门。可奈何天意不愿成人之美，在裴家那么多张嘴要吃饭的情况下，裴湛风和林云烟的婚礼，被无限期地挪后了。

　　日子过得很是艰辛，裴湛风依稀记得，那时候不是被赌场的人追上门要钱，就是自己和元索被钱庄扫地出门。没有一户钱庄愿意借资给裴家渡过难关，毕竟生意人若是沾上了好赌这种字眼，那便是救不回了。谁也没有这个勇气去冒这个险。但薛宁宁有。

　　在很多年前，薛宁宁就已对裴湛风暗埋情种，可无奈他却一直只对林家那个穷丫头青睐有加。所以在薛宁宁知道裴家落难之际，比心疼同情更多的，是开心，是得意，是如释重负——她贵为谷顺第一钱庄的独女，终于有办法，可以拥有他了。

　　她先是以自家爹爹的身份吩咐下去，不准有一家钱庄借资给裴湛风——尽管她知道，不需薛家出面叮嘱，那些守财奴也不会慷慨相助，但为了她这么多年的爱慕，她必须确保万无一失。终于，在某个秋意醉人的下午，她推开阁楼的雕花窗，见着了那个身影。

　　"我会帮你。"这是薛宁宁对裴湛风讲的第一句话。

　　她拿出早已备好的信递给了裴湛风。信上的内容无非是劝解裴湛风听从薛宁宁的话，先解了裴宅的燃眉之急，并且信上还称林云烟和薛宁宁实则是多年的好姐妹，落款者为林云烟。信的确出自林云烟之手，但并非是林云烟心疼情郎，而主动写信给好友薛宁宁求她帮忙，只不过是薛宁宁派人找到了裴湛风送林云烟养胎的地方，一番奚落和胁迫后，方得到了这封信。

　　"正巧我也不愿意嫁给我爹安排的那个人，倒不如帮一把你和云烟，待裴宅情况好起来之后，便将云烟接回来过好日子。"这是薛宁宁对裴湛风说的第二句话。

　　"倒是委屈薛大小姐了。"当时的裴湛风根本没有选择，眼下是最好的办法。

　　"不委屈。"薛宁宁甜美一笑，能得到最爱之人，何谈委屈。

　　不久，谷顺钱庄薛家收婿，裴湛风入赘薛家，娶薛大小姐宁宁为发妻。传闻二人如胶似漆，恩爱不离。而得到薛家资助的裴家也很快从泥潭中爬起，一跃而成谷顺首富。

　　远在乡村中的林云烟听到此消息后心如刀割，毅然决定独自远走，来年生下一子，唤琛聿。她整整六年不曾回到谷顺，也竭力隐藏着自己的行踪不被裴湛风发现——直至发现自己身患绝症后，方才写了封信给裴湛风，愿他好生照顾琛聿。

　　可任凭车和马跑得有多快，裴湛风此生，却是无缘见到林云烟的最后一面。

　　"薛氏你……"裴老爷面色痛苦，抬到半空中的手，却又颤抖着放下了。他双目充血，脚步沉重却又莫名虚浮，他重重地吸了一口气，可是他却觉得他要吐出一口血来才好。只有那抹暗色的红，才担得起他心中多年的悲与痛，"裴宅这么多事情，都是你一手策划的……"

还不等裴老爷说完，大夫人便抢过了话头，她语笑嫣然，说出来的话，却让裴老爷忍不住连打了好几个寒噤。

"是，都是我。不管是三年前裴琛聿的死，还是现在你眼前的裴扶苏，要不是裴忘忧压根不是你的种，我能让她无病无痛地活到今天？"

"薛氏，你好大的胆子！"裴老爷一阵暴怒，他的眼里、嘴里，还有心里，或者说是身体的各个地方，都已经被那股接连不断的火气给充满了，那种涨疼的感觉，像是要将他整个人撕碎。

他连迈几步过去，作势就要给大夫人一个耳光，却不想径直迎上了大夫人毫不屈服的目光。

"胆子？"她冷笑，眼眶却红了，"我要什么胆子？我要胆子有什么用？我在裴宅受尽你的冷落，生不如死这么多年，不就是盼着有朝一日，让你也跟我一样生不如死吗！我薛宁宁耗费这么多心血，要的就是这个罢了，我还要什么胆子？"

裴老爷收回了手，又不动声色地拉开了他与大夫人之间的距离。

良久，他才开口："我此生做过最后悔的事情，便是当时听信于你。"

"后悔？"大夫人朝着裴老爷走去，嘴角的笑意已很久不曾这么生动，"你后悔听信于我？难道我没有给你银子救裴宅于水深火热之中吗？难道成亲之后你要去找林云烟我拦过你吗？难道当初你把裴琛聿带回府里的时候我反对了吗？"终于，她在裴老爷面前停住了脚步，柔若无骨的一只手眼看着就要抚上裴老爷的脸颊，却被裴老爷稍显粗鲁地打落——她笑，她不惊讶这个反应，只是眼泪落了满襟，"错就错在我当初铁了心似的要嫁给你，是吗？"

"不是。"裴老爷静静地看着眼前这个曾让他万分感谢，又万分痛恨的女人，"薛氏，你没有错，错的人是我。从头至尾都是我。"

裴老爷顿了顿，时隔多年，他终于坦荡承认了："你当初以薛家财力助我裴家重起，光这一点，裴宅列祖列宗都要对你感激不尽，又何况是我呢？又何况只是给你一个正室夫人的称号呢？你嫁给我，并不是你的错，而是我裴宅的机遇。只是于我个人来说，你骗了我而已。没错，我承认，在我找不到云烟，见不到云烟最后一面时，在我看到六岁的琛聿像是看陌生人一般看着我时，我的确恨透了你，但已经过去了这么久，我早就不恨你了。你又何苦这么做呢？"

"我为什么这么做？"大夫人似是出了神，脸上的笑意还未褪，眸子里的那层水光却像是结了冰，"裴湛风，我倒宁愿你恨我，我倒宁愿你恨死了我。哪怕你跟我吵架，哪怕你将休书丢到我脸上，哪怕怎么样都好……我独独受不住你的冷落。"

新的眼泪接连涌出，瞬间便覆盖住了旧的泪痕，大夫人哽咽道："我以为我再温柔一些，再大方一些，再将里里外外的事情操持得好一些，你就会对我哪怕有那么一丁点柔情，可是你没有。"

"我知道了，这辈子你终究不会爱我，我知道了……"大夫人又笑，一如房尉记忆中的和善温存，"既然已得不到你的爱了，那不如我就独占鳌头，去夺得你的恨呢？"

说到这里，大夫人的神情已经荡漾了起来，她睁着一双血红，却又带着泪滴的眼睛，死死地盯住面前的裴老爷："爱和恨我无所谓呀，你裴湛风记得我薛宁宁就好呀，不是吗？"末了，大夫人又上前不管不顾地扯着裴老爷的袖子，满脸殷切，"你记得我就好呀，可是裴湛风，你为什么不恨我了呢？你不恨我了，那是不是就会忘了我？可是你明明恨我的呀，在早些年的时候，为什么突然就不恨了呢？你把我的恨还给我，还给我……别对我冷冰冰的……把我的恨还给我，求你，求你……"

"薛宁宁！"裴老爷忍无可忍地将大夫人甩开，"你疯了不成！"

大夫人一个踉跄，踩着自己的裙摆跌到了地上，房尉下意识地动了动，却还是没有上去扶一把——他以前不知道，也从来没想过，造成自己爹娘生离死别的罪魁祸首，竟是被自己喊了十二年娘亲的女人。这个结论，让他有一瞬间的眩晕。

"对，我疯了。"大夫人仍旧跌坐在地上，衣裳弄皱了，但脸上那份快活的肆意却变得更加欢畅，"可是你又能把我怎么样呢，你都快忘了我……"

裴老爷惦念着扶苏的身子，便不想再与眼前这个疯妇纠缠——今日之前，任他对薛氏再没有感情，可好歹她救过裴家，可好歹他们二人一日夫妻百日恩，裴老爷是无论如何都不会用"疯妇"这等贬义词去形容薛氏的。但今日，却要另当别论了。

"我不把你怎么样，我也不想把你怎么样。"裴老爷看了眼正在慢慢起身的大夫人，冷淡的声音里却又带着藏不住的焦急，"我只要你放了扶苏，有什么要求，你尽管提，只要我做得到。"

"放了裴扶苏？"大夫人嘲弄一笑，"别急呀老爷。今日的好戏，还没到呢。"

言罢，大夫人又走到了房尉身边，她微微地仰起脸——就算空缺了三年，她也还是熟悉这个角度和高度。她就这样仔仔细细地看了房尉一会儿，方才开口："聪明人，可你是从什么时候开始怀疑是我的？"

"很晚。差不多到您给我钥匙的时候，我才开始怀疑您。"房尉坦然，"因为我真的宁愿相信三年前就是场意外，也不愿意相信，是您在背后操控着这一切。"

"呵！"大夫人冷着眼，听不出是什么语气，似是解脱又似是失落，"可你到底还是怀疑上了我——不，你早就笃定是我了。"

"证据太多，又太明显了。"房尉静静地看着大夫人的侧脸和她鬓角里那隐藏的几根白发，"您的目的是要杀害裴家所有的孩子，所以您先挑了裴琛聿开头。然后您找上了杜管家，您一是以他与三夫人通奸之事做要挟，二是以事成之后放他出府做条件，您想让他帮您杀了所有裴家的孩子，最终你们二人达成同盟。裴琛聿十八寿辰当日，你们原本是打算在他们三人专属的祭祖桌上做手脚，却不想天赐良机，刚好碰上二位少爷要提前对饮，于是杜管家找到了租借来的下人林三狗，可毒酒中途被忘忧截了去，但这没什么影响，你们的计划仍旧成功了。忘忧伤势最浅，是因为杜管家替她讨了份解药，也就是在那时，三夫人才知道这回事。但她和您的目的不同，您要的是人命，她却只想要钱，你们井水不犯河水，互相替对方隐瞒着。"

随着房尉的细细道来，一旁裴老爷的脸色，也越来越差。

"林郎中，您应该也还记得吧。裴宅之前的专用郎中。大少爷这件事出了之后，诊治的和尸检的郎中也都是他。若我没猜错的话，其实连放在酒里的那味毒也是林郎中被逼所造吧。再者，你们生怕忘忧小姐将途中遇到林三狗的事情说给官府听，便让三夫人强制性将她关在房间里，对外一致宣称她在静养，所以官府并没有这个至关重要的线索。至于林三狗，你们也没有放过，我前不久替他诊治过，他的疯癫，是人为的。"

　　"很好。"大夫人侧目，"第一眼见你，我就知你是聪明人。聪明，又危险的人。特别是在你对裴扶苏如此上心之后，我便指使了多人去恐吓二房，说若让你继续医治，便直接了结裴扶苏。却没想到，你真是执拗呀。"大夫人的眼神意味深长地扫过来，"哪怕被陷害，被追杀，都要护着裴扶苏。我还以为这世上，只有一个人会这么对裴扶苏呢。"

　　房尉应声回头，只笑，却不再说其他。

　　"到你决定的时候了，老爷。"大夫人这一声老爷，叫得缠绵又嘲讽。接着，她将袖中的另一把匕首扔去了裴老爷脚边，自己却返回扶苏身边，用锋利的刀尖抵着他纤细的喉，"我让你留一个孩子，所以你选吧。看你最后，究竟是想要留住哪个孩子。"

　　"什么？"裴老爷对眼前这种选择有些困惑，"房郎中和扶苏……"

　　"呵！"大夫人轻轻笑着，那模样俨然是一个柔软的妇人，可她手中的动作却一点也没有放松，甚至还逼近了扶苏几分，"我都说得这么明白了，老爷还认不出房郎中是谁？难道他就一点都不像你死去的儿子——裴琛聿吗？"

大夫人的这番话，如同一个惊雷炸在了裴老爷耳边。

他不可置信地往后连退了好几步，七魂像是被惊得丢了六魄，死人复活？这怎么可能？他犹疑不定地看着房尉，直到看到房尉身子一软，径直跪在他面前时，他才稍微回了一点神，抖动着那两片干涩而枯瘪的唇瓣，艰难道："琛聿？"

与此同时，扶苏的眼泪，轰然坠地。

"爹。"房尉忍着心里头那股四处横窜的酸涩仰起了脸，他抿着唇，努力将眼底的热意给逼了回去，"是孩儿不孝。"

裴老爷颤抖的双手，不断地朝着房尉靠近，却又不敢真的触摸到眼前人——他害怕，他怕这只是一场梦。他怕他的手一碰到房尉时，这个梦，便醒了。

"你真的……"裴老爷眼眶通红，"你真的是琛聿？"

"是。"房尉朝着裴老爷磕了一个响头，"当年是林郎中被逼着从中作祟，将还有一口气的我，活着下了葬。还好当晚有齐海山老神医路过，闻得一丝呼吸声将我带了回去，治疗数月后我便醒了过来。同时，我也决定换张脸换个身份活着，因为我直觉寿辰上的事情，不会那么简单，也不会是个意外。所以，我潜心学习三年后，方再度回来。"

言罢，房尉又磕了一个头，再抬起头时，地面上已经有了两滴滚烫的水渍："可到底是孩儿自私了。一心只想着弄清当年的真相，竟忽视了爹白发人丧子的痛心。"

"不会，不会。"裴老爷悲喜交加，一时间竟不知道该用什么表情去面对这件事情，"只要你活着，只要你活着……那便比什么都强，回来就好，回来就好。"

　　"够了！"大夫人不耐烦地打断了房尉与裴老爷，"父子情深这
些戏码，晚点再唱也不迟。裴湛风，选吧，裴扶苏和裴琛聿，你究竟
要留哪一个？"大夫人又一笑，"若我是你，我就选裴琛聿，既是最
爱的女人生下的孩子，又有一身好本事。可是裴扶苏呢——"大夫人
的刀尖在扶苏的脖颈上，以一种非常优雅的姿势打了个圆圈儿，"不
说是庶出之子，这腿，也终究是个废人。倒不如在我这儿了结了干净。
不是吗？"

　　"你住手！"裴老爷一声怒喝，却并没有起到什么用——他说了的，
眼前这个女人，早就变成了疯妇。

　　"你不要乱来，你要什么都可以，放过孩子们。"

　　"放过他们？"大夫人咯咯笑了出来，"放过他们，那谁来放过我？
谁来弥补我这么些年受过的委屈和苦处？干脆一起死了干净！"言罢，
大夫人狠狠地盯着房尉，"裴琛聿，其实说到底，你也恨死我了吧？"

　　房尉笑了笑，静静地望着大夫人已然扭曲的面庞："我不恨您。
上一辈的事情，终究只是上一辈的事情。您养育了我十二年，不管真
情或者假意，也不管您的目的是不是只为了置我于死地，但您终究照
顾了我十二年。这份恩情——"房尉顿了顿，"这份恩情，我裴琛聿
永远记着。就算算上三年前的寿宴毒杀，那也是相抵了，我不怪您。"

　　房尉接着说道："但若是您伤了扶苏一分一毫，那无论是裴琛聿
还是房尉，都做不到原谅。"

话音一落地，房尉就明显感觉到自己的肩上多出了一份重量，侧头一看，原是裴老爷的手正搭在了自己的肩头。裴老爷很重地捎了一把房尉，又很快地放下了。

　　蓦然，房尉就感觉到了浓烈的不安——这种姿势和力气——竟像是道别。

　　"裴湛风！"大夫人尖叫出声的瞬间，裴老爷在房尉身边重重地跪了下去，有血不断地从他嘴角溢出，黏稠、暗红，像是多年缠着他不放的那股悲痛。

　　"爹……"房尉想也没想，直直地跪了下去，"爹，你这是做什么？"

　　"琛聿……"裴老爷虚弱的声音传来，但握住房尉的那只手却还是有力——尽管那片粗糙的掌心，已在渐渐变凉，"扶苏、裴宅，交给你，我都很放心，别……别让爹失望。这辈子，终究是爹，亏欠了你娘，亏欠了你，亏欠了扶苏和那么多人……"

　　末了，裴老爷费力地将头抬起，看向那个已哭成了泪人的薛氏，他也不知为何还对她笑了笑："薛氏，既然你说生不如死，那我便……死了作罢。只求你日后，放过我的孩子们，放过无辜的人，真正亏欠你的人是我，如今我死了，你可……可还满意？"

　　大夫人像是不会说话了般，整个嗓子里都是哀切的呜咽，她丢了尖刀，径直跑向了裴老爷身边——真好，大夫人哭着笑着抱着他，现在的他，终于没力气推开自己了。

　　"我不满意，我不满意！"大夫人的眼泪流了裴老爷一脖子，接着，她静静地拔出了那把插在裴老爷胸口的匕首，手腕一用力，便推进了自己的小腹中，肉身感到剧痛的那瞬间，精神却是快乐的——她终于知道为什么以前那么多难挨，那么多生不如死的时刻都不能驱使她真正赴死了，原来不仅仅是不甘委屈和仇恨的，更多的，是恐惧，他不死，她就不敢死。如今却才是真正解脱了。

她无力地俯在了裴老爷耳边，似是轻声呢喃："你死了，那我活着的意义，到底是……没了。"

房尉也忘了他是如何踏过那片血腥味走向扶苏的。

他在那个时候，已经失去对人世间所有事物的敏锐度了。他就像是猛然闯进了另一个世间——大概是一片白茫茫的苍原，这苍原上只有两处地方，一处起点，一处终点，这苍原上也只有两个人，一个是他，一个是扶苏。而如今，站在起点的他，宿命只有一个，那便是去向终点，去向扶苏身边。而破庙中的那些人在说些什么，又有谁上前拉住了他，他统统感受不到，也不想去感受。他只知道，等他反应过来的时候，他已经双膝着地，跪在了扶苏的面前，他仰着头看他，却发不出一个音节。

良久，扶苏笑了笑，伸手抹去了房尉眼角的泪……

此时，房尉才知道，原来自己哭了。

"哥。"扶苏这么唤房尉，"我也，好想你。"

第十四章
唯愿常安

SHENZHAIJISHI

永泰六十一年，春。

一名青衣男子快步走在宅院中，迎面碰见的丫头或者小厮，皆垂头向他问好，规规矩矩地喊上一声——杜管家。

杜叶走进了主园，轻轻叩了两声虚掩着的门，便径直进去了。

里头的景象果然和他想象的一样，房尉——或者说，是裴琛聿，此时正背对着他，拿着一个小勺子，耐心哄着一个粉雕玉珠的小娃娃吃饭。杜叶无奈地摇头轻笑，将一封信放在了桌几上，接着便朝着那个小娃娃招手道："快到爹这儿来，莫扰了大少爷清净。"——时隔多年，哪怕早就过了"大少爷"这个时代，杜叶却仍旧喜欢这般喊，并不是彰显与主人家一同成长的亲密，而是这个称呼，更像是他二人的默契。

"不去爹爹那儿。"四岁的阿桑噘着嘴，扯着房尉的袖子不愿松开，"我要待在这里，我要爹爹喂饭。"

——阿桑最近管谁都叫爹爹，却唯独黏房尉最紧。

"不要紧。"房尉这些年模样没有怎么变，虽已年过而立，但仍旧清瘦且俊逸，岁月待他似乎格外留情一些，十多年的时光，皆数变成了气质，沉进他的身体。他将阿桑搂于怀中，看到了那封信，信封上光秃秃的，什么也没写，但就是什么都不写，才是闻人晚的风格。

信上的内容很简单，甚至可以说，这么多年里，闻人晚寄过来的信中，就没有一封是写了要紧的事。这种懒散和顽劣，像极了当年的他坐在房尉面前的模样——凤眸含情，薄唇轻微扬起。像个长不大的孩子，却又偏偏是个倜傥的少年郎。

闻人晚在离开谷顺之前，来找过房尉一趟。大意便是家里的老太爷气消了，要将他调回京城官复原职，于是他来道别的同时，顺便问问房尉，有没有兴趣同他一块前往。自然是不会同去的，闻人晚也没有显得多么失望，他知道，房尉的根长在谷顺，长在裴宅，长在某个人脚边。他笑着咂咂嘴，本想握手道别，却还是蛮横地抱了房尉一下。

我会给你写信的，还会时不时杀回来，看你有没有背着我娶媳妇。闻人晚说得咬牙切齿，在房尉看不见的地方，悄悄地逼退了自己的伤感。

十年弹指一挥间，裴家仍旧是谷顺首富，房尉清闲之余，也将药庐搬回了城内，陆陆续续地，还替桃夭和杜叶分别安排好了亲事。谷顺自是留不住忘忧那个倔丫头，便顺着她的意，让她同岚庭一块儿回了齐海山。裴宅整个翻修了一遍，处处都是新意与生机。

而他和闻人晚，却再未见上一面，但他知道，他偶尔会怀念闻人晚。

"扶苏醒了吗？"房尉回好信，将它递给在一旁候着的杜叶。

"刚过来的时候，看到厨房在给扶苏少爷煎补药了，约莫是醒了。"末了，杜叶又像是想起什么般，笑道，"昨儿个扶苏少爷还跟我夸桃夭那口子，说他熬的粥可好吃。"

"那便好。"房尉将怀中的小人放到了地上。小人儿却一脸委屈地扯着房尉的裤腿，可怜兮兮地问道："爹爹去哪儿？"

房尉一笑，摸了摸阿桑软软的头发："去找你扶苏爹爹。"

扶苏在三年前，便已经能够脱离拐杖，独自站立了。加之这几年的刻苦练习，如今走路和跑步的样子，已与旁人没有什么大的区别。

"哥。"扶苏一睁眼，便看到了坐在他床边的房尉。

"睡得好吗？"房尉伸手将他凌乱的头发理了理，在等待扶苏回答的空当里，手指头又熟稔地从扶苏的额头一路滑至了下颚线，最后停在他尖细的下巴处，"不是昨日才夸完别人熬的粥好喝吗，怎么看着反而像是瘦了点？"

"哥。"扶苏闻言便笑了出来，水汪汪的桃花眼里鼓动着莫名的愉悦——房尉也觉得奇怪，眼前的人好歹也二十有四了，可为何一笑，总让他觉得，他还未长大。

"哥。"扶苏又正儿八经地喊了一声房尉，手也不安分地从被褥里钻了出来，细细长长的指头并拢在半空中，"我向天发誓，我绝对没有嫌弃你煮的粥。你的粥最好吃。"

"嘴这么刁。"房尉皮笑肉不笑，"很难娶媳妇的。"

"谁说我要娶媳妇啦？"扶苏闷声闷气道，"我不娶。"

"得娶。"

"可你不也没娶吗？"扶苏瞪着眼，"凭什么你不娶，我却得娶？"

"我跟你不一样。"

"哪里不一样？我已经不是小孩儿了，一立夏，我就二十有五了。"

"对。"房尉一笑，"该是娶媳妇的年纪了。"

"哥！"扶苏掀开被子坐了起来，"你就知道套我的话。"

房尉笑着揉了揉扶苏的发："不跟你闹了，我等会儿还要去一趟药庐和染坊。你起来的时候，不准贪凉，薄袄子要穿上，送来的补药……"

"会按时吃的。"扶苏皱了皱精致的小脸，一把接过了房尉每天都要交代的话。接着，他的眼里便开始充斥着一些不具名的悸动，就像是忽然想起了什么好玩的事情，于是他再次仰起脸，喊住了正预备出门的房尉，"哥，我方才午休的时候，做了一个梦。"

"嗯？"房尉停下步伐，也来了兴趣，"梦到了什么？"

"梦到——"扶苏眨了眨眼睛，脸上的神情全然是少年的天真和向往，"梦到我们回到了小时候，就是你带着我上露台看星星的那晚。"

"梦到了你当时许的愿吗？"房尉脸上的表情也逐渐温柔了下来，他向来都是温柔。但是温柔这种东西，在他面前总是可以变得更温柔。

"梦到了。"

"如今实现了吗？"

"实现了。"扶苏点头，眉眼弯弯，"是我三生有幸。"

时光呼啸着倒退了数十年，回到了扶苏口中的那个仲夏夜。

十七岁的房尉和十一岁的扶苏，并排躺在了裴宅最高的露台上，他们身下是清凉的石板瓦檐，头顶是幽蓝的天空和闪烁的繁星。

"哥哥……"扶苏枕着房尉的手臂，拖着软软的童音，"你知道我的愿望是什么吗？

"我的愿望就是你平平安安，活得长长久久，永远陪在扶苏身边。"

- 全文完 -

番外一

三生有幸

SHENZHAIJISHI

是夜，月光皎洁，湖风阵阵。

裴琛聿合起书本，正欲熄灯就寝时，却突然听得一阵细微的敲门声。

"哥——"扶苏的这声呼唤，在敲门声停了之后才悠悠传进裴琛聿的耳朵，不过是一个简单又短促的音节罢了，扶苏却煞有介事，不仅拉长了语调，还刻意将平日里清亮的声音给压低了。他知道裴琛聿定是还没有歇下的，但他就是怕扰了眼下这份清静。毕竟谷顺和裴宅的冬夜，向来都是寂寂无声的。

末了，扶苏又紧紧了身上的薄袄子，道："哥，你睡了吗？"

"怎么只穿了这么点？"裴琛聿在扶苏还未出声前，就知来者何人了。只是他却未曾想到，眼前那个还不到自己胸膛处的小家伙，竟然连个披风都没披，"你呀，当心又着凉。"

"我本来是睡下了的。"扶苏瘪瘪嘴，跟着裴琛聿的步子进了屋，"可是我一想起明日是你的十八寿辰，我就、我就……"后面的话让扶苏莫名地有点羞赧，他望着眼前一脸云淡风轻的兄长，像是有些赌气似的重复了一句，"本来我是真的睡了的。在你跟我讲第二个故

/ 274 /
深宅纪事

事的时候，我连结局都没听到就睡着了的。"

裴琛聿笑着点点头，转眼间就替扶苏披上了自己的风衣，但扶苏到底是个清瘦的小孩身形，于是披风便有好长一截都坠到了地上。换作平时，裴琛聿定要做些什么，但现在不一样——扶苏坐在眼前。那么哪管那披风坠了也好，脏了也罢，裴琛聿只想静静地看着夜色和烛光相互辉映下的扶苏——满身都是少年湿漉漉的灵气和乖巧，特别好看。

"我过寿辰，你紧张什么？"裴琛聿又一笑。

"我才没有紧张呢！"扶苏急着反驳，披风便又从肩头滑下了一两寸，"我只是、只是……"

裴琛聿定定地看着扶苏已然涨红的脸，将滑下的披风挪回了原处。

"我不会再帮你喝药。"

"哥——"扶苏皱着一张巴掌大的小脸，不满道，"等过完下个月的除夕，我就是十二岁的小男子汉了，才不怕喝药呢。"

"那好。除开这个，其他的你都可以说说看。"

"你说的！"扶苏像是提前得了应允似的甜甜地笑开了，他望着裴琛聿漆黑如墨的眸子，认真道，"那明日你寿辰宴席上的第一杯酒，要同我喝。虽然我知道你从不饮酒，可是我……"

"可是你什么？"裴琛聿见扶苏久久没有下文，便接过了话头，"就算我从不饮酒，但明日午时祭祖的那一杯定是免不了。"裴琛聿顿了顿，眼神最终落在了扶苏白玉般的耳垂上，"为何宴席上要同你饮第一杯？"

"因为你把冠礼定在了明日呀。"扶苏咂咂嘴，"教书先生说了，男子十五到二十皆可行冠礼，既然哥你择了十八，我就想着那明日冠礼上的……"

"好了，扶苏。"裴琛聿走过去，蹲在了扶苏脚边，他慢慢地仰起头，看进了扶苏那双泛着潋潋水光的桃花眼，"不必听教书先生说，你听我说即可。"

"什么？"扶苏愣愣地任凭眼前人握住了自己披风下的双手，他有点摸不准裴琛聿接下来要说些什么，"哥，你是想要什么寿辰贺礼吗？"

"是。"裴琛聿毫不避讳，嘴角噙着的笑意也越发深了起来，"其一，我要你永不厌世，永不逃遁；其二，我要你身体康健，永远如青树挺拔，如夜风自由；其三，我要你不能忘——"

"什么？"扶苏眨了眨眼，痴痴地问。

"我要你不能忘记，这一世，是我裴琛聿三生有幸。"裴琛聿深深地凝望着扶苏那如画中仙一般的脸庞，沉声道，"是我三生有幸，能与你同姓，同心，且同行。"

其名房尉

SHENZHAIJISHI

岚庭第一眼见到裴琛聿——不对,那时候岚庭还不知道躺在床褥上的男子叫什么。

他只是觉得好奇,明明爷爷和小叔伯下山前是去寻灵芝的,怎么最后带回来的,却是一个陌生人?

"小叔伯。"岚庭伸出手扯了扯小叔伯的衣角,小声问道,"这个人,是灵芝变的?"

"你小子想吃的想疯了?"小叔伯努努嘴,示意岚庭往后靠点别打扰老神医诊治,"这个人是我和你爷爷在经过某座坟山时,挖出来的半死人。"

"什么?"岚庭一惊,哪怕他打小就立志要威震武林,可还是被小叔伯嘴中的"坟山"和"半死人"这几个字给吓到腿软,他最怕的便是这种阴阳鬼怪之说。

岚庭深吸一口气,不自觉地攥紧了小拳头,可说出来的话却全然没有握拳的那份气势,他可怜巴巴地望着爷爷全心救治的背影,道:"那小叔伯,你们为什么要挖那个人出来啊?"

"我也不知道，人是你爷爷非要救的。"小叔伯向来吊儿郎当，末了，他又耸肩道，"大概就是那个人长得好看，老天爷心疼了，于是命不该绝呗。"

长得好看？

岚庭一边怀疑地嘀咕着，一边鼓起了勇气走上前——他方才没有看见那被褥上的人长什么样。可到底要长成什么样，才能让老天爷都心疼呢？十一岁的岚庭想不明白，他的脑子里只有美食和武林秘籍，所以他才要上前一探究竟。

的确是长得很好看呀。岚庭从爷爷的背后探出了一双圆溜溜的大眼睛，牢牢地盯着还在昏睡中的那男子——就算眉眼紧闭，脸色青白，嘴唇又是乌紫的，但岚庭还是觉得，躺在面前的哥哥真好看，就跟画里的人似的。这样好看的人死了，大概老天爷是真的会心疼。

接下来的日子，岚庭过得快乐又苦恼。

快来的是向来无趣的齐海山上，终于能有个年纪相差不大的人跟他玩了，苦恼的却是他不知该唤那个神仙似的哥哥什么好——不管是山下那片尘世间的热闹，还是书本上的上古传说，岚庭问什么，神仙哥哥都答，唯独问到过往，神仙哥哥会笑，却只字不提。那段时间齐海山的人总叫他阿嵩，可岚庭不喜欢，他觉得这样俗气又随便的名字，配不上神仙哥哥。

"神仙哥哥！"岚庭练完功之后满药庄地找人。

真奇怪，他嘟囔着，明明每次神仙哥哥不是在凉亭那儿看医书，就是陪着爷爷诊治病人，可是今儿个他都把所有地方翻遍了，神仙哥哥却还是没有踪影。

"神仙哥哥，你是不是又被老天爷抓走啦！"岚庭困惑地皱着浓眉，索然无味地飞在林木流水和屋檐走廊间——他觉得今天是找不着神仙哥哥了，可就在他准备放弃时，却又突然在药园拐角处捕捉到了一个熟悉的身影，他瞬间咧着嘴笑了出来，"找到啦！"

岚庭飞身之下，两只手臂像是一对羽翼般，在落地的那瞬间，牢牢地将那名男子的后背给拥住，小脸儿放肆地蹭着眼前那块轻柔的布料——这是神仙哥哥到齐海山的第一个春天，岚庭总觉得今年的天气都格外讨喜一些。

"可找到你了。"岚庭仍旧蹭着那名男子背后的衣裳，像个不知疲倦的孩子贪念着好玩的游戏，"还以为你不愿意跟岚庭玩，然后就走了呢。"

"走？"那名男子笑了笑，"我现在这身子，能走到哪里去？嗯？别乱想。"

"那神仙哥哥的意思是等你身体彻底好了之后……"岚庭的话还未说完，就被突然转身过来的那张脸给惊着了，甚至于连手里攥着的两个小野果都滚了出去，"你……你是谁？"

一样的衣裳，一样的背影，甚至是一样的笑声和言语——可这张完全陌生的脸，是谁？

"不认识我了？"转身过来的男子走了两步，将野果子捡了回来，不甚在意地用袖口擦了擦，接着便塞了一个到自己口中，"挺甜的，岚庭摘得很好。"

"你是谁？"岚庭一头雾水，他不可置信地望着眼前这个熟悉又陌生的哥哥，心里是形容不出的感受，"你是……我的神仙哥哥吗？"

那男子再次走近，将剩下的那个果子轻轻塞入了岚庭嘴中——

"我叫房尉。"

扫一扫看更多图书番外，作者专访

【官方QQ群：555047509】

每周丰富多彩的群活动，好礼不停送！
作者编辑齐驾到，访谈八卦聊不停！

小花阅读 "梦三生" 深情古风系列

XIAO HUA YUE DU SHEN QING GU FENG

【梦三生】系列 01

《盗尽君心》

打伞的蘑菇 / 著

标签： 调皮小女贼 / 放浪微服太子 / 深
情俊美将军 / 忠犬神偷教主

内容介绍：

江北小女贼林隐躞，
本想小偷小盗快意江湖，
不料失手偷上微服的太子。
好不容易逃出来，
却得知要代姐姐出嫁。
一段江湖事，
搅乱风月情。
到底是放浪不羁的微服太子，
还是深情缱绻的镇疆将军，
又或者是默默守护的神偷教主？
小女贼无意盗尽风月，
却串起他们的爱恨情仇，
而她想偷的，究竟又是谁的心？

【梦三生】系列 02

《桃药无双》

果子久 / 著

标签： 花痴的解蛊门传人少女 / 傲娇
温柔的飞霜门门主

内容介绍：

生来能以血解蛊的解蛊门菜鸟传人明没药，
眼馋美男符桃的美色下山历练，
本想谈谈轻松恋爱，却谁知一路遇到离奇事件……

【金陵卷】
以蛊做引，柔弱小姐飞蛾扑火；明没药刚下山，
就遇上了员外家的妻妾门堵城，温柔小姐似乎
中毒沉睡不醒，郊外遭遇惊险有人被埋……

【堰城卷】
以蛊为囚，霸道城主爱恨纠缠；明没药掉入幻
境迷城，暗黑美人城主与柔弱妹妹间，有着怎
样的过往纠葛？一个宁可背负刻骨仇恨也要囚
她入怀，一个宁可灰飞烟灭神形俱散也要了却
孽缘……

【云隐山卷】
以蛊为殇，痴情师姐向死而生。黑暗的山洞里，
白骨森森，痴情的师姐，埋葬了自己的爱情。
能否逃出生天，安慰亡灵，决定没药与符桃，
能否走到最后……

图书在版编目（CIP）数据

深宅纪事 / 姜辜著. —— 贵阳 : 贵州人民出版社，
2016.11（2020.1重印）

ISBN 978-7-221-13674-9

Ⅰ.①深… Ⅱ.①姜… Ⅲ.①长篇小说 – 中国 – 当代

Ⅳ.①I247.5

中国版本图书馆 CIP 数据核字 (2016) 第 282306号

深宅纪事

姜辜 著

出版统筹　陈继光

选题策划　胡晨艳

责任编辑　康征宇

流程编辑　潘　媛

特约编辑　菜秧子

装帧设计　刘　艳

内页设计　逸　一

封面绘制　U_攸燃

出版发行　贵州人民出版社（贵阳市观山湖区会展东路SOHO办公区A座
　　　　　邮编550081）

印　　刷　三河市华东印刷有限公司

开　　本　32开（880mm×1230mm）

字　　数　283千字

印　　张　9

版　　次　2017 年 1 月第 1 版

印　　次　2017 年 1 月第 1 次印刷
　　　　　2020 年 1 月第 2 次印刷

书　　号　ISBN 978-7-221-13674-9

定　　价　39.80 元